이숭원(李崇源)

1955년 서울에서 태어나 서울대학교 국어교육과, 대학원 국어국문학과를 졸업하고 문학박사학위를 받았다. 충남대, 한림대 교수를 거쳐 서울여자대학교 교수로 재직 중이다. 문학평론가로 활동하여 김달진문학상, 편운문학상, 김환태문학상, 불교문학상, 유심작품상 등을 받았다. 저서로는 『정지용 시의 심층적 탐구』, 『백석 시의 심층적 탐구』, 『세속의 성전』, 『백석을 만나다』, 『영랑을 만나다』, 『시 속으로』, 『시, 비평을 만나다』, 『미당과의 만남』, 『한국 현대시 연구의 맥락』, 『김종삼의 시를 찾아서』 등이 있다.

시간의 속살

초판 1쇄 인쇄 2017년 7월 7일
초판 1쇄 발행 2017년 7월 17일

지은이 | 이숭원
펴낸이 | 지현구
펴낸곳 | 태학사
등 록 | 제406-2006-00008호
주 소 | 경기도 파주시 광인사길 223
전 화 | (031) 955-7580~1 (마케팅부) · 955-7587 (편집부)
전 송 | (031) 955-0910
전자우편 | thaehak4@chol.com
홈페이지 | www.thaehaksa.com

값은 뒤표지에 있습니다.

ISBN 978-89-5966-818-2 (03810)

시간의 속살

시간의 속살

이승원

태학사

이 책을 읽는 분들에게

첫 산문집을 펴냅니다. 저는 문학비평이 본업이라 수필과 평론의 차이가 무엇인지 잠시 생각해 보았습니다. 평론은 논의의 대상인 작품이 따로 존재하고 그 작품에 대해 자신의 의견을 밝히는 작업입니다. 수필은 어떤 대상을 두고 논의하는 것이 아니라 자신의 생각과 사연을 직접 드러내는 글입니다. 생각이나 사연이 저절로 생겨나는 것이 아니니 수필도 어떤 대상을 전제로 한다는 점은 평론과 유사합니다. 그러나 평론이 서술의 객관성을 유지하면서 자신의 견해를 독자에게 설득하는 과정을 보이는 데 비해 수필은 자신의 생각을 자유롭게 드러내면서 설득보다는 호소나 고백의 화법을 보인다는 점이 다릅니다. 그동안 문학 활동을 하면서 일반인을 대상으로 제 생각을 부드럽게 서술한 짧은 글을 꽤 많이 썼습니다. 이제 나이도 육십이 넘었으니 붓 가는 대로 쓴 자기 고백의 책 한 권 있을 만하다는 생각이 들어 출간하기로 마음을 먹었습니다. 어수선한 글은 버리고 교양인의 생활윤리에 도움을 줄 만한 글만 모았습니다.

글을 써 온 기간이 40년 가까운데 자신의 맨얼굴을 드러낸 글이 이 정도 분량밖에 안 된다는 사실이 조금 놀랍습니다. 그만큼 저는 이론과 관념의 틀 속에서 격식에 맞는 글을 쓰는 일에 몰두했던 것이지요. 형식의 제약에서 벗어나 있는 그대로의 모습을 드러내는 일이 제게는 여전히 낯설고 어색합니다. 몸과 마음의 수양을 거치면 가면을 벗은 제 맨얼굴을 제대로 볼 수 있을까요? 이런 책을 내기 위해 글을 다듬으며 제 자신을 돌이켜보는 일도 그런 수양의 일부가 된다고 생각합니다. 그런 점에서 이 책은 제게 상당히 중요한 의미를 갖습니다.

이 책에는 많은 추억담이 담겨 있습니다. 가깝게는 아버지와 어머니로부터 문단 선후배, 학창 시절의 선생님, 어린 시절의 동무에 이르기까지 많은 사람들과 얽힌 이야기를 풀어놓았습니다. 어떤 일은 바로 어제 본 듯 생생하게 떠오르는 사연도 있고 기억 저편에 어렴풋이 윤곽만 남은 이야기도 있습니다. 그 모든 것이 오늘의 저를 이룩한 질료이고 동력이기에 어느 것 하나 버릴 것 없이 소중한 저의 일부입니다. 그것이 제 안에 스며들어 근골과 혈육이 되고 숨결이 되었을 것입니다. 오늘의 저를 있게 해 준 그 많은 사연의 주인공들에게 깊은 감사를 드립니다.

과거 회상의 글을 다시 읽으며 시간의 흐름에 대해 많은 생각을 했습니다. 숭인동 양철 지붕 집에서 제가 자랄 때 오늘의 저로 성장하리라고 꿈엔들 생각했겠습니까? 스물일곱에 충남대학교 교수가 되었을 때 예순셋의 제 모습을 상상하기나 했겠습니까? 어릴 때부터 이사를 많이 다녔는데 제가 가장 오래 살았던 집은 부암동 언덕 가파른 축대

밑의 주택입니다. 경사진 대지가 한 200평 되어서 아버지가 자하산사紫霞山舍라는 이름을 붙이셨습니다. 그 집에서 대학도 다니고 취직도 하고 결혼도 하고 아이도 얻었습니다. 그 집에 들어가려면 가파른 돌층계를 서른 계단 이상 올라가야 했습니다. 이 책의 원고를 정리할 때 가장 많이 떠오른 것이 그 계단입니다. 서울에서 나고 자라 장소의 추억이 별로 없는 제게 왜 그 돌층계가 떠올랐을까요? 짐작건대 그 돌층계가 시간의 상징으로 다가왔던 것 같습니다. 저는 시간의 돌층계를 하나씩 밟고 과거의 공간으로 내려가 보았습니다. 감각과 상상의 힘을 통해 제 안 어딘가에 저장되어 있던 기억의 속살을 보고 만지고 냄새 맡고 한 것이지요. 그래서 책 제목을 '시간의 속살'이라고 했습니다.

양해를 구할 일이 있습니다. 3부의 끝에 있는 두 글은 예전에 제가 낸 책의 서문입니다. 공적인 저서의 서문이지만 다시 읽어 보니 저 자신의 주관을 담은 글이고 메시지도 분명한 글이라 일반 독자들에게 다시 읽히고 싶은 생각이 들었습니다. 본문의 각주에서 책 제목을 밝혔습니다. 4부에는 다른 사람에게 보낸 편지가 들어 있습니다. 개인의 사연을 떠나 공적 담론의 효용이 있을 만한 내용이라 수록했습니다. 사생활 침해의 위험성이 없도록 신중하게 교정했습니다. 부록에 실은 글은 제가 대학교 4학년 때 대학신문에 발표한 수필입니다. 대학신문에 글을 발표하면 원고료를 주던 시절이라 이것저것 투고하고 원고료로 술 사 먹는 재미가 쏠쏠했지요. 다시 읽어 보니 유치하기 그지없지만 제 젊은 날의 속살을 담고 있어서 수정하지 않고 수록했습니다.

이번 책도 태학사의 신세를 지게 되었습니다. 20년 넘도록 한 번 맺어진 정의情誼를 바꾸지 않는 지현구 대표의 후의에 감사드리며, 편집과 장정에 정성을 기울인 태학사 식구들에게도 고마운 마음을 전합니다.

2017년 6월 23일

이숭원

목차

3. 문학의 오솔길 사이

4. 높임말로 쓴 고백

1

삶의 기쁨과 슬픔

이순耳順의 언덕에 서서

문학은 나에게 어설픈 감상으로 찾아 왔다. 초등학교 6학년이 끝나가는 겨울, 눈 내리는 밤 책을 읽다가, 옆에 있는 난로에 눈길을 돌렸을 때 문득 이 세상 망망대해에 나 혼자라는 느낌이 들며 눈물이 핑 돌았다. 그 책의 내용이 무엇인지, 왜 그런 느낌이 들었는지 알 수 없지만, 어린 나는 까닭 없는 외로움에 눈물을 흘렸다. 느닷없이 닥쳐온 기묘한 감정의 기류 속에서도 나는 이 외로움과 슬픔이 결국은 책을 통해 해소될 수 있으리라는 생각을 막연히 하고 있었으니, 그때의 야릇한 감정이 지금도 어렴풋이 느껴진다.

내가 다시 문학적 경험을 한 것은 중학교 일학년이 끝나가는 겨울이었다. 『학원』 부록으로 발간된 『청소년을 위한 한국현대시선』이라는 포켓판 시집을 읽게 되었다. 그 책 첫 장에 김소월의 「진달래꽃」이 나와 있었다. 나는 처음 보는 그 '시'의 어구 하나하나를 읽으며 경탄해 마지않았다. 야릇한 흥분을 느끼며 계속 읽어가니, 책에 중간쯤에 유치환의 「깃발」이 나왔다. "이것은 소리 없는 아우성"이라는 첫 구절에 나는 충격을 받았다. 어떻게 말을 이렇게 다룰 수 있을까? 세상에는 시인이라는 묘한 존재가 있고 그들이 쓰는 시라는 묘한 작품이 있다는 사실을 그때 새롭게 깨달았다. 몇 페이지 뒤에 있는 윤동주의 저 아름답고 슬픈 구절, "하늘을 우러러 한 점 부끄럼이 없기를, 잎새에 이는 바람에도 나는 괴로워했다"는 일 년 전에 느꼈던 기묘한 그 감정을 다시 떠오르게 했다. 그때 나는 평생 이런 시를 읽으며 살 것이라고 굳게 마음먹었다.

아버지는 국문학 전공의 교수이고 시조 시인이었지만 43세에 어렵게 얻은 외아들이 문학을 하는 것을 달가워하지 않으셨다. 1960년대 어려운 생활 여건에서 절실하게 필요했던 것이 경제적 상승인데, 문학은 그것과 거리가 멀다고 생각하신 것이다. 그런데 참으로 묘한 것은 문학은 하지 말고 은행원이나 의사가 되기를 원했던 아버지께서 시조를 한 편 지으시면 온 가족을 모아 놓고 그 작품의 내용을 하나하나 설명하시곤 했다는 점이다. 그런 체험을 통해 자신도 모르게 문학적 감수성을 키워 갔을 것이다.

서가에 책이 많았기 때문에 수필집, 단편 문학 전집, 시선집 등을 닥치는 대로 읽었고 때로는 밤에도 자지 않고 누워서 책을 읽었다. 집안 식구들은 밤늦게까지 공부를 한다고 흐뭇해하다가도 책의 내용을 보고서는 엉뚱한 책을 읽는다고 야단을 했다. 중학교 3학년 때 김유정의 「동백꽃」에 대한 독후감을 써서 학교에서 주는 무슨 상을 받았다. 아버지께서는 상장을 받아보시고 아들의 평소 행적을 볼 때 아들에게 문학이 대물림될 수밖에 없다는 것을 직감하셨는지 이렇게 엉뚱한 말씀을 하셨다. "문학이 좋으면 평론가가 돼라. 평론가가 되려면 이어령만큼 돼라." 나는 평론이 어떤 것인지 그때 정확히 알지 못하였고, 독후감을 좀 더 발전시키면 평론이 되는 것인가 막연히 생각했을 뿐이다. 그리고 참으로 순진하게도 이어령이라는 사람만큼 평론을 쓰면 먹고 살 수는 있는가 보다 하고 생각했다.

고등학교에 진학해서 국어를 담당하신 이종성 선생님을 만나서 새로운 체험을 하게 되었다. 학기가 시작되고 얼마 안 되어 김소월의 「금잔디」를 배우게 되었다. 선생님은, 이 시의 내용을 설명하기 위해, 도라지타령에 맞추어 춤을 추기도 하고 당시 유행하던 절규 풍의 유행가를 목청 높이 부르기도 하셨다. 그리고는 칠판에 다음과 같은 한 줄의 글귀를 적으셨다. "눈에다 지게미를 돋치고 게엘 겔 거리는 것만이 임을 생각하는 정이 깊은 것이 아님을 알면 이 시의 시상이 얼마나 승화되어 있는지 알 수 있을 것이다." 임이 죽었다고 몸부림치고 울며 법석을 떨지 않고도 사랑을 표현할 길이 얼마든지 있으며, 그러한 미묘한 감정을 단수 높게 표현한 작품이 바로 「금잔디」라는 설명이었다. 그분께 일 년 간 국어를 배우며 문학과 인생에 대해 많은 것을 생각했고 나도 저분처럼 국어 교사가 되어 아이들을 가르쳐야겠다는 생각을 했다. 문학을 하면 배고프다는데, 국어 교사가 되면 먹고 살 수는 있으리라는 생각도 했다.

대학에 들어와서도 주로 시를 읽으며 한편으로는 시작 노트를 만들어 생각이 떠오를 때마다 시를 썼다. 때로는 대학 신문에 발표도 하고 그것이 인연이 되어 사대 문학회에 불려 나가 합평회 말석에 쭈그리고 앉아 있기도 했다. 3학년 2학기 비평론 강의 시간에 만난 김윤식 선생님은 내 생에 또 하나의 전기를 만들어 주었다. 그는 특유의 침통한 표정으로 이렇게 강의의 서두를 시작하였는데 그 한 마디는 나이 육십이 넘은 지금까지 내 가슴에 박혀 지워지지 않는다. "학문에 대한 열정은 고독을 동반하는 동시에 광기를 동반하는 것이다. 학문은 혼자 하는 것이고 미쳐야 하는 것이다." 그분의 강의에 매혹되어 그의 책을 사 읽고 대학원에 진학하여 평론 공부를 하리라 마음먹었다.

대학원에 들어와 닥치는 대로 책을 읽으며 방향도 잡을 수 없는 이론의 삼림 속에서 시를 논할 수 있는 최소한의 자리라도 찾으려고 노력했다. 그러는 사이에 대학교 졸업할 때까지 지속되던 나의 시 쓰기는 중단되었다. 아니 중단된 것이 아니라 종언을 고했다. 내가 쓴 시를 읽어 보니 많은 부분이 모방과 차용으로 얼룩진 삼류 시였던 것이다. 몇 권이나 되던 시작 노트를 단칼에 없애 버렸다. 내 시가 삼류 작품임을 알아차리는 것을 보니 비평가로서의 감식안은 괜찮은 모양이라고 스스로 위로하면서. 그래서 나의 시작 노트는 허공의 지푸라기처럼 사라져 버렸다.

대학원에 다닐 때 고등학교에서 교편을 잠시 잡았다. 창문여고 앳된 여학생들 앞에서 조세희의 난쟁이 연작 중 「칼날」이라는 작품에 대해 이야기하다가 갑자기 눈물이 솟구쳤다. 불의에 대한 침묵은 불의에 대한 동의를 뜻하는데 이 작품의 주인공은 불의를 보고 침묵하지 않았다는 설명을 하다가 갑자기 자괴감이 밀려들어 눈물을 흘리고 만 것이다. 대학을 갓 졸업한 총각 선생이 수업을 하다가 낙루를 하였으니 단

대학원 시절의 필자

시간에 학생들에게 소문이 퍼졌다. 티 없이 맑고 양순한 그 학생들은 나를 나약하고 불안정한 감정의 교사로 보지 않고 인간적 연민과 문학적 감성이 풍부한 선생님으로 받들어 주었다. 그 이후 내게는 눈물을 흘리며 문학 수업을 하는 선생님이라는 원광이 드리워지게 되었으니, 이제는 대한민국 아줌마가 되었을 그 학생들에게 축복 있기를!

1981년 8월 충남대학교 강단에 섰을 때 내 나이 스물일곱. 피가 끓고 힘이 솟는 젊음의 절정에 있었다. 결혼도 하지 않은 총각 교수였기에 학생들과 술집에서 어울려 토론에 열을 올리다가 멱살잡이 싸움을 벌인 적도 있다. 강의 중에 잡담을 하거나 딴청을 하는 학생이 있으면 벌컥 화를 내며 소리를 지르고 달려가 귀싸대기를 올려붙이기도 했다. 지금 같으면 폭력 교수로 대자보에 오를 만한 행동을 그때는 그렇게 거침없이 했다. 그러면서도 시를 강의할 때는 예의 그 눈물 흘리기를 주저하지 않았으니, 박재삼의 「추억에서」에서 시작하여 김종삼의 「앞날을 향하여」를 거쳐 김사인의 「지상의 방 한 칸」에 이르기까지 눈물의 수로가 이어졌다.

일찍 교수가 된 것이 남의 부러움을 살 만한 일이었고 그때는 나 자신도 그것을 자랑스러워했으나 한편으로는 나의 성장에 부정적 영향을 끼친 점도 있었다. 나는 너무 일찍 안정된 자리에 안착해 버린 것이었다. 그것에 대한 반성이 서른 살을 넘기면서 강하게 밀려들었다. 도대체 내가 하려던 일이 무엇인가. 남들에게 감동을 주는 글을 쓰고 싶었던 것이 아닌가. 글을 쓰기 위해 호구지책으로 문학 교사를 선택했던 것이 아닌가. 그런데 본말이 전도되어 글쓰기의 꿈은 사라지고 문학 교사로 주저앉고 만 것이다. 나는 위기의식을 느꼈다. 문학 연구란 사회과학이나 자연과학처럼 객관적 엄밀성만으로 가능한 것이 아니다. 특히 대학의 현대문학 교수는 꺼지지 않는 문학적 열정을 간직해야 연구업적도 나오고 학생들에게 생동감 있는 강의도 가능한 것이 아닌가.

나 자신에 대한 회의가 생길 때 마침 나에게 길을 이끌어 준 분이 김재홍·전영태 선배다. 그 두 분은 평론가로 등단해야 한다고 나를 강하게 설득했다. 1985년이 저무는 겨울 한편의 글을 써 가지고 인사동의 어느 찻집에서 전영태 선배를 만났다. 그리고는 『한국문학』으로 찾아가 당시 주간을 맡고 있던 조정래 선생을 만났다. 조정래 선생은 눈에 띄게 곱슬한 머릿결이 아주 인상적이었는데 문단에 첫발을 디디려는 낯선 젊은이를 너털웃음으로 친근하게 맞아주면서 문학하는 사람의 사명이 무엇인가를 이야기하며 종국에는 문학에 대한 신명까지 불어넣어 주는 것이었다. 그분들의 도움으로 나는 등단하게 되었다.

1991년 서울여대로 자리를 옮겨 서울에 정착한 다음부터 더욱 평론에 전념할 수 있었다. 서울여대로 부임하고 한 달 후 어머니가 세상을 떠나셨다. 어머니는 청력이 아주 약하셨는데 그래서인지 사고와 기억의 감퇴가 빨리 진행되었다. 어머니는 18세에 집안의 중매로 결혼하셔서 19세에 첫 출산을 하셨다. 아버지는 나중에 대학교수까지 하셨지만 어머니는 학교 교육을 전혀 받지 않은 무학의 여인이었다. 거기다 심한 난청까지 있으니 아버지의 호감을 얻을 수가 없었다. 아버지만이 아니라 나 자신도 답답해서 어머니와 다툰 적이 많았다. 그런데도 어머니는 나에게 일방적이고 헌신적인 애정을 퍼부었다. 말년에 치매 증세가 생겨 노인정신과에 모시고 갔더니 의사는 어머니의 히스토리를 상세히 물어본 후 이제 주위의 모든 사람과 사물을 하나하나 잊어갈 터인데, 최후로 아들 하나만을 기억하게 될 것이라고 말했다. 그 말을 들은 지 두 달밖에 안되어 화창한 봄날 어머니는 세상을 떠나셨다.

어머니가 세상을 떠나신 후 백석의 시를 정독하면서 어머니의 어투가 백석 시에 나타나 있음에 새삼 놀라곤 했다. 어머니가 성장한 곳은 강원도 양구였지만 원래는 평안도 분이어서 평안도 어투를 많이 지니고 있을뿐더러 평안도의 생활 방식도 많이 유지하고 있었기 때문이다. 내가 왜 백석의 시에 친숙감을 느끼고 문맥을 쉽게 파악할 수 있었는지 그 내력을 비로소 분명히 알게 되었다.

1998년 겨울에서 1999년 봄으로 이어지면서 문학상을 받는 행운이 이어졌다. 1998년 12월에는 '시와시학상'을, 1999년 6월에는 '김달진 문학상'을 받았다. 바로 전에 상을 받은 사람에게 또 상을 주는 것이 부담스러운 일이었을 텐데, 심사 위원인 오탁번 선생님이 능력 있는 사람은 화끈하게 밀어줘야 한다고 주장하셔서 수상자로 결정되었다는 소식을 나중에 들었다.

2003년 4월 아버지가 91세로 세상을 떠나셨다. 나에게 가장 많은 영향을 주신 분이고 50년 동안 희로애락을 같이 한 분인데 떠나시기 몇 년 전부터 병환으로 고생을 많이 하셨다. 부친이 세상을 떠나고 나이 오십이 되니 나의 삶을 새롭게 건설해야겠다는 생각이 들었다. 이제는 정말 내 개성이 담긴 글을 써야 한다는 생각에 더욱 마음을 다잡았다. 2004년 2월에 평론집 『폐허 속의 축복』을 냈고 그것이 평가를 받아 그해 4월에 '편운문학상'을 받았다. 2006년 4월에 『감성의 파문』을 출간하여 '김환태평론문학상'과 '한국불교문학상'을 받았다. 2014년 『한국 현대시 연구의 맥락』을 내서 '유심작품상'을 받았다.

김윤식 교수가 고바야시 히데오(小林秀雄)를 인용하여, 비평이란 남을 칭찬하는 독특한 기술이라고 언급한 바 있다. 그 말에 깊은 인상을 받아 비평을 할 때 그런 마음으로 글을 쓰려고 했다. 이미 세상을 떠난 정지용, 백석, 김영랑, 서정주의 시를 논하면서 그들의 영혼과 정신을 불러내 대화를 나눔으로써 작품의 내부로 들어가고자 했다. 그 시인들도 미처 지각하지 못한 작품의 세부에 의미를 부여함으로써 교묘한 방법으로 그들의 작품을 칭찬하고자 했다. 현재 활동하는 시인들의 작품을 다룰 때도 그런 감각을 살리려고 노력했다.

어떤 이는 내 글이 너무 부드럽고 예리한 비판이 없고 문제를 안고 씨름하는 긴장감이 부족하다고 아쉬움을 토로한다. 맞는 말이다. 그러나 사람이 어찌 모든 것을 다 갖출 수 있겠는가. 문학은 인간의 마음과 마음이 충돌하고 교류하며 피워내는 소통의 무지개다. 대체로 아름답고 황홀하지만, 현실적 용도는 별로 없는 가상의 환영이기도 하다. 그런데도 나는 문학을 통해 사람들이 남긴 마음의 갈피와 경로를 찾는 일에 매달려 왔다. 시 작품이 내 마음에 일으킨 파문, 그 미묘하고 다채로운 마음의 결을 충실히 복원하고자 했다. 보이지 않는 마음의 움직임을 논리의 탈을 뒤집어쓴 언어로 바꾸어 말하는 것은 쉬운 일이 아니다. 그러나 그것은 힘들면서도 그만큼 보람 있는 일이다. 일을 마친 다음에는 시의 참맛을 음미하는 기막힌 즐거움도 누릴 수 있다.

워즈워스는 「무지개」에서 하늘의 무지개를 보며 가슴 설레던 어린 날의 경이감이 늙을 때까지 지속되기를 염원했다. 나의 경우 시에 대한 열정이 시에 처음 매혹을 느낀 열네 살의 사춘기부터 지금까지 그대로 이어지는 것이 다행스럽다. 지금도 좋은 시를 보면 가슴이 설레고 남에게 그 시의 아름다움에 대해 이야기해 주고 싶은 충동이 솟구친다. 이 마음이 여든, 아흔까지 이어지기를 비는 마음 간절하다. 그리하여 정년퇴직하는 그날까지 대학에 처음 발을 디뎠던 스물일곱의 열정으로 강의하고, 정년퇴직 이후에도 좋은 시를 보면 설레는 마음으로 글을 쓰게 되기를 빌어마지 않는다. 이러한 문학의 열정을 1975년 불혹의 나이에 접어든 김윤식 교수는 스물한 살의 젊은 나에게 가르쳤다. 지금도 앉아서 글만 쓰신다는 그분의 가르침이 귀에 쟁쟁하다.
"그리고 그것은 죽음만이 막게 해 줄 따름이리라."

스님 앞에서 목 놓아 울다

조오현 스님을 처음 뵌 것은 1997년 여름이다. '시와시학사'에서 주관한 만해시인학교가 백담사에서 열렸는데 그때 몇 명의 문인들과 스님을 친견했다. 신흥사, 낙산사, 백담사 세 사찰의 회주로 주석하며 만해사상 선양에 앞장서신다는 스님의 명성은 익히 들었던 터라 바짝 긴장을 하고 방에 들어섰다. 스님은 문인들의 자유로운 기풍을 충분히 이해하시고, 서양나라에서 온 곡차를 권하며 분위기를 이끌었다. 40도짜리 스코틀랜드 곡차를 맥주잔에 가득 따르고 한 번에 쭉 들라고 하셨다. 나는 스님이 산중에 계셔서 속세의 음주 스타일을 잘 몰라서 이리 하신다고 생각했다. 경험이 있는 다른 사람들은 한두 모금 마시고 술잔을 내려놓았지만, 나는 고지식하게 스님의 말씀을 따라 한 컵을 다 비웠다. 젊은 사람이라 체격도 좋고 하니 한 잔 더 하라고 하셨지만 나는 완곡히 사양하였다.

옆에 있던 누군가가 스님께 이 젊은 교수의 부친이 시조 시인 아무개라고 소개했다. 스님께서는 반갑고 놀라운 표정을 지으시며 나를 그

윽이 바라보신 후 단도직입적으로 말씀하셨다. 경상도 억양의 스님 말씀은 거침이 없고 직설적이었다. "이 교수가 월하月河 선생 아들이라니 반갑네. 월하 선생은 나를 시조 단에 등단시켜 주신 분이야. 나의 스승이지. 월하 선생 시조가 문학성이 떨어진다는 말을 하는 사람들이 있어. 그런 면이 있다 해도 월하 선생이 『시조문학』을 간행하여 많은 시조 시인들을 배출한 공은 인정해야 해. 나에게 월하 선생은 고마운 스승이야. 좋아하는 스승의 자제도 문학을 한다니 기분이 좋군."

서울로 와서 부친께 오현 스님 만난 것을 말씀드렸더니 아버지는 기뻐하시며 '가람문학상' 시상식 때의 이야기를 들려주셨다. 1995년 11월에 오현 스님이 '가람문학상' 수상자로 선정되어 시상식이 열렸는데, 시상식 후 기념촬영이 끝나자 상패나 화환을 다 버려둔 채 다른 장소로 이동하여 할 수 없이 아는 사람에게 전달을 부탁했다는 것이다. 시조 시인으로 작품을 쓰니 문학상은 받지만 상패나 기념패 따위에는 별 관심이 없었던 것 같다는 말씀이었다.

그 후 백담사의 만해 행사나 서울의 문학 행사에서 스님을 몇 번 뵈었고 가까이에서 다시 만난 것은 이성선 시인 추모행사 때였다. 이성선 시인은 2001년 5월에 세상을 떠났고 그해 7월 초 백담사에서 49재 추모법회를 겸한 시비 제막식을 했다. 오현 큰스님의 법문은 독특했다. 법좌에 앉으신 후 잠시 침묵을 지키시더니 다음과 같은 짧은 말씀을 남기고 내려오셨다. 그 법문이 너무 인상적이어서 생생히 기억하고 있다. "이성선 시인과 나는 그 동안 많은 이야기를 나누었습니다. 오늘 이 백담사에서도 이야기를 나누었습니다. 그래서 더 이상 할 말이 없습니다."

그날 내가 맡은 것은 이성선 시인의 시 세계를 소개하는 일이었다. 시 세계에 대해 간단히 언급하고 언제나 친절했던 시인의 모습을 떠올리며 다음과 같은 말로 끝을 맺었다. "언제나 반갑게 먼저 손을 잡아주던 이성선 시인을 생각하면 전생부터 인연이 이어져 온 것을 알 수 있습니다. 시인이 세상을 떠나 이승에서 시인을 다시 볼 수는 없게 되었지만 내세의 어디선가 이성선 시인을 다시 만나게 될 것입니다. 그러나 내세의 이성선 시인도 나를 알아보지 못하고 나 또한 그를 알아보지 못할 터이니 그것이 안타까울 따름입니다."

행사가 끝나자 큰스님께서 내 손을 잡고 말씀하셨다. "이 교수가 불교를 모르는 줄 알았는데 오늘 말하는 것을 들으니 불교를 아주 잘 알고 있네. 이 교수가 이렇게 불교를 잘 알고 있다는 사실이 놀랍고 반갑네" 그때의 표정과 눈길은 내가 누구의 아들이라는 것을 알았을 때보다 더 따뜻하고 깊었다.

2003년 4월 24일에 부친이 세상을 떠나셨다. 그때가 토요일 오후라서 신문에만 알리고 부고를 따로 전하지 못했다. 설악산 백담사에 계신 오현 스님이 오시리라고는 전혀 생각하지 못했는데 스님께서 누덕누덕 기운 가사에 장삼을 두르고 나타나셨다. 나는 너무나 황망하여 큰절을 올렸다. 스님께서는 상주인 나와 잠시 눈을 맞추신 후 아무 말씀 없이 객실로 나가셨다. 그날 스님이 입고 오신 베처럼 성글게 짠 낡은 가사의 이미지가 지금도 기억에 선명하다.

부친의 7주기가 되는 2010년에 『월하 이태극 시조전집』(태학사)을 간행했다. 책을 간행하는 과정에 오현 스님께 서문을 부탁드렸다. 스님께서는 선친이 해방 후 한국 시조의 백두대간이요 현대시조 중흥에 앞장선 선구적 거목이라는 취지의 글을 써 주셨다. 감개가 무량할 따름이었다. 스님께 책을 드리기 위해 신사동 사무실로 방문하였다. 그날이 어린이날인데, 스님께서 거처를 옮기시는지 일꾼들이 분주히 짐을 싸고 있었다. 홍성란 시인이 일을 돕고 있었다.

스님께서 책을 받아 들고 다소 상기된 표정으로 말씀하셨다. "월급받아 생활하는 사람이 전집을 자비로 내느라고 수고가 많았다. 우선 만해마을에 책을 한 묶음 보내고 시조학회의 간부, 시조단체의 임원들에게도 골고루 보내도록 해라. 그 비용은 내가 지불하겠다. 내가 월하 선생에게 은혜를 많이 입었는데 지금 이렇게 하는 것은 그 십분의 일도 보답이 안 된다. 이 이야기를 다른 사람에게 할 필요가 없다. 이 일을 계기로 이 선생도 시조에 더 관심을 가지고 아버지 사업을 이어가도록 마음을 쓰기 바란다."

그 말씀을 들으니 여러 가지 생각이 물밀 듯 일어나 도저히 마음을 추스를 수 없었다. 쏟아지는 눈물이 멈추지 않았다. 나는 부모를 잃은 아이처럼 소리 내어 울었다. 그렇게 운 것은 내 생애 처음이었다. 스님은 어린애 보듯 지켜보시고 홍성란 시인은 옆에서 함께 눈시울을 적시었다. 스님의 말씀을 받들어 지금껏 그 일을 아무에게도 발설한 적 없고 지금 처음 글로 쓰거니와, 나는 그 장면을 평생 잊지 못할 것이다. 어찌 잊을 수 있겠는가. 쉰여섯의 나이에 그렇게 목 놓아 운 일을.

만득晩得의 외아들보다 더 사랑한 시조

아버지는 1913년에 강원도 화천에서 태어나셨다. 화천댐이 생기면서 고향이 수몰되자 춘천으로 나와서 거주하시다가 해방 후 서울로 오셔서 동대문구 숭인동에 집을 마련하셨다. 나는 그 집에서 태어났다. 내가 났을 때 아버지는 이화여대 국문과 교수로 계셨고 시조 창작도 병행하셨다.

위로 딸만 셋을 둔 아버지는 아들을 무척 기다렸는데 43세 때 막내로 아들을 얻자 기뻐서 어쩔 줄 모르셨다고 한다. 어머니가 한 살 위였기 때문에 더욱 그랬을 것이다. 첫돌 때 국문학 전공의 동료 교수들을 초대하여 잔치를 벌였는데 현관에 신 벗어놓을 자리가 없었다고 한다. 전광용 선생님과 정병욱 선생님께서 병상에 계실 때 내 손을 잡고 "네 돌에 갔더니 신 벗어놓을 자리가 없었다"라고 두 분께서 똑같은 말씀을 하신 것이 지금도 기억에 생생하다.

마흔이 넘어 막내로 외아들을 보았으니 얼마나 그 아이를 귀여워했겠는가. 아버지와 걷다가 다리가 아프다고 하면 나를 번쩍 가슴에 안

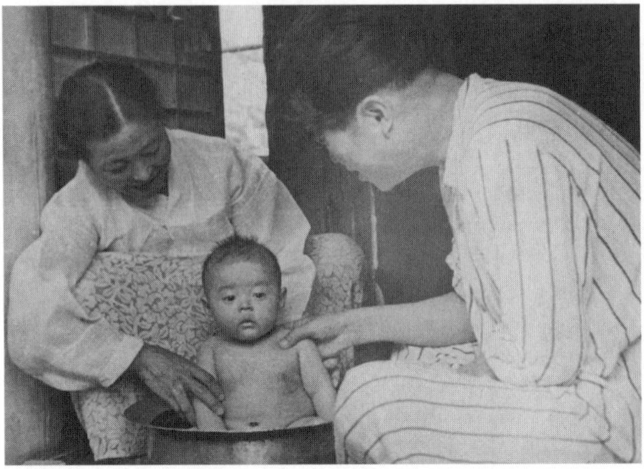

부모님과

으시고는 팔을 위아래로 흔들며 "뚜노니, 뚜노니" 하고 걸으셨다. '뚜노니'는 내가 어려서 이름 '숭원이'를 제대로 발음하지 못하고 '뚜노니'라고 한 것을 흉내 내신 것이다. 밤에 잠을 잘 때도 상당히 나이가 들 때까지 아버지 옆에서 잤다. 아버지는 성격이 불같은 데가 있어서 어머니나 다른 식구들에게 화를 잘 내고 호통을 잘 치셨다. 그런데도 나에게는 야단을 치지 않으셨는데, 딱 한 번, 내가 기억 못하는 어떤 이유로 나를 야단치신 적이 있다. 그때에도 내게 매를 대지는 못하시고, 방안에 눕혀놓고 "이놈 뭘 잘했다고 그래" 하시며 몸을 뱅글뱅글 돌리기만 하셨다.

아버지는 물려받은 재산이 없이 자수성가하셨는데 돈과는 인연이 멀어서 평생 넉넉하지 못한 생활을 하셨다. 내가 어릴 때 가장 많이 듣던 얘기는 아버지가 남에게 돈을 빌려주었다가 떼인 얘기다. 그것이 평생의 한이 되셨는지 당신의 자서전『먼 영마루를 바라 살아온 길손』에 그것에 대해 아주 상세한 서술을 해 놓으셨다. 가산을 늘릴 뾰족한 방도가 없었던 때라 변두리에 집을 장만하면 나중에 집값이 오른다는 말을 듣고 이사를 여러 번 했다. 숭인동에서 시작하여 부암동에 이르기까지 11년 동안 다섯 번의 이사를 했다. 그렇게 여러 번 이사를 했건만 주택 형편이 나아진 것은 별로 없었다.

한편으로 부업을 벌이셨는데, 숭인동 집에서는 돼지와 닭을 키웠다. 그러나 1950년대 후반이라지만 서울 한복판에서 돼지를 키우는데 좋아할 사람이 누가 있겠는가? 이웃에서 악취가 난다고 신고를 해서 경찰관의 환경 개선 통지를 받았다. 그러지 않아도 없애야 했던 돼지는 어느 겨울날 새끼를 낳고 산후조리를 못해 죽었고 어미를 잃은 새끼 돼지들은 추위에 얼어 죽었다. 돼지의 변사를 보고 병아리도 추위에 잃을까 염려해서였던지 아버지는 방안에 비닐 닭장을 짓고 수십 마리 병아리를 그 안에 들여놓았다. 닭장 안에는 난로를 피워 보온을 했다. 어느 날 닭장 안의 난로에서 불이 나서 병아리들이 또 변을 당했고 다행히 불을 빨리 진압하여 집에 화재가 나는 것은 면할 수 있었다.

그 정도 실패를 했으면 동물 기르는 것을 그만둘 만도 한데 은근과 끈기를 국문학의 특질로 내세운 도남 조윤제의 제자였던 아버지는 충정로로 이사를 해서도 닭을 키워 동네 사람의 원성을 샀다. 부암동으로 집을 옮긴 다음에는 닭과 개만이 아니라 공작, 금계, 오골계, 원앙까지 기르셨다. 이렇게 동물 기르는 것을 다른 사람들은 고상한 취미로 알고 어떤 주간지에서 '공작을 기르는 시조 시인'이라는 주제로 취재를 해 간 적도 있었다. 그러나 그것은 취미가 아니라 교수 월급이 적어서 생활에 보태려는 부업 차원의 선택이었다.

남에게 돈을 많이 떼인 일에서 짐작할 수 있듯이 아버지는 남의 말을 잘 믿으셨다. 진돗개를 기르면 돈이 된다는 말을 듣고 진돗개 새끼를 비싼 값에 사다가 키워 보았더니 잡종 개여서 실패했고, 세인트버나드라는 커다란 외국 개가 좋다고 하여 사다 길렀는데 번식에 실패하고 병이 들어 죽고 말았다. 귀한 원앙 새끼라고 해서 한 쌍을 사다 길러 보니 청둥오리였다. 아버지의 부업은 늘 그렇게 실패로 끝났다. 그래서 내가 어른이 되어서 아버지께 드린 말씀이 있다. "사기 칠 마음이 없는 사람도 아버지를 만나면 사기 칠 생각이 들겠어요."

아버지는 시조 창작과 『시조문학』 간행도 은근과 끈기의 정신으로 하셨다. 어쩌면 아버지가 벌인 부업은 생활 형편을 개선하기 위한 것이 아니라 『시조문학』을 간행하기 위해서였던 것 같다. 사전에 나오는 의미 그대로 '사재를 털어' 『시조문학』을 간행하셨다. 편집실이 따로 있는 것도 아니요 사무원이 따로 있는 것도 아니었다. 아버지가 작품을 모으고 편집을 해서 조판소에 넘기고 교정지가 나오면 교정을 보아서 인쇄소에 넘겼다. 책이 나오면 집에 쌓아놓았다가 봉투에 넣고 박스에 넣어서 우체국에 들고 가 발송을 하였다. 이 모든 일을 아버지 혼자서 하셨다.

어떤 때는 교보문고에서 열 권을 보내달라는 주문이 와서 가지고 갔더니 마침 제자가 접수하는 곳의 사무원으로 있어 민망스러운 표정으로 받더라는 이야기도 하셨다. 무거운 책을 나를 때에는 시조하는 분들이 와서 도와주기도 했는데 그분들이 늘 올 수는 없는 것이니까 아버지 혼자서 택시나 용달차에 싣고 우체국에 가실 때가 많았다. 여학교에 계셔서 힘센 제자를 구할 수 없는 것을 늘 개탄하셨고 그래서 내가 서울여대로 옮길 때에도 여학교라는 점을 무엇보다 안타까워하셨다. 여하튼 아버지는 『시조문학』 짐 나르는 일을 80세 너머까지 하셨다.

『시조문학』 창간이 1960년이고 계간으로 바뀐 것이 1974년이니까 초창기에는 시조 시인의 수가 적었고 지면에 실을 작품의 수도 부족했다. 시조 창작을 활성화해 보겠다는 생각에 신인 추천 제도를 두어 신인을 배출했고 일반 독자들의 작품도 그냥 게재하였다. 요컨대 시조라고 이름 붙은 것이면 전부 『시조문학』에 끌어들여 문학지의 명맥을 유지하려 한 것이다. 여기에 대해 『시조문학』은 잡초를 양산한다는 비판이 제기되었다. 그러한 비판에는 물론 타당한 측면이 있다. 그러나 『시조문학』이 자진 폐간하여 사라져 버렸다면 시조 단에 과연 좋은 결과가 나타났을까? 그렇지 않았을 것이다. 『시조문학』을 통해 많은 시조 시인이 배출되면 그들의 자유로운 경쟁을 통해서 질적인 발전이 자연스럽게 이루어지는 법이다. 문화의 향상은 늘 양적인 토대의 구축을 먼저 요구하는 것이 아닌가? 생전에 아버지의 일을 거의 도와드리지 못한 나는 영결식장에서 자괴감이 북받쳐 울먹이며 다음과 같은 말을 했다. "1930년대에 사재를 털어 『시문학』을 간행한 박용철이 없었다면 김영랑이나 정지용 등 시문학파의 성립이 가능했겠습니까? 『시조문학』은 시조 시인 육성에 있어 『시문학』을 능가하는 역할을 충분히 수행했다고 저는 생각합니다."

아버지는 말년에 정신이 혼미해져서 때로는 아들의 이름도 기억하지 못하셨다. 기억력을 되살리기 위해 "청산리 벽계수야"로 시작되는 시조를 읊어보시라고 했더니 끝까지 암송하셨다. "태산이 높다 하되"도 끝까지 암송하셨다. 혼미해 가는 정신 속에서도 끝까지 시조를 놓치지 않으신 것이다. 만득의 외아들보다 시조를 더 사랑하신 아버지. 어린 시절 아버지는 시조를 지으시면 온 가족을 모아놓고 흥에 겨워 작품의 내용을 설명해 주시곤 했다. 저 세상에서도 당신께서는 변함없이 시조를 짓고 암송하고 누군가에게 시조를 이야기하실 것이라고 나는 믿는다.

시조 작품에서 본 아버지의 모습

1955년 4월 6일 내가 동대문구 숭인동에서 태어났을 때 아버지는 43세의 이화여대 교수였다. 21세 때부터 집안의 가장 역할을 했던 아버지는 춘천에서 서울로 이주하면서 빚까지 얻어 숭인동 동망산 채석장 옆 비탈길의 적산가옥을 수리한 세 칸짜리 양철 지붕 집을 마련했다. 그 집은 무척 어두웠고, 비가 오면 양철 지붕에 빗방울 떨어지는 소리가 나면서 여기저기 비가 샜다. 비 오는 여름날 집안에서 천방지축 뛰어놀다가 비 새는 곳에 받쳐 놓은 양동이를 넘어뜨려 야단맞던 기억이 난다.

막내로 외아들을 얻은 아버지가 기쁨에 넘쳐 그해 여름 가족들과 수락산 밑으로 야유회를 가서 찍은 사진이 지금도 남아 있다. 좀처럼 가족들과 여흥 시간을 갖지 않았던 아버지로서는 이채로운 일이었다고 큰누님이 말한 적이 있다. 아버지는 그곳 숲속에서 빨갛게 익은 산딸기를 보고 시상이 일어나 1955년 9월 26일 「산딸기」를 써서 한국일보에 발표했다. 이 작품은 화천에 있는 월하 시조비에 새겨져 있다.

골짝 바위 서리에 빨가장이 여문 딸기
가마귀 먹게 두고 산이 좋아 사는 것을
아이들 종종쳐 뛰며 숲을 헤쳐 덤비네.

삼동을 견뎌 넘고 삼춘을 숨어 살아
되약볕 이 山 허리 외롬 품고 자란 딸기
알알이 부픈 정열이사 마냥 누려 지이다.

「산딸기」 전문

여기 나오는 산딸기는 늦게 얻은 아들의 모습이자 삼동과 삼춘의 세월을 거쳐 이제 새롭게 시조를 써서 국민시가운동을 일으켜 보려는 아버지의 의욕의 표상이기도 하다. "아이들 종종쳐 뛰며 숲을 헤쳐 덤비네"라는 구절에는 늦둥이 아들을 축으로 하여 자손들이 번성하기를 바라는 마음이 함축되어 있고, "알알이 부픈 정열이사 마냥 누려 지이다"라는 구절에는 자신의 소망이 제대로 실현되기를 바라는 마음이 담겨 있다. 그 다음해 4월 15일에 쓴 「삼월은」에도 돌 지난 아들의 모습이 투영되어 있다. "삼월은 젖먹이로세 재롱만이 더 늘

일곱 살 때 아버지와

어—"라는 구절에는 이제 막 돌을 지나 젖을 떼어가는 재롱둥이 아들을 바라보는 아버지의 대견스러운 마음이 깃들어 있다.

내가 여덟 살 때인 1962년 6월 17일 아버지는 제주도 여행지에서 나그네의 호젓한 심정을 표현하면서 내 모습을 떠올리며 다음과 같은 시조를 읊었다.

아련히 아롱대는 뒤안의 달리아꽃
재롱도 늘었으리 숭이의 뒤퉁걸음
별빛도 숨은 물결에사 고향길이 떠오네.

버리듯 떠나버린 섬 호젓이 감겨들어
외마디 기적도 되안기는 헝거로움
보고 온 탐라의 산하로 얼싸 보는 이 한밤

「여수旅愁」 전문

시조에서는 고향길이 떠오른다고 했지만 그곳은 화천이나 춘천이 아니라 사실은 동대문구 창신동에 있는 당신의 본가였다. 거기에는 뒤란에 핀 달리아 꽃 사이로 뒤뚱거리며 내닫는 여덟 살짜리 어린 아들이 있었던 것이다.

그 이후 아버지는 다양한 사회 활동을 벌이며 창작과 연구를 병행해 갔다. 그 시절 대부분의 가장들이 그러했던 것처럼 아버지는 가정에 대해 상당히 냉담한 태도를 보였다. 그래서인지 그 이후의 시조 작품에 가족과 관련된 내용이 나온 예는 별로 없다. 뒤뚱거리던 어린 아들은 세월의 흐름을 따라 장성하여 대학교수가 되고 결혼도 하였다. 1984년 9월 15일에 결혼을 한 나는 1986년 6월 30일에 첫 아이를 낳았다. 74세의 나이에 첫 손자를 본 기쁨과 반가움 때문인지 아버지는 처음으로 어린이 시조를 지었다. 30년 전에 쓴 「삼월은」의 천진한 감성을 되살려 잠투정을 하며 울다가 잠이 든 갓난아기를 소재로 작품을 썼다. 1986년 10월 30일의 일이다.

으아 입 언저리에
스며내리는 눈물방울
둥개둥개 쓸어안고
마음 졸이다 보면
그 눈물 옷섶을 적신 채
스스로 새근새근

「어린이 시조들」 중 '잠투정'

우리 가족이 살던 종로구 부암동의 주택은 깎아지른 축대 위에 있었는데, 그래도 200평 가까운 대지에 갖가지 화초와 과실수가 즐비했다. 뒤란에는 금계나 오골계, 심지어 공작 같은 조류를 키웠다. 아버지의 새 기르기는 연조가 오랜 것이어서 내가 철이 들면서부터 늘 닭과 오리와 함께 지냈고, 어떤 때는 메추리까지 닭장에서 길렀다. 실제로 모이를 주고 새들을 돌보는 것은 어머니의 몫이었고 아버지는 뒤에서 가끔 잔소리를 할 뿐이었다. 어머니가 모이를 주러 닭장에 들어갔다가 수탉에게 얼굴을 공격당해 한줄기 붉은 상처가 나기도 했다. 닭장에서 나는 냄새 때문에 이웃들의 항의도 꽤 받았다. 그럴 때마다 아버지는 기르는 새의 종류를 바꾸고 새장의 비닐 막을 더욱 견고하게 장착하여 악취의 수준을 낮추는 개선책을 마련했다. 그래서 닭이 오골계나 금계로 바뀌고 다시 공작으로까지 바뀐 것이다. 열대 지방 새인 공작을 북동쪽 그늘에서 키우니 말 못하는 공작이지만 겨울을 나기가 지옥처럼 고통스러웠을 것이다. 비판 정신이 강한 자형 최재석 교수는 우리 집에 올 때마다 "이건 동물 학대야" 하고 고개를 저었다.

내가 결혼을 하고 첫 아이를 낳았을 때 어머니 연세가 75세였는데 이미 노쇠해진 어머니는 가축을 돌볼 형편이 못 되었다. 나는 충남대학교 교수여서 대전에서 생활하다가 주말이면 가족을 이끌고 서울 집에 다녀갔다. 자가용도 없던 때라 그야말로 남부여대하여 기차를 타고 올라왔다가 이틀을 자고 다시 대전으로 내려가는 일을 반복했다. 집은 낡아서 아이가 기어 다니다가 삭은 마루 구석에 빠지기도 했다. 나는 집을 팔고 강남의 아파트로 이사하자고 아버지께 권유했다. 그러나 아들의 말을 잘 듣지 않던 아버지는 나 없는 사이에 주택 업자와 계약하여 집을 헐고 그 자리에 연립주택을 짓기로 결정을 했다. 막상 집이 헐리게 되자 아버지는 무척 안타까워했고 그 심정을 다음과 같이 시조에 그대로 담아 놓았다.

서울 살이에서 가장 오래 머문 자리

짐 꾸려 옮긴 빈터 정적을 깨고
크레인 드높은 소리로 허물어져 가기만

정 어린 선물이기 정들여 가꾼 오동
십칠 년의 흔적 그냥 나뒹굴어 떨고 있고
싱그레 너울대던 파초도 소리 없이 쓰러졌다

방싯 반겨주던 산목련도 흔적 없고
겨우 살려 피우던 매화도 살지 말지
추위가 닥치는 언덕에 세워지는 골조기둥

「깃은 헐리고」 첫 3수

이것만으로는 아쉬움이 가시지 않아 아버지는 「자하산사의 화목보花木譜」라는 제목으로 40수의 연시조를 지어 수목에 대한 그리움과 그것을 잃은 안타까움을 표현했다. 이렇게 자연 풍정이 진정으로 좋았다면 살던 집을 살 만하게 보수를 하면 되었을 것이다. 그러나 자금이 넉넉지 않았던 아버지는 돈을 들이지 않고 새집을 장만하는 길을 택한 것이다.

새로 건립한 연립주택은 워낙 날림으로 지은 것이어서 입주하자마자 비가 새고 물이 스며들어 서가의 책이 절반 이상 훼손되었다. 집도 습기가 차고 웃풍이 세서 아이들이 서울에 와서 한밤만 자고 나면 볼에 열꽃이 피고 기침을 했다. 설상가상으로 조카의 사업 보증을 서 준 것이 부도가 나서 주택에 압류가 들어왔다. 어머니는 더욱 노쇠해져서 살림을 할 수 없는 처지가 되었다. 할 수 없이 아버지는 가산을 정리하여 보증금을 대납하고 상계동의 아파트로 이사를 했다.

상계동으로 이사한 지 2년 후인 1991년 4월 29일 어머니가 노환으로 돌아가셨다. 어머니와 평생 부부의 다감한 정을 느끼지 못하고 살았던 아버지는 어머니가 의식을 잃고 생사지경을 헤매는데도 손님과 마주 앉아 바둑만 두셨다. 가쁘게 숨을 몰아쉬며 이틀을 버티던 어머니는 한마디 말씀도 없이 세상을 떠나셨다. 학교 근처는 한 번도 가보지 못하고 겨우 한글만 자득한 상태로 대학교수의 아내 노릇을 하며 4남매를 모두 대학까지 졸업시킨 어머니, 남편과 자식들에게 구박만 받으며 기쁜 일이라고는 별로 없이 살아온 어머니는 이틀간 가쁜 숨을 몰아쉬다가 팔십의 생애를 마치셨다. 바둑을 두던 아버지도 어머니의 이마 앞에 무릎을 꿇고 두 눈을 손으로 지그시 덮으며 몇 방울의 눈물을 떨구셨다. 그로부터 두 달 남짓 지난 7월 10일 아버지는 어머니의 죽음에 대한 회한 어린 시조를 남겼다.

팔순 한평생을 사는 듯 살도 못하고
한 마디 말도 못한 채 떠나간 그대 모습
봉긋한 무덤에 누워 부슬비에 젖는가.

피려던 열여덟에 귀밑머리 풀고 와서
어렵사리 살림살일 말없이 꾸려 주고

사남맬 키워 키워서 보란 듯이 세웠고.

회한은 비바람 되어 문듯 문듯 감겨온다.

아침 저녁 상머리에 앉은 듯 어리는데

그 미소 안개 속으로 아스라이 숨는다.

「짝은 떠나고」 전문

평소 어머니에게 의존하지 않았던 아버지인지라 어머니가 계시지 않아도 불편해하는 일은 없었다. 그래도 62년간 동고동락한 짝이 떠나갔다는 생각에 아쉽고 애틋한 심정이 솟아났을 것이다. "팔순 한평생을 사는 듯 살도 못하고"라는 구절에 아내에게 사랑을 주지 못한 남편의 미안한 마음이 비쳐 있고, "어렵사리 살림살일 말없이 꾸려 주고"에는 어려운 살림을 묵묵히 지켜준 아내에 대한 고마운 마음이 담겨 있다. 아버지가 18세 때 화천에서 산판을 하다가 사기를 당해 재산을 잃은 할아버지는 남은 전답을 정리해서 아들이 공부하고 있는 춘천으로 와서 방 세 칸짜리 집을 얻어 하숙을 들였다. 결혼한 지 일 년 된 어머니는 갓 태어난 장녀를 등에 업고 홀로 된 시아버님을 극진히 모시고 하숙생들의 취사와 세탁을 혼자 도맡아 했다. 그러한 젊은 날의 희생과 노고를 기억하고 있었기에 아버지는 마음에 차지 않는 난청과 무학의 아내를 평생 짝으로 동반했던 것이다.

어머니가 세상을 떠난 후에도 아버지는 변함없이 의욕적인 활동을 벌이셨다. 『시조문학』 간행도 꾸준히 하셨고 대학의 출강도 여든 너머까지 하셨다. 그런데도 마음 한쪽에는 세월의 아픔과 삶의 힘겨움이 문득문득 다가왔던 것 같다. 어머니 일주기가 한 달쯤 지난 1992년 5월 27일에 다음과 같은 시조를 쓰셨다.

차 한 잔 놓고 눈 지긋 감아 본다
지난 세월 실꾸리로 언뜻 언뜻 스쳐간다
창밖엔 궂은 빗소리 어둠으로 말려들고.

눈을 떠 찻잔 보니 가물 가물 삶의 모습
은은한 향에 쌓여 아스라이 굽이 돈다
넘어갈 고빗길들은 감겨 감겨 들어오고.

다 식은 찻물 속에 파리가 투신했다
꺼져가는 불속으로 부나비가 다퉈든다
꿀벌은 소리도 나직히 꽃술 꽃술 파드는데.

「차 한 잔 놓고」 전문

지나온 세월과 앞으로 넘을 시간의 굽이 사이에서 어둠 속에서도 삶의 줄기를 찾으려 애쓰는 아버지의 은은한 모습이 손에 잡힐 듯 다가온다. 그러면서도 식은 찻물에 빠져든 파리, 꺼져가는 불속에 뛰어드는 불나방의 상징을 통해 무모한 도전을 벌인 존재의 허망한 종말을 예감하는 노경의 약한 마음도 여과 없이 표현했다. 나직한 소리를 내며 꽃술을 파고드는 꿀벌은 당시 38세인 아들의 모습이 아닌가 여겨진다.

두 아이가 초등학교 1학년과 2학년에 진입하게 되는 1994년 2월 초에 가족은 하계동을 떠나 송파구 잠실동의 우성아파트로 이사를 하게 되었다. 아버지는 아무 말씀 없이 따라나섰지만 팔십이 넘어 집을 옮긴다는 것이 속으로는 불편하셨던 것 같다. 잠실로 이사한 지 두 달째 되는 4월 18일에 다음과 같이 긴 시조를 써서 당신의 심정을 밝혔다. 그때 어느 지면에 발표가 되었을 텐데 나중에 시조집이 간행된 후에야 이 작품을 읽고 마음이 아릿하게 저려오던 기억이 지금 새롭다.

손수 가꾼 자하산사 꿈도 있었건만
빌라로 둔갑된 훈 박제된 허수아비
이곳을 떠나 옮겨지니 속빈 강정만 같을 뿐.

상계 하계 썩은 물가 3, 4년 살았어도
굳어만 진 고립의 벽 서먹하던 짝도 잃고
외롬만 다가서 오네 지난 날만 되살아나.

누구와 같이 바둑알 쥔 채 갔으면도 하고
먼 산머리 구름길을 더듬어도 보지마는
바람만 살포시 가슴에 안겨 실존임을 알리네.

이젠 아들 따라 강남으로 옮겨왔다
여기는 삼전도 근처 아세아 선수촌 옆
희비의 그림자도 짙어 숨결 모아 삼킨다.

(중략)

욕을 먹으면서도 시조문학 내는 일에
내 마지막 힘을 기울이고 있지마는
늙음은 그 한계마저 지켜 주진 않는 듯.

늦게 얻은 아들도 불혹 넘어 제 길 가고
며느리도 두 아들을 키워 놓고 제 일 열었다
두 손잔 사이좋게들 공부하니 귀엽기만.

「요즘의 심정」 부분

이 작품에 의하면 아버지로서는 16년을 보낸 자하산사에서의 생활이 가장 행복했던 것 같다. 그곳에는 몸과 마음이 기대어 쉴 수 있는 조수 초목이 있었던 것이다. 그곳을 떠난 삶은 “박제된 허수아비”의 삶이요 “속빈 강정”과 같은 처지라고 단적으로 표현했다. 상계동, 하계동에서의 4년간의 생활은 썩은 물가에서의 삶이고, 서먹하게 지내온 사이일망정 평생의 짝과도 헤어져 고립의 벽에 갇힌 상태가 된 것이다. 아버지는 가평의 묘소 옆에 기념관을 지어 그곳에 당신의 모든 것을 보관하고 싶어 했다. 어리석은 아들은 세상은 허무한 것인데 그것이 무슨 필요가 있느냐고 아버지와 언쟁을 벌이기도 했다. 참으로 아둔한 일이었다. 다행히 아버지가 돌아가신 후 화천군에서 앞장서 월하문학관을 건립하여 아버지의 생전의 소망을 이루어 주었다. 사이좋게 공부하고 귀여웠던 두 손자는 둘 다 의학도가 되어 결혼도 하고 자신들의 길을 열었다. 의사야말로 아버지가 어린 시절 정말 갖고 싶어 했던 직업인데 두 손자가 그 일을 하게 되어 무척 대견스럽다.

아버지 3주기가 지난 2006년 8월 3일 오후, 퇴근하고 귀가했더니 아내가 얼핏 낮잠을 자다 생시 같은 꿈을 꾸었다고 이야기를 꺼냈다. 돌아가신 아버님이 건강한 몸으로 꿈에 나타나 둘째 아이와 함께 재미있게 대화를 나누었다는 것이었다. 아내는 어머니가 돌아가신 후 12년간 홀시아버지를 모셨다. 아이들이 대학 시험을 볼 때에도 아내는 돌아가신 아버님께 소원을 빌었다. 그만큼 아내는 선친을 극진히 모셨다. 아버님이 건강하고 환한 모습으로 나타나 신선처럼 웃으며 대화를 나누었다는 말에 나는 무언가 좋은 일이 있을 것 같다고 응대해 주었다.

그로부터 4일이 지난 8월 7일 오후 『문학사상』 주간 권영민 교수가 전화를 걸어 '김환태 평론상' 수상자로 결정되었다는 소식을 전해 주었다. 아버지는 이 소식을 미리 알려주려고 아내의 꿈에 나타나신 것이었다. 21세기 디지털 문명의 질주 시대에 무슨 야담 같은 얘기냐고 할지 모르지만 나는 그렇게 믿는다. 그런 인연의 힘을 믿는다.

꿈에서 아버지와 재미있게 얘기를 나누었다는 둘째 아이는 어릴 때 네 살이 되도록 말을 하지 못했다. 할아버지가 무척 걱정을 하셨다. 네

1997년 대만 여행 때 부친과 아이들

살이 지나 문장으로 말을 시작한 아이는 할아버지와 무척 친하게 지냈다. "할아버지 안녕히 주무세요" 하고 인사하라고 하면, "하, 안녕, 코자"라고 말해 웃음의 물결을 일으켰다. 그 애가 초등학교 2학년 때 구구단을 못 외워서 혼자 울고 있었는데 할아버지가 왜 우느냐고 하시며 구구단 외우는 요령을 가르쳐 주셨다. 아이는 요령을 알자 구구단을 금방 외워 버렸다. 구구단도 못 외우던 그 아이는 고등학교 때 수학 천재 소리를 듣게 되는데, 그것이 어릴 때 구구단을 가르쳐 주신 할아버지 덕이라고 믿고 있다.

그 아이가 고등학교 1학년 때 할아버지가 돌아가셨다. 얼마 후 설핏 잠이 들었는데 할아버지가 아이를 부르는 소리가 들렸다. "준기야, 준

기야, 준기야!" 하고 세 번 큰 소리로 아이를 불렀다. 아이가 눈을 뜨자 매운 냄새가 코에 들어왔다. 방문을 열자 집안이 연기로 가득했다. 가스레인지에 고기를 올려놓고 잠이 들어 석쇠가 발갛게 달아 있었던 것이다. 아이는 돌아가신 할아버지가 화재의 위험을 미리 알려주신 것이라고 지금도 믿고 있다. 나도 그것이 한 치의 착오가 없는 사실이라고 믿는다. 나는 그런 인연의 힘을 믿는다. 아버지는 살아계실 때보다 돌아가신 후 더욱 친근한 추억의 대상으로 우리 곁에 그렇게 머물러 있다.

늦깎이 시조 시인의 그지없는 시조 사랑

선친에 대한 회고의 글을 여러 번 쓴 일이 있기 때문에 여기서는 선친께서 시조 시인이 된 내력과 시조 사랑의 역정에 대해 언급하려고 한다.

아버지는 1913년 7월 16일 화천군 간동면 방천리 방구매에서 태어나셨다. 할아버지가 38세에 얻은 첫아들이고 전답도 꽤 있던 터라 걱정 없이 성장했다. 훈장 선생을 집으로 모시어 한문 수업을 받은 다음 11살 되는 해 봄에 늦은 나이로 양구보통학교에 입학했다.

5학년이 되었을 때 담임 선생님이 상급학교 진학을 권했다. 선생님은 공부를 잘하는 아버지를 대견하게 여겨서 일 년 동안 특별지도를 해 주겠다는 제안까지 했다. 집에 가서 어렵게 말을 꺼내니 그때 53세인 할아버지는 "내가 나이도 많은데 무슨 상급학교냐, 졸업하면 집안일을 거들어야지"라고 거절의 뜻을 표하였다. 실망한 마음에 뒤꼍에서 얼굴을 파묻고 울고 있었더니 할머니가 손을 붙들고 들어가 공부하겠다는 기특한 아이를 왜 울리느냐고 어서 허락하라고 할아버지를 다

그쳤다. 할아버지는 마지못해 "나는 모르겠소" 하고 반승낙을 하였다.

그로부터 1년간 방과 후 특별지도를 받고 상급학교에 진학하게 되었을 때 선생님은 서울에 있는 경성제2고등보통학교에 응시하라고 했다. 그러나 상급학교 진학도 간신히 얻어낸 판에 어떻게 서울 유학을 기대할 수 있겠는가? 집안의 모든 사람이 반대하여 결국 춘천고보에 진학하기로 결정했다. 학교에 가서 선생님께 말씀드리자 선생님은 못내 아쉽다는 듯 낯빛을 붉히며 "에이, 원서도 이렇게 준비해 놓았는데" 하고 경성제2고보 원서를 난롯불에 집어 던졌다.

춘천고보에 진학한 이듬해 봄 아버지는 17세의 나이로 어머니와 결혼했다. 결혼은 했지만 어머니는 화천에서 시부모를 모시고 살고 아버지는 춘천에서 하숙을 하며 학교에 다녀야 했다. 결혼한 그해 10월 말 밤에 공부를 하다가 얼핏 잠이 들었는데 어디선가 할머니가 자신을 부르는 소리가 들렸다. 이상한 생각이 들어 잠을 설치고 그 다음 날 학교에 가니 아니나 다를까 할머니가 위독하다는 전보가 와 있었다. 춘천에서 버스를 타고 양구에 내려 한참 길을 걸어 고모님 댁에서 저녁을 먹고 소달구지를 얻어 타고 산길을 돌아 그 다음 날 아침에야 집에 도착했다. 할머니는 그날 새벽 아들 얼굴도 못 보고 돌아가신 다음이었다. 할아버지는 그 얼마 전에 어느 악질에게 사기를 당하여 산판에 투자한 돈을 몽땅 날리고 말았다. 이제 춘천고보 2학년생인 아버지가 꼼짝없이 가장 노릇을 해야 했다.

마침 화천수력발전소 건설이 추진되면서 방구매 일대가 수몰 지역으로 지정되자 할아버지는 남은 전답을 정리하여 아들이 있는 춘천으로 집을 옮겼다. 어머니는 열아홉의 나이로 홀시아버지를 모시고 갓난 아이를 키우며 하숙을 쳐서 생계를 책임졌다. 춘천고보 5학년을 마친 후 아버지는 서울의 의학전문학교로 진학을 원했다. 그러나 고등보통학교 진학도 꺼렸던 할아버지가 사정이 더 어려워진 마당에 승낙하실 리가 없었다. 그래도 말은 하고 넘어가야 한이 되지 않을 것 같아 말씀드렸더니 할아버지는 담배를 뻑뻑 피우시며 "저기 네 어미가 쓰던 재봉틀을 팔아가지고 가려면 가라" 하고 말씀하셨다고 한다.

아버지도 마음을 굳히고 담임 선생님께 취직을 부탁하여 강원도 농무과의 공무원으로 근무했다. 판에 박힌 공무원 생활에 염증을 낸 아버지는 보통학교 교원 자격시험을 준비하여 모든 시험에 합격하고 지금의 교육대학에 해당하는 사범학교 졸업 자격을 획득하여 춘천보통학교를 시작으로 강원도 내 여러 곳의 보통학교 교원 생활을 12년 동안 했다.

아버지가 기록에 남긴 첫 시조는 1935년 8월 해금강에 갔다가 눈앞을 가리는 하루살이 떼를 보고 지은 단수의 작품이다. 이 작품은 시조집에 수록되지 않았고 일기장에 있던 것을 회고록 『먼 영마루를 바라 살아온 길손』(국학자료원, 1996)에 옮겨 놓았다. 이 시는 제목이 없는데, 이 기회에 「하루살이」라고 제목을 정하겠다.

엉기어 날아돌아 길을 막는 하루살이
기승을 부려 봐도 하루밖에 못사는 목숨
그래도 사는 그 한때가 즐거운가 하노라

해방이 되자 감격스럽기도 했지만 일제 말 몇 년 동안 일본어로만 수업을 하며 학생들에게도 조선어를 사용하지 못하게 억압한 일이 가슴을 무겁게 했다. 그래도 해방의 감격은 억제할 수 없어서 아버지는 솟구치는 감정을 시조로 표현했다. 이 시조도 일기장에 써 두었던 것이라 제목이 없으니 「이 땅의 주인 되자」로 제목을 정하기로 한다.

저 하늘도 나를 부르고 저 들판도 손짓한다.
모든 것이 너희 것이라 저 물도 속삭인다.
그렇다 모두들 달려 나와 이 땅의 주인 되자.

아버지는 이때부터 우리말과 문학에 관심을 가지고 조선어학회의 한글 강습을 받았고 춘천에서 전달 강습회도 열었다. 그것이 인연이 되어 춘천여고의 국어 교사가 되어 국어를 가르쳤다. 그러던 중 몰락한 사촌형과 조카의 딱한 처지를 접하게 되어 다시 또 한 수의 시조를 지어 일기장에 적어 놓았다. 이 시조의 제목은 「그 모습」으로 정하기로 한다.

병든 몸에 아내 여의고 어린 아들 손을 끌고
사촌이라 찾아온 형 터럭은 희끗희끗
어릴 때 등에서 느끼던 정에 눈시울이 젖는다

늙어 병든 몸에 아이까지 앞세우고

어디로 가시려오 앞을 막고 붙들어도
묵묵히 비껴가시던 그 모습만 남았네

춘천여고에서 국어를 가르치면서 대학 공부를 해야겠다는 생각이 들어 서울로 올라와 친구의 도움으로 서울대학교 국문학과에 편입 시험을 치르기로 했다. 마침 그 친구가 가람 이병기 교수를 안다고 하여 서울대 앞 중국집에서 가람 선생을 뵈었다. 처음에는 어렵기만 하던 가람 선생이 술이 몇 잔 들어가자 훈훈한 너털웃음을 지으며 고전시가를 공부하겠다니 좋은 일이라며 호감을 나타냈다. 2학년으로 편입하여 가람 이병기 선생과 일석 이희승 선생에게 시조 창작의 기틀을 배웠다. 직장도 서울의 동덕여고로 옮겼다. 창신동의 동덕여고에서 낙산 등성이를 넘어 동숭동의 서울대학으로 3년간 통학을 했다. 여름에는 땀이 비 오듯 했고 겨울에는 눈길에 미끄러지기도 했다. 졸업을 하자마자 6·25가 터져서 피난을 갔고 1952년 임시수도 부산에서 국어국문학회가 결성될 때 창립 멤버로 참여했다.

1953년 9월 아버지는 이희승 선생의 도움으로 이화여대에 전임 교수로 가게 되었다. 부산에서 1953년 1월에 간행된 『시조연구』에 시조에 대한 논설과 함께 시조 「갈매기」를 처음 발표했다. 이 작품은 첫 시조집 『꽃과 여인』(동민문화사, 1970)에 수록되었는데, 지면에 발표된 시조로는 첫 작품이 된다. 그러나 『시조연구』는 문학지가 아니었고 「갈매기」도 부산 피난지의 임시 숙소에서 지은 습작 형태의 소품이기에 1955년 9월에 『한국일보』에 발표한 「산딸기」를 공식적인 문단 데뷔작으로 연보에 적었다. 이처럼 본격적인 시조 창작은 40대에 들어서서 전개된 것이니 매우 늦은 등단이라 아니할 수 없다. 늦은 등단을 보상하려는 듯 아버지는 40대 이후 시조에 대한 논설과 시조 작품을 많이 발표했고 1960년에 시조 전문지 『시조문학』을 창간했다. 이 시기에 이르러 아버지는 비로소 시조 시인으로 자리 잡게 된 것이다.

1955년 4월 6일 동망산으로 오르는 동대문구 숭인동 언덕의 양철 지붕 집에서 내가 태어났을 때 아버지 나이가 마흔셋, 어머니가 마흔넷이었으니 지금으로 보아도 노산老産이다. 위로 누이를 셋 두고 셋째 누이와 9년 차이로 아들을 얻은 것이다. 그 집에 대해 기억나는 것은 실내가 무척 어두웠다는 점과 비가 오면 양철 지붕에 비 떨어지는 소리가 나면서 천장 여기저기서 비가 샜다는 점이다. 양동이와 대야를 받쳐 놓고 빗물을 받았는데, 여름에 비가 많이 올 때는 양동이와 대야를 여러 차례 바꾸어 댔다. 비 새는 방 사방 벽 쪽으로는 책이 가득한 책꽂이가 있었는데 책이 비에 젖지 않도록 비닐이 덮여 있었다. 빗물 받는 양동이 사이에 사각 반상을 놓고 아버지는 책을 읽었다. 밤에 자다 깨 보면 주무시는 어머니 곁에서 혼자 불을 켜 놓고 무언가를 쓰고 계셨다. 겨울이면 이불을 뒤집어쓰고 책을 읽으셨다. 웃풍이 세서 윗목에 둔 자리끼가 아침이면 얼어 있었다.

내가 일곱 살 때 아버지는 그 집을 팔고 동대문구 창신동의 이층집으로 이사를 갔다. 숭인동의 양철 지붕 집과는 비교가 안 되는 멋진 벽돌집이었다. 나는 신이 나서 날뛰었는데, 어머니께서 이 집에서는 조용히 해야 된다고 신신당부하셨다. 그 집은 전세로 얻은 집이고 주인이 일부를 사용하고 있었기 때문이다. 그 시대에 어떻게 그런 집이 있었는지 마당과 뜰이 아주 넓어서 온갖 식물이 즐비했고 여러 가지 석물石物도 배치되어 있었다. 나중에 안 일이지만 이때 『시조문학』이 간행되었고 그 출간 비용을 마련하기 위해 숭인동 집과 근교의 농지를 팔고 전셋집으로 이사한 것이다. 이 일을 두고 은사이신 일석 이희승 선생께서 월하月河는 주택을 팔아서 시조 책을 간행했다고 두고두고 말씀하셨다고 한다. 초기에 『시조문학』을 도와준 분들은 이 창신동 집을 지금도 기억하고 있고, 재력이 이 정도 되니까 시조 전문지를 간행한다고 생각한 분도 있었다.

창신동에서 2년을 살고 서대문구 충정로 산꼭대기 집으로 이사를 했고 다시 4년 후에는 모래내(지금의 남가좌동) 하천변의 미장원이 딸린 집으로 이사를 갔다. 미장원은 아버지가 직접 경영했는데, 그것은 순전히 『시조문학』 출판비를 충당하기 위해서였다. 그 이전 숭인동 살 때는 '노정路程'이라는 다방을 경영했다고 들었는데 그것도 『시조문학』 출판 비용을 얻기 위해서였다. 다방이건 미장원이건 다 경영에 실패하고 『시조문학』 출판은 몇몇 독지가

초등학교 졸업식 때 부모님과

의 후원과 아버지 월급으로 해결해 나갔다. 미장원이 3년 만에 망한 후 아버지는 다시 충정로 집으로 돌아왔는데 충정로 집에서 일 년쯤 지냈을 무렵 숙부의 사업 실패로 아버지가 숙부의 주택을 구입하는 형식을 취하여 숙부가 살던 집으로 이사를 갔다. 종로구 부암동 자하문 너머 백사실 올라가는 언덕에 있는 집으로 아버지가 가장 오래 사신 곳이다. '자하산사'라는 당호를 붙이시고 이곳에서 가장 많은 시조 작품을 쓰셨다. 나중에 이 주택을 헐고 연립주택을 짓게 되자 그 서운함을 다음과 같이 시조로 읊으셨다.

서울 살이에서 가장 오래 머문 자리
짐 꾸려 옮긴 빈터 정적을 깨고
크레인 드높은 소리로 허물어져 가기만

정 어린 선물이기 정들여 가꾼 오동
십칠 년의 흔적 그냥 나뒹굴어 떨고 있고
싱그레 너울대던 파초도 소리 없이 쓰러졌다

「깃은 헐리고」(1986. 11. 16)에서

자하산사에서 지내던 1974년 8월에 『시조문학』이 계간으로 전환되어 간행되었다. 정기간행물로 바뀌었지만 편집실이나 사무실이 따로 있는 것이 아니었다. 아버지의 서재가 사무실이자 편집실이었다. 소파 옆의 탁자 위에서 편집, 교정, 입고, 발송, 정산을 혼자 다 하셨다. 부암동 집은 높은 축대 위에 있어서 삼십여 개의 가파른 계단을 걸어 올라야 했다. 아버지는 『시조문학』 수십 부씩을 묶은 짐을 들고 계단을 오르내리며 우체국이나 서점으로 책을 날랐다. 85세 때인 1997년에 김준 시인에게 출판권을 넘길 때까지 이 일을 계속했다. 그만두는 그때까지 시조문학사 사무실이 없는 것을 개탄했고 문학을 하는 아들이 일을 도와주지 않는 것을 슬퍼했다.

1955년 이후의 일간지 문화면을 검색해 보면 아버지가 시조에 대한 논설을 많이 쓰신 것을 볼 수 있다. 이화여대 교수라는 지위가 그러한 지면을 얻는 데 상당한 역할을 했을 것이다. 거기에다 『시조문학』을 창간하여 일종의 문학 권력을 갖게 되고 시조작가협회를 결성하여 가람이나 노산을 회장으로 추대하고 부회장직을 맡으니까 문단 권력을 장악한다는 인상을 주었을 것이다. 그것 때문에 구설에 올라 싫은 소리도 많이 들었던 것 같다. 창작은 제대로 못 하면서 문단 정치나 한다고 흉보는 사람도 있었고, 너무 잘난 척하지 말라고 호통치는 사람도 있었다. 그럴 때마다 나는 그렇게 남에게 싫은 소리를 들으면서 무엇 때문에 돈을 들여 시조 잡지를 내느냐고 아버지에게 하소연했다. 그때마다 아버지는 난처한 표정을 지으시며, 그래도 누군가는 우리 고유의 장르인 시조를 살려서 국민에게 크게 보급해야 하지 않느냐고, 일본의 하이쿠처럼 국민들이 저마다 시조 한 수쯤은 지을 수 있어야 한다고, 이왕 시작한 일이니 끝을 보아야 한다고 말씀하셨다. 평생 『시조문학』을 내다가 힘에 부치셨는지 어느 날의 심정을 다음과 같이 나타냈다.

욕을 먹으면서도 시조문학 내는 일에
내 마지막 힘을 기울이고 있지만은
늙음은 그 한계마저 지켜 주진 않는 듯.

「최근의 심정」(1994. 4. 18)에서

1997년까지 책을 내시고 86세 되는 1998년부터 『시조문학』 출신의 김준 시인에게 출판권을 넘기셨다. 1999년 3월 심한 현기증으로 병원에 입원했고 뇌경색 진단을 받았다. 한 달 넘게 입원 치료를 받고 퇴원했는데 보행과 언어에 지장은 없었으나 정신은 예전 같지 않았다. 병이 빨리 낫지 않는다고 걱정하셨는데 그것은 오직 다시 시조를 쓰기 위해서였다. 2000년 태학사가 기획한 현대시조 100인선 원고도 직접 감당하지 못하셔서 내가 맡아서 했다. 모처럼 시조 원고 청탁을 받고 작품을 써 보려 하셨지만 한 행도 이루지 못했다. 그래도 아버지의 마지막 기억은 시조만을 향해 열려 있었다.

노인 요양병원으로 모신 후에는 가까운 친척도 잘 알아보지 못했다. 그러나 시조 시인이 찾아오면 단번에 이름을 대며 좋아하셨다. 2003년 봄에 접어들면서 아버지의 기억력은 급격히 떨어졌다. 거의 매일 병원에 갔는데 어느 날은 나를 알아보셨고 어느 날은 나를 기억하지 못하셨다. 마흔셋에 낳아 오십 년을 함께 산 이 아들을 알아보지 못 하시다니. 개나리 피어나는 병원 뒤뜰에서 나는 숨죽여 울었다. 소월의 시 「금잔디」가 저절로 떠올랐다. "봄이 왔네, 봄빛이 왔네. / 버드나무 끝에도 실가지에." 봄빛은 돌아오는데, 아버지는 저 세상으로 가는 길목에 있었다.

아들도 못 알아보는 아버지의 기억력을 돕우기 위해 "'「청산리 벽계수야」' 아세요?" 했더니 더듬으시기는 했지만 끝까지 암송하셨다. '「태산이 높다 하되」'도 끝까지 암송하셨다. 혼미해 가는 정신 속에서도 시조만은 끝까지 붙들고 계셨던 것이다. 나는 사재를 털어 『시문학』과 『문예월간』과 『문학』을 간행하고 『정지용 시집』과 『영랑시집』을 낸 박용철을 생각했다. 평생 자신의 시집은 내지 않고 서정시 운동에 매진하다가 결핵으로 서른다섯의 나이에 세상을 떠난 박용철. 아버지가 하신 일의 문학적 가치를 늦도록 인정하지 않았던 나는 비로소 회한에 목을 놓을 수밖에 없었다. 아들딸 손자 다 보고 91세에 타계하셨으니 호상이라고 사람들은 이야기했다. 그러나 나는 뒤늦은 회한에 흐르는 눈물을 멈출 수가 없었다. 호상인데 마흔아홉의 상주가 왜 저렇게 우느냐고 사람들은 의아해했지만 나에게는 그럴 만한 사연이 있었다. 『이태극 시조 전집』(태학사, 2010. 4)을 내면서 "아들로서 불효不孝하고 불민不敏한 일들이 연이어 떠올라 마음은 천근만근 무겁다"고 한 것도 바로 그것을 고백한 것이었다.

추억의 소슬한 행로

1991년 8월 1일 이른 아침 나는 서울 남부터미널 어느 버스 안에 앉아 있었다. 『시와 시학』에서 주관하는 시인학교 행사에 참여하기 위해서였다. 경상남도 충무로 가는 버스인데 무슨 이유에서인지 출발이 늦어졌다. 날은 무더웠고 버스는 만원이었고 처음 행사를 치르는 집행요원들은 경험이 없어서 일이 더뎠다. 짜증이 솟아올라 터질 만할 때 누군가의 억센 경상도 억양이 울려왔다. "왜 이래? 머리 좋은 사람들이. 빨리 할 수 있잖아?" 나는 직감적으로 그 사람이 머리가 좋은 사람이라고 느꼈다. 본인이 머리가 좋지 않으면 그런 말을 하지 않는 법이기 때문이다. 창문 밖을 보니 머리가 길고 얼굴빛이 검은 40대의 인물이었다. 일찍이 신춘문예로 두 번 등단한 김종철 시인이고, 이런저런 일을 하다 지금은 생업을 잠시 놓고 있는 서라벌 예대 출신의 시인이라고 누군가가 귀띔해 주었다. 평소 생각했던 시인의 이미지와는 조금 다른, 다소 사나워 보이는 인상이라고 생각했는데, 충무에서 그와 급속도로 친해져 4박5일 동안 형제처럼 지냈다.

서울에 와서도 즐거운 모임은 이어졌다. 그와 어울려 거나하게 술을 먹고 노래를 불렀다. 그의 목소리에는 독특한 컬러가 있다. 오기택의 '우중의 여인'을 잘 불렀고, 해리 벨라폰테가 부른 '하바 나길라'라든가 '쿠쿠루쿠쿠 팔로마'를 원어로 불렀는데, 고음도 무리 없이 소화해서 우리를 놀라게 했다. 얼마쯤 시간이 지나자 출판사 '문학수첩'을 열었다는 소식이 전해 왔다. 거기서 『걸리버 여행기』를 내고 서정윤의 시집을 냈다. 짭짤한 수입을 낸다고 즐거워해서 나도 덩달아 기뻐했다.

그렇게 또 몇 년이 지난 후 1997년 유럽 여행에 동행하게 되었고 근 2주 동안 우리는 룸메이트로 한방을 썼다. 한 번도 다투지 않았고 서로가 서로를 치켜세웠다. 술을 많이 먹은 다음날 아침 그는 샤워를 하면서 "은경아"라고 크게 외쳤다. 그게 무슨 소리냐고 묻자 술이 잘 안 깨는 아침에 맏딸 이름을 부르면 기운이 솟고 삶의 의욕이 생기며 술이 깬다고 답해 주었다. 은경이는 1993년에 김종철 시인이 편운문학상을 받았을 때 집에 놀러 가서 보았던 그의 맏딸이다. 아쟁을 연주하며 서도창을 구성지게 불렀던 인상적인 소녀였다. 나도 김종철 시인의 행동을 본받아 샤워를 하며 내 아들 문기를 힘차게 불렀다.

파리에 도착한 첫날 밤 시차에 적응도 못했는데, 그는 내게 어디 좀 같이 가자고 했다. 파리에서 작은 모텔을 운영하는 한국인 교포를 만나러 가자는 얘기였다. 당시 홍세화의 『나는 파리의 택시운전사』라는 책이 베스트셀러가 되어 인기가 있었다. 홍세화의 책처럼 한국 독자들의 구미를 당길 얘깃거리를 지니고 있는지 알아보기 위해 그 교포를 만나려는 것이었다. 택시 기사에게 모텔 명함을 내밀고 그곳에 가자고 했다. 미리 약속이 되어 있었는지 모텔 주인이 기다리고 있었다. 두 사람은 자못 재미있게 이야기를 나누었지만, 거기 관심이 없는 나는 피로해서 쓰러질 지경이었다. 졸다 깨다 하면서 간신히 버텼는데, 분명 나와 같은 처지일 텐데도 그의 유머와 달변은 조금도 수그러들지 않았다.

돌아오는 택시에서 그는 곯아 떨어졌다. 숙소에 도착할 즈음 그를 깨웠다. 택시 미터기의 요금이 갈 때보다 훨씬 많이 나왔다. 그는 우리가 외국인이라 일부러 멀리 돌아와서 요금이 많이 나온 것이라고 했다. 요금을 지불하고 택시에서 내리면서 나는 배운 대로 기사에게 "메르시 보꾸"라고 했는데, 그는 "야 이 새끼야"라고 했다. 멀리 돌아서 택시비를 많이 나오게 한 데 대한 유머러스한 보복이었다. 여독의 끝판에서도 유머를 잃지 않는 그가 존경스러웠다.

유럽 여행을 다녀온 후 우리는 누군가의 소개를 받아 진선한의원이라는 곳에 들렀다. 한의원 원장이 진맥을 잘 하고 침을 잘 놓는다고 했다. 청마 유치환의 제자로 한때 시인이었는데, 지금은 한의학에 몰두한다고 했다. 진찰을 할 때 사주에 의해 체질 진단도 하고 명운도 보았던 것 같은데 천기를 누설하지 않는다는 원칙을 지키느라고 그런지 내용은 제대로 얘기해 주지 않았다. 나에 대해서는 그리 칭찬을 하지 않았지만 김종철 시인에 대해서는 늘 "김 장군"이라고 호칭하며 앞으로 크게 될 것이라고 말했다. 그때 문학수첩은 몇 권의 히트작이 나오기는 했지만 그렇게 잘 나가는 출판사가 아니었다. 현직 교수인 나보다 입만 벌리면 농담을 하는 김 시인을 어째서 장군이라고 부르는지 이해가 되지 않았다. 나중에 해리포터 시리즈 독점 출판을 보고 그분의 식견이 보통이 아님을 알게 되었다. 1999년 해리포터가 대박을 친 후 김종철 시인은 승승장구의 길을 걸었다. 그렇지만 그는 별로 변하지 않았다. 그를 만날 때 약속 장소가 인사동 주막집에서 메리어트 호텔로 바뀌었을 뿐 재담과 달변은 그대로였다.

그가 운영하는 문학수첩에서 좋은 평론집을 여러 권 냈기에 나도 원고가 준비되었을 때 그를 만났다. 2006년 3월 봄볕이 스며드는 날이었다. 평론집을 내고 싶다고 하자 흔쾌히 응해 주었다. 가능하면 빨리 출간하고 싶다고 하자 조금 망설이는 듯했다. 이미 정해진 출판 계획이 잡혀 있었을 것이다. 그는 단도직입적으로 물었다. "빨리 내야 할 이유라도 있어요?" 나는 더듬으며 우물쭈물 대답했다. "글쎄, 어떻게 될지는 모르지만, 문학상 심사가 상반기 출판물을 대상으로 하는 것이 있어서, 김환태평론상이 그렇고, 하반기보다는 상반기가 여러 모로……" 내 우물거리는 태도가 답답했던지 그는 단칼에 잘라 말했다. "그럼 빨리 내도록 하지 뭐." 그는 일어서며 저녁을 먹으러 가자고 했다. 구체적인 얘기를 더 해야 일이 진행될 것 같은데 얘기가 다 끝났다는 듯 자리를 털고 일어서니 당황스러웠지만 어쩔 수가 없었다. 예전처럼 저녁을 먹고 술을 마시고 농담을 하고 헤어졌다.

집에 돌아와 아내에게 말했다. 책을 내겠다고는 했는데 구체적인 계획은 말하지 않고 밥만 먹고 헤어졌으니 정말 진행을 하는 것인지 모르겠다고. 현명한 아내가 말했다. "대형 출판사를 운영하는 사람은 말을 함부로 하지 않아요. 틀림없이 낼 거예요." 며칠 후 편집장으로 있는 김병호 시인에게 전화를 했다. 그의 말인즉슨 내가 그를 만난 다음

날 편집회의에서 내 평론집을 우선적으로 추진하자고 얘기했다는 것이다. 나에게는 별 내색을 하지 않았지만 그의 내심은 이미 결정되어 있었던 것이다.

3월에 맡긴 원고가 책으로 나온 날짜가 4월 28일이다. 깔끔한 모양으로 출판되었는데, 그는 어떤 공치사도 받지 않았다. 그냥 할 일을 했을 뿐이라는 태도였다. 이 책은 두 달 후 문화관광부 우수학술도서로 선정되었고, 그해 김환태평론상 수상작이 되었고, 그다음 해 불교문학상 수상작이 되었다. 나는 이 모든 것이 김종철 시인 덕분이라고 지금도 생각하고 있다. 그때 그에게 고마운 마음을 표현하려고 운을 떼었을 때, 그는 내 말을 자르고 한 마디 말만 했다. "한 책으로 두 상을 받는 사람도 있어?" 나에 대한 애정이 듬뿍 담긴 말이었다. 그 말이 지금도 잊히지 않는다.

나는 몇 차례 그의 작품론을 썼는데, 그에게서 그리 좋은 반응을 얻지는 못했다. 그가 평소 나를 치켜세운 것에 비하면 그의 논평은 어느 경우 싸늘하기까지 했다. 촌철살인 식으로 짧게 몇 마디 했는데 칭찬인지 불만일지 모를 말을 했다. 2012년 11월 나는 한국시인협회 초청으로 거창에서 아리랑에 대한 발표를 했다. 몇 사람이 함께 발표를 했는데 사람들이 지루해 할 것이 뻔해서 일부러 익살맞게 발표를 했다. 발표 후 사람들이 이구동성으로 재미있는 발표를 들었다고 내게 인사했는데, 그의 촌철살인은 이러했다. "이 교수가 준비는 제일 안 해 왔는데, 발표는 제일 잘 했어." 그의 판단은 예리했고 정확했다. 어차피 대중을 위한 형식적인 발표니 깊이 있는 내용보다는 재미있게 하자는 생각으로 준비했던 것인데 그는 정곡을 꿰뚫은 지적을 한 것이다.

2013년 여름이 지난 후 그가 중병이 들었다는 소식이 들려 왔다. 그 말을 듣고 제일 먼저 떠오른 것이 진선한의원에서 들었던 '김 장군'이라는 호칭이었다. 그 기억을 분명히 지니고 있었기에 나는 그가 중병이 들어 재기하기 힘들 것이라는 말이 믿어지지 않았다. 그가 최신 기법의 치료를 받기 위해 일본으로 갔다는 소식이 들려왔다. 그 얼마 후 『현대문학』 12월호에 실린 그의 육필 시를 읽게 되었다. 그것은 「애월涯月」이라는 시였다. 나는 그 작품을 여러 번 읽으며 "일생에 단 한번/ 차표를 끊는" "나의 애월"의 의미를 곱씹어 보았다. 제주 바닷가의 명승지 애월. 왠지 비극적 아름다움의 음영을 지닌 물가의 달이라는 뜻의 애월. 그 비극적 아름다움의 장소로 가는 차표는 일생에 단 한번 끊는 것이라니, 그리고 "기적을 울리는 바다를 기다리다" 비로소 차표를 끊는 곳이라니. 젖고 젖으며 기다리다 모두가 파도가 되어 버린 먼 훗날 가게 될 그곳이 애월이라니. 우리가 일생에 딱 한번 가게 될 애월은 이토록 신비롭고 아름다운 슬픔의 장소였던가? 죽음을 예감하는 사람이 쓴 시로서 이처럼 담담하여 오히려 가슴을 저리게 하는 시도 별로 없을 것이다. 나는 이 시를 읽고 그와의 추억을 떠올리며 젖은 가슴을 쓸어내렸다.

그 후 그가 병상에서 쓴 몇 편의 작품과 산문을 읽고 큰 감동을 받았다. 특히 그의 산문 「내가 진실로 사랑하는 것은」(『시인동네』, 2014. 봄호)은 눈물을 자아내게 하는 한 편의 아름다운 산문시였다. 사람이 절박한 고비에 이르면 모든 수식이 없어지고 이렇게 담백한 글이 나오는 것인가. 죽음의 선고를 받고 백척간두에 서면 가슴을 울리는 명구들이 창조되는 것인가. 천하의 득음을 위해 스스로 맹목을 취했다는 극단적 선택의 사례가 떠올랐다. "죽으러 나가는 퇴원도 있다는 걸 처음 알았다", "죽기도 전에 이미 존재하지 않는 자신을 보는 일도 고통이었다", "기도문은 나날이 더 가난해졌다. 짧은 단문으로, 그리고 단 한 줄에 이르렀다. 나는 외쳤다. 주여, 살려주소서!" 이러한 문장들은 그렇게 쉽게 나올 수 있는 것이 아니다. 나는 이 문장을 보며 한 인간의 정신이 극한의 상황에 처했을 때 얼마나 예민해지고 심원해질 수 있는가를 이해하게 되었다.

돌이켜보면 위대한 예술가들은 생의 시련의 절정에서 진정한 예술을 창조하였다. 나는 그러한 위대한 정신의 소유자들이 나와는 다른 시간, 다른 장소에 거주하는 존재들인 줄 알았다. 그런데 김종철의 시를 통해 그런 존재가 바로 내 곁에 있음을 알게 되었다. 그런 경이로운 예술적 정신과 더불어 술 먹고 떠들며 20년 이상의 세월을 같이 보냈음을 깨닫게 되었다.

일본에서 치료를 받고 귀국한 후 그는 다시 김 장군으로 돌아왔다. 한국시인협회 회장도 맡아 활발한 활동을 벌이며 작품도 많이 발표했다. 한국과 이란 시인의 교류를 위한 국제 행사도 주선하여 시인이 아닌 나도 이란 여행에 참여하도록 이끌었다. 나는 그와 외국 여행을 다시 할 수 있다는 사실이 너무 기뻐서 흔쾌히 제의를 수락했다. 그러나 6월 15일에 떠나는 여행에 그는 동행하지 못했다. 치료 후 몇 달이 흐르는 동안 다시 병세가 깊어진 것이다. 이란에서 돌아온 얼마 후 그가 호스피스 병동에 입원했다는 소식이 전해졌고 7월 5일 그가 세상을 떠났다는 전갈이 왔다. 이란 출국 전 마지막 모임에서 내 손을 의미 있게 잡으며 잘 다녀오라고 하던 그의 착잡한 눈빛이 떠올랐다. 나는 망연자실 넋을 놓고 빈 하늘만 바라보았다.

그는 마지막 차표를 끊어 애월로 갔고 우리도 언젠가는 그곳으로 가는 차표를 끊게 될 것이다. 그렇게 생각하면 그의 죽음도 아름다워 보이고 우리의 삶과 그의 죽음의 간격에도 아름다운 달빛이 가득 고여 있는 것 같아 마음이 조금 가벼워진다. 이것이 진정한 시가 주는 위안이리라. 그의 유택이 있는 절두산 성지를 지날 때마다 그의 통 큰 웃음소리가 들리는 듯하다.

평생의 관계

내가 김용직 선생님의 모습을 처음 뵌 것은 대학교에 입학하여 교양과정부를 다닐 때였다. 당시에는 교양과정부가 독립되어 있어서 일학년 때 인문계와 자연계로 반을 편성해서 교양과정부에서 수업을 진행했다. 교양과정부는 지금의 서울과학기술대학이 있는 공릉동에 있었는데 캠퍼스 한쪽에는 미대가, 또 한쪽에는 공대가 자리 잡고 있었다. 그때 우리는 대학에 입학한 들뜬 기분으로 여기 저기 소문난 과목을 청강을 하며 다녔다.

학생들의 입을 통하여 김용직 선생님께서 국어 시간에 시인들의 생애나 시 세계에 대해 요약 설명을 잘해 주신다는 말을 듣고 선생님 강의실에 들어간 일이 있다. 선생님께서는 후리후리한 키에 안경을 끼고 검은 베레모를 쓰고 들어오셨다. 학생들의 발표가 끝나자 선생님께서 짤막한 논평을 하셨는데 경상도 억양으로 시 세계의 핵심을 짚어주시는 면이 어린 나에게는 매우 인상적이었다.

그 후 대학원 박사과정에서 선생님을 가까이 모시게 될 때까지 나는 선생님을 먼발치에서 우러러보았을 뿐이다. 다만 석사 논문 공개 발표회 때 나의 발표에 대해 선생님께서 뜻밖에 비교적 긍정적인 반응을 보이신 것이 내 기억에 강하게 남아 있다. 정지용에 대한 내 발표가 끝나자 잠깐의 침묵이 흐른 후 선생님께서 "이 군이 시를 읽는 센스를 좀 기른 것 같은데"라고 말씀을 시작하셨다. 나는 그 한 마디 말에 너무나 가슴이 떨려서 그다음에 무슨 말씀을 하셨는지 거의 귀에 들어오지 않았다. 평소 신랄한 비판으로 정신을 번쩍 들게 하시던 선생님의 뜻밖의 반응에 놀랐던 것이다.

대학원에 다니면서 나는 영동고등학교의 교사로 근무했다. 그런데 그 고등학교에 선생님의 큰 자제인 김유중 군이 입학을 했다. 나는 유중 군을 교실에서 직접 가르치지는 않았지만 유중 군의 담임에게, 또는 국어를 맡은 동료 교사에게 유중 군의 학업 상태라든가 수업 태도 같은 것을 물어보면서 나 나름대로 관심을 기울였다. 그 덕에 반포의 선생님 댁을 방문하여 사모님께 다과 대접도 받고 선생님의 서명이 담긴 저서 『김억작품집』을 처음으로 받았다. 유중 군이 2학년 1학기를 마쳤을 때 내가 충남대학교에 자리를 정해 가면서 헤어졌지만 나중에 내가 졸업한 사범대학 국어교육과에 유중 군이 입학을 함으로써 선후배의 관계로 다시 만나게 되었다.

박사과정에 입학하여 선생님께서 지도 교수를 맡아주셨기 때문에 선생님과 자리를 같이할 기회가 좀 더 많아졌다. 그렇지만 그때나 지금이나 서울대학교 학생들은 교수를 잘 찾아다니지 않는 것이 관습처럼 되어 있어서 공식적인 일이 아니면 선생님을 개인적으로 대할 기회가 거의 없었다. 공식적인 일이란 강의 시간에 뵙든가 정초에 선생님 댁에 세배를 간다든가 하는 일이었다. 선생님께 세배를 드리면 인사를 받으신 후 자리에 앉으셔서 세상의 온갖 부당하고 불공정한 형편에 대해 비판을 가하신 다음 당신께서 연구하시는 분야에 대해 설명하시는 일로 일관하셨다. 우리는 묵묵히, 때로는 웃어가며 선생님의 말씀을 경청할 뿐이었다.

선생님과 개인적인 대화를 나눌 수 있었던 것은 박사 논문에 대한 상의를 드리면서부터다. 그때가 1986년이니까 내가 서른두 살 때였는데 당시 박사 논문 제출자로는 상당히 어린 나이였다. 그런데 선생님께서는 내가 만득晩得의 독자獨子인 것을 감안하셔서 그랬는지 논문을 서둘러 제출하라고 말씀하셨다. 내 요량으로는 일이 년 후에 제출할 생각이었는데 그 말씀에 힘을 얻어서 논문 제출을 앞당기게 되었다.

내가 정한 논문의 주제는 현대시에 나타난 자연 이미지에 대한 것이었다. 제목을 '한국 현대시의 자연표상 연구'라고 정했다. 자연표상이란 말이 계속 마음에 걸렸는데 영어의 'Nature Imagery'를 번역한 것이었다. 목차와 서론 부분을 작성해서 선생님께 보여드렸다. 선생님께서는 자연표상이라는 말이 조금 어색해 보이는데 일단 논문을 작성하면 새로운 아이디어가 생기니까 처음의 구상대로 써 보라고 말씀하셨다. 그리고는 내가 써 간 서론을 읽어 가시면서 빨간 볼펜으로 첨삭 수정을 하시기 시작했다. 나는 책상 앞에 그대로 서서 어떻게 나에게 논문의 개요도 묻지 않으시고 저렇게 수정을 하시나 하고 의아해했다. 수정을 다 하시더니 서론을 돌려주시면서 본론도 이런 스타일로 고쳐

가면서 써 보라고 말씀하셨다. 그 자리에서는 무엇을 고치셨는지 알 길이 없어서 그저 고맙다는 말씀만 올리고 연구실을 빠져나와 대전으로 오는 버스를 탔다.

그 당시 나는 충남대학교에 재직하고 있었기 때문에 주로 대전에서 생활하고 있었다. 대전으로 오는 버스에서 수정된 부분을 읽어보니 문장이 전보다 훨씬 부드러워지고 논리도 더욱 정연하게 가다듬어져 있었다. 어떻게 즉석에서 문장을 읽고 이렇게 유연하게 바꾸시는지 선생님의 능력에 경탄하고 말았다. 선생님의 그 모습이 너무도 강렬하게 남아 있어서 학생들이 글을 써 가지고 오면 나도 선생님처럼 해 보려고 즉석에서 학생의 글에 수정을 가한 적이 있었지만 결과를 보면 참담할 지경이어서 그럴 때마다 선생님께 부끄러운 심정을 갖곤 했다.

그해 가을에 결국 박사 논문을 제출하게 되었다. 나이도 어린 사람이 선배들보다 먼저 학위 논문을 내는 처지라 처음 공개 발표 때 묵사발이 되어서 제출도 못하게 되거나 심사에 들어가더라도 한 학기가 연기되지 않을까 내심 걱정하였다. 선생님께 본론을 보여드렸는데 별로 읽지도 않으시고 알았다고만 하셔서 내가 안 될 것을 예상하고 이러시는구나 하고 혼자 불안하게 여겼다. 그때 현대문학 부분은 네 사람이 발표를 했는데 다른 사람들은 모두 나의 선배들이었다.

발표가 끝나자 예상했던 대로 여기저기서 비판적인 질문이 쏟아져 나왔다. 그런데 나에게 제기되는 문제점에 대해 내가 답변하기도 전에 선생님께서 먼저 나서서 이렇게 저렇게 해명을 해 주셨다. 나는 참으로 당혹스러웠다. 방금 전까지 선생님께서 다른 사람들의 발표에 대해 평소 당신의 방식대로 가혹한 비판을 아끼지 않으셨던 것을 나는 분명히 목격했다. 그런데 나의 발표에 대해서는 저렇게 두둔을 하시면 다른 사람들이 어떻게 생각을 할까, 나는 그 점이 가장 걱정스러웠다. 그런데 선생님께서는 발표회가 끝나자 아무렇지도 않다는 듯이 당신의 연구실로 데리고 가셔서 이제 한고비를 넘겼으니까 지적받은 사항을 수정해서 논문을 제출하라고 말씀하셨다. 나는 그저 송구스러워서 머리를 조아리고 고맙다는 말만 되풀이했다. 그 덕분에 공개 발표회는 무사히 통과될 수 있었다.

이제 본심이 시작되었다. 정한모 선생님께서 심사 위원장을 맡으시고 김은전, 박철희, 오세영 선생님께서 심사에 참여하셨다. 당시는 첫 심사를 시작하기 전에 심사를 맡으신 분들께 심사비를 드리는 것이 관례로 되어 있었다. 논문 제출자에게 부담이 되지 않도록 정액 얼마로 내정을 해 놓았다. 나는 다섯 개의 봉투를 마련하여 심사 위원들께 드릴 심사비를 준비했다. 그런데 선생님께서는 지도 교수인 당신의 심사비는 필요 없으니 준비하지 말라고 말씀하셨다. 그러나 나의 소견으로는 그럴 수 없다고 판단되어 준비해 간 봉투를 선생님께 전해 올렸다. 그러자 선생님께서는 이 사람이 왜 이러느냐면서 그 봉투를 다시 내 손에 쥐어주셨다. 다시 그 봉투를 내밀었다가는 야단을 맞을 것 같아서 손길을 멈춘 채 선생님께 이렇게 말씀드렸다. 지도 교수님이 제일 많이 고생을 하시는데 어떻게 심사비를 안 받으시나요. 그랬더니 선생님께서는 잠시 사이를 두셨다가, 지도 교수와 학생의 관계는 평생을 가는 것이니까 심사비를 안 받아도 된다고 말씀하셨다. 나는 그때 평생의 관계라는 말을 처음 들었다. 아, 평생의 관계라니. 이제 나는 이렇게 선생님과 떼려야 뗄 수 없는 관계로 결속되는 것이구나. 그 말은 매우 가슴 떨리는 말이었다.

심사가 시작되어 두 번째 모이는 날은 중요한 날이다. 그날 심사 위원들로부터 수정을 요구하는 지시사항이 전달되기 때문이다. 여기서 논문 제출이 유보되느냐 아니냐가 결정되기도 한다. 그런데 그 모임에 그만 내가 시간을 잘못 알아서 한 시간 정도 늦게 도착했다. 심사받는 당사자가 나타나지 않자 심사 위원들은 논문 제출자의 답변 없이 각자 당신들의 의견을 피력하셨기 때문에 자연히 지적 사항이 많아졌다. 선생님께서는 초조한 빛을 띠시며 심사 위원 선생님들을 직접 찾아뵙고 지적 사항을 잘 들어서 수정을 해 오라고 하셨다. 박철희 선생님과 오세영 선생님의 지적이 아주 많았다. 나는 고칠 거리를 잔뜩 안고 대전으로 가면서 착잡한 마음에 터미널 근처의 포장마차에 들어가 소주를 취하도록 마셨다. 그렇지만 다음날부터 낮과 밤의 모든 시간을 투입하여 수정을 해 나갔다.

세 번째 모이는 날 수정 사항의 대부분을 고쳐가지고 가서 심사 위원들께 보여드렸다. 제날짜에 수정이 어려울 것이라고 생각했는데 역시 체력이 좋아서 해냈다고 어느 분이 말씀하셨다. 충남대학교에 있으니 그 옆의 유성에서 온천을 자주 해서 건강한 것이 아니냐고 또 한 분이 농담으로 말씀하셨다. 이제 미비한 사항만 보충하면 다음에 최종적으로 검토하고 인준 도장을 찍기로 했다. 말하자면 논문의 종심만 남은 것이다. 나는 당연히 기분이 좋았지만 선생님께서 나보다 더 기분이 좋으신 것 같았다. 선생님께서는 다소 흥분한 어조로 당신의 집으로 함께 가자고 말씀하셨다. 선생님의 차에 동승하여 개포동 자택으로 향했다.

선생님은 운전도 선생님 스타일대로 하셔서 노면에 나와 있는 과속방지턱도 거침없이 넘고 쭉 가다가 빽 하고 급정거도 하셨다. 선생님께서 미리 말씀을 해 놓으셨는지 저녁 식사가 차려져 있었다. 선생님께서 처음으로 사모님께 내 칭찬을 하셨다. "이 사람이 고치라는 것을 다 고쳐 와서 심사에 통과가 되었어. 아마 국문학과의 최연소 박사가 될 거야." 선생님은 술도 한잔하셔서 약간 상기하신 듯했는데 서가에 가시더니 프로이트의 *The Ego and the Id*라는 영어 복사판 책을 들고 오셨다. 프로이트의 이론도 우리나라에 잘못 소개된 게 많다고 하시며 그 책을 나에게 주셨다. 그 책이 선생님으로부터 받은 두 번째 책인데 나중에 비평론 강의에 요긴하게 활용했다. 그렇게 나는 선생님과 평생의 관계로 맺어지게 되었다.

그 이후 정해진 절차에 따라 종심을 마치고 박사 학위를 받고 졸업식 날 집사람을 데리고 선생님의 연구실로 가서 선생님과 사진을 찍고 그때 마침 큰 자제 김유중 군도 대학을 졸업하게 되어 같이 사진을 찍었다. 그로부터 십 년의 세월이 흘러 선생님께서 정년을 맞으시게 되었다. 그 십 년의 세월 동안 평생의 관계라는 선생님의 말씀은 이 아둔한 제자의 기억 저편으로 사라져 갔다. 박사 학위를 받은 이듬해 그것을 책으로 내면서 서문에서 필자의 논문 제출과 심사에 이르는 전 과정을 통하여 지도 교수이신 김용직 선생님께서 필자에게 분에 넘치는 은덕을 베풀어 주셨다는 말을 남겼는데, 그것도 그때뿐 그 이후 나는 제 멋에 겨워 선생님의 은혜를 잊고 자기 도취의 삶을 살았다.

얼마 전 어느 평론가와 만난 자리에서 내 박사 논문의 지도 교수가 김용직 선생님이라고 말하자 그 평론가는 그래서 그런지 이 형의 문체의 어느 부분은 김용직 선생님과 아주 흡사한 면이 있다고 지적해 주었다. 나는 그때 내 박사 논문 초고를 고쳐주시던 선생님의 모습이 생각났다. 그리고 돌아오는 버스 안에서 고쳐주신 부분을 읽으며 경탄스러워 하던 내 모습도 떠올랐다. 선생님께서 말씀하신 평생의 관계라는 말의 한 줄기가 이렇게 이어지는 것인가 나는 잠시 생각했다. 그러나 그것도 그때뿐 이런 글을 쓰는 지금에서야 그 말의 의미가 다시 되살아나고 있으니 선생님 앞에 그저 부끄럽고 부끄러울 따름이다.

소년처럼 수줍고
돌쇠처럼 우직한

이런 글을 쓸 때마다 고민이 되는 것은 호칭이다. 내게 가장 편한 호칭은 오세영 선생님이지만, 이 지면은 오세영 시인의 정년을 축하하는 자리이고, 관례적인 이야기보다는 좀 더 내밀하고 진솔한 이야기가 나와야 될 것 같아서 그냥 오세영 시인이라는 호칭을 쓰고자 한다. 문단과 학계의 대선배인 오세영 선생님에 대해 이야기하는 것보다는 평론가의 자리에서 오세영 시인에 대해 이야기하는 것이 훨씬 마음이 편할 것 같기 때문이다.

내가 오세영 시인을 처음 만난 것은 1980년대 초엽이다. 1981년 8월에 충남대학교에 전임 발령을 받아 부임했는데, 오세영 시인은 일년 전에 충남대학교에서 단국대학교로 옮긴 상태였다. 그러나 충남대학교 국문학과 학생들에게 오세영 시인의 영향력은 아직 강하게 남아 있었다. 시에 대한 열정적인 강의 내용은 물론이고 사적인 자리에서 보여준 시인다운 낭만적인 분위기에 대해 여러 학생이 이야기를 해 주었다. 술을 한번 마시기 시작하면 포장마차를 전전하며 통금 시간이 임박할 때까지 술을 마신다든가, 취중에 무슨 슬픈 사연이 떠오르면 그 자리에서 눈물을 흘린다든가 하는 내용인데, 아끼던 여자 제자가 미국으로 떠나게 되어 배웅을 하고 온 날은 눈자위가 퉁퉁 분 상태로 나타나서 대학원 제자를 붙들고 포장마차를 전전하며 그 애달픈 마음을 몇 번이고 하소연하였다는 것이다. 그 정황은 생각만 해도 매력적인 것이어서 나도 언제 오세영 시인을 만나면 그렇게 감정의 늪에 빠져 손을 부여잡고 울 수 있을까 혼자 생각하기도 했다.

그러던 어느 날 충남대학교에 무슨 학회가 있어서 오세영 시인이 참석했다. 그렇지 않아도 한번 꼭 뵈려고 했던 분이라 다가가 정중하게 인사를 올렸다. 그러자 오세영 시인은 고개를 약간 숙이고 수줍게 미소를 지으며 인사를 받았다. 그러고는 악수를 청할 듯 손을 약간 움직이다 마는 것이었다. 보통 우리가 초인사를 할 때는 남의 손을 덥석 잡고 악수를 하는 것이 관례로 되어 있다. 정치적인 사람일수록 그 동작이 민첩하고 활달하다. 그런데 오세영 시인은 악수를 하려고 손을 내밀다 만 것이다. 이 글을 읽는 분들도 오세영 시인에게 덥석 손을 잡혀 악수를 나눈 분은 아마 거의 없을 것이다. 그가 악수에 이토록 소극적인 자세를 취하는 이유는 무엇일까?

우리가 악수의 예법으로 알고 있는 것의 하나는 손위의 사람이 먼저 손을 내민다는 것이다. 내가 관찰하고 분석한 바에 의하면, 오세영 시인이 악수에 소극적인 것은 바로 이 점과 관련이 있다. 그는 자신이 먼저 손을 내밀어도 좋을 처지인지, 그렇게 당당히 우위에 놓여도 될 상황인지 판단이 서지 않아서 손을 멈칫거리는 것이다. 충남대학교에서 내가 대면한 그날의 소년 같은 수줍음은 강의실의 열강이나 포장마차의 감상적인 음주벽과는 거리가 먼 것이기에 잠깐 당황스럽기도 했다. 그러나 손을 멈칫거리며 수줍게 웃던 그 어색함이 그의 진면목에 가까운 것이라는 느낌이 더 강하게 들었다.

그 후 문단과 학계에서 이런저런 일로 마주치면서 공적인 자리는 물론이고 사적인 자리에서도 여러 가지 가르침을 받으며 이십 년 가까이 지내왔다. 오세영 시인의 작품에 대해 여러 번 해설과 논평을 쓰기도 했는데 그때마다 내 글을 칭찬해 주었다. 세상에 칭찬을 싫어하는 사람이 어디 있겠는가? 내 글이 좋다고 하며 자꾸 나를 끌어주니 나 역시 그에게로 자꾸 다가갔다. 그 결과 이런 글도 쓰게 된 것이다.

사적인 자리에서 그를 대하면 처음에는 수줍은 듯 말을 아끼다가 술기운이 좀 오르고 말문이 터지면 마치 강의실에서 수업을 하듯 문학과 문단에 대한 자신의 의견을 서론, 본론, 결론으로 나누어 이야기한다. 문학 용어의 개념에서부터 시작하여 그 용어의 쓰임새에 이르기까지 온갖전거를 들어가며 설명하고 시정에 오가는 문학 담론의 오류를 짚어나간다.

사정이 이러하므로, 우리는 흥청거리는 술판이 엄숙한 문학 강의실로 바뀌는 일이 없도록 가능한 한 문학 이야기는 피하고 시정 잡사를 주로 늘어놓지만, 어느새 그의 예민한 청각은 우리들의 어눌한 대화의 공백 부분을 파고들어 문학론의 씨앗을 잡아내서, 작금 문단의 병폐가 어디에서 연유하였는지를 술이부작述而不作의 태도로 논변해 가고 이 시대적 상황 속에서 우리가 어떻게 문학에 임해야 할 것인가에 대해 설파하는 것이다. 나는 이러한 경험을 통하여 그가 문학에 대해 갖고 있는 그 자신의 굳건한 관점과 신념을 쉽사리 바꾸지 않을 것이라는 판단을 하게 되었다.

오세영 시인은 여행을 좋아하여 국내외의 명승지를 안 가본 곳이 별로 없다. 그 여행에 몇 번 동석한 적이 있다. 한번은 유럽 여행에 동행한 적이 있는데 영국 런던에서 하루를 묵게 되었다. 저녁 식사 후 자유시간이 되자 그는 나와 어느 여성 시인을 한 명 부르더니 저 옛날 유명 문인들이 노닐던 런던의 소호(Soho) 거리를 보지 못한다면 런던 구경을 안 한 것이나 다름없다고 말하며 소호 거리로 가자고 이끌었다. 나는 그곳이 어떤 곳인지도 모르고 뒤를 따라갔다. 그는 운전기사건 행인이건 닥치는 대로 붙들고 본인이 가려는 목적지를 영어로 물어봤다. 그의 영어는 발음은 좀 어색했지만 일 년 간 미국에 체류한 경력 때문인지 의사소통은 잘 되었다. 영어 회화를 못하는 나는 그것이 못내 부러웠다. 여하튼 이런 저런 경로를 거쳐 목적지에 도착해 보니 그 소호 거리라는 것이 술집과 음란극장으로 가득한 환락가였다. 불량하고 난폭해 보이는 그곳 사람들을 보니 나는 더럭 겁이 났다. 그러나 오세영 시인은 두려움이라는 말을 모르는 모험 소설의 주인공 같았다. 우직한 돌쇠처럼 정한 목표를 향해 돌진해 가는 것이었다. 결국 우리는 어느 술집에 들어가 비싼 돈을 치르고 맥주 한 잔씩만 마시고 나오게 되었는데 그 자세한 경위는 여기서 이야기하지 않으련다.

목표를 향해 나아가는 우직한 돌진성을 다시 한 번 확인하게 된 것은 경남 창녕의 화왕산에 갔을 때였다. 화왕산은 가을에 산 정상에서 갈대를 태우는 행사를 하는데 그것이 장관이라고 하여 불구경을 간 것이다. 서울에서 출발하여 화왕산 입구에 도착하니 점심때가 훨씬 지나 있었다. 여섯 시 전에 도착해야 불구경을 제대로 할 수 있다고 했다. 그러니까 세 시간 만에 정상까지 올라가야 한다는 것이다. 부지런히 올라갔지만 화왕산이라는 그 산이 만만한 산이 아니었다. 체형이 비둔한 나는 땀을 비 오듯 흘리며 숨이 턱으로 넘어올 지경이 되었다. 어쩔 수 없이 여러 차례 쉬어가야 했는데 오세영 시인은 갈대를 태우는 그 장관을 보아야 한다는 일념에 초인적인 의지로 정상을 향해 매진해 가는 것이었다.

내가 지친 다리를 끌고 화왕산 정상에 도착했을 때는 이미 갈대에 불을 붙여 반쯤 타버린 상태였다. 목을 길게 뽑고 오세영 시인이 어디 있나 찾아보았다. 갈대밭이 잘 보이는 바위 언덕 저편에 로댕의 생각하는 사람처럼 주저앉아 처연한 표정으로 타오르는 갈대밭을 바라보고 있었다. 산행에 지친 나로서는 불타는 갈대밭이 볼 만하긴 했지만 그렇게 목숨 걸고 치달아 올라와야 할 정도로 대단하다는 생각은 들지 않았다. 그러나 불이 다 꺼진 후에도 그는 자리를 뜨지 않고 한참 동안 까맣게 타버린 갈대밭을 응시하는 것이었다.

어두워 가는 산길을 다시 내려가자니 다리가 후들거리고 쥐가 날 것 같았다. 터덜터덜 내려가는데 등 뒤에서 오세영 시인이 말을 건넸다. “어때요, 이 교수, 정말 장관이지요?” “네, 장관입니다.” 건성으로 대답하고 그를 돌아보고 나는 깜짝 놀랐다. 태어나 처음 보는 기막힌 경관에 깊이 감동한 듯 그의 눈에는 아직 물기가 남아 있었다. 정말 좋은 것을 보면 눈물이 핑 돌며 가슴이 설레던 소년의 순정함을 그는 고스란히 간직하고 있었던 것이다. 이것이 바로 시인과 평론가의 차이인가. 나는 자못 부끄러웠다. 죽었다 깨어나도 나는 시인이 못될 것이라는 생각을 하며 달빛을 따라 밤길을 내려왔다.

중국의 실크로드로 여행을 하였을 때 그의 탁월한 체력과 저돌적 돌진력은 다시 한 번 유감없이 발휘되었다. 천산북로 지역을 여름에 여행했는데 시안에서 우루무치로 갔다가 투루판, 둔황을 거쳐 시안으로 되돌아오는 경로였다. 한낮의 일광을 피해 그늘로 다니는 여행이지만 섭씨 40도를 오르내리는 무더위에 땀이 비 오듯 했고 아무리 물을 마셔도 입이 금방 타들어 갔다. 둔황 근처에 명사산과 월아천이라는 유명한 관광지가 있다. 명사산은 거대한 모래 산인데 해발 몇 미터인지는 알 수가 없고 남북 20km, 동서 40km에 이른다는 것만 안내문에 표시되어 있다. 명사산 밑까지는 낙타를 타고 갔는데 불과 십 분 거리의 사막을 낙타로 가는 데도 무척 힘이 들었다.

명사산 밑에 도착하자 오세영 시인은 명사산을 걸어서 올라갔다 와야겠다는 것이었다. 젊은 사람들은 물론 걸어서 올라갔다가 미끄럼을 타고 내려오는 것이 보였다. 그러나 육십이 다 된 그분이 그곳에 올라갔다가는 큰일이 날 것 같았다. 천성이 비만형인 나는 그저 앉아 있는 것만도 힘이 들어서 숨을 헉헉대고 있었다. 그는 나더러 같이 갔다 오자고 은근히 권하였다. 나는 두 손을 휘저으며 제발 살려달라고 애걸하였다. 모자를 단단히 쓰고 선글라스에 수건으로 무장한 오세영 선생님은 굳건한 표정으로 명사산을 향하여 걸어가 관광객을 위한 계단 길로 올라가기 시작했다. 정상 부근에 도달하자 그의 몸이 작은 점으로 가물가물 보였다. 정상에서 아래를 내려다보며 무어라 손을 흔들고 하더니 젊은이들처럼 미끄럼을 타고 내려오는 것이었다. 까맣게 탄 모습으로 기슭에 안착하여 몸을 들이켜는 그의 건강한 모습을 보고 나는 경탄과 경악을 금치 못했다.

정년을 맞는 지금도 그의 소년다운 순정함과 아름다움을 찾는 견인堅忍의 돌진력은 변함이 없는 것 같다. 섬진강 물결에 눈부시게 흩어지는 벚꽃 잎을 가슴 설레며 바라보는 그 모습이 여전하고, 천년 고찰이라는 표지만 보고 이름 모르는 절로 치달아 올라가는 그의 추진력도 최근에 확인한 바 있다. 너무나 약삭빠르게 변해 가는 들뜬 세상에서 소년처럼 수줍고 돌쇠처럼 우직한 시인의 모습을 보는 것은 기쁜 일이다. 언제나 나보다 먼저 산에 올라가는 그 타고난 건강이 영원히 계속되기를 빌며 글을 마친다.

행복한 난청, 탈속의 길

"이 박사—, 나 임영줍니다."

나에게 전화할 때 그는 거의 예외 없이 이렇게 말했다. '이 박사'라고 할 때는 언제나 뒤를 길게 끌었다. 그것은 나에 대한 친근감의 표시이자 자신이 누구라는 것을 인지시키려는 배려이기도 했다. 안녕하시냐고, 어떻게 지내셨느냐고, 간단한 인사말이 오간 다음에는 장시간의 독백 같은 대화가 이어진다. 그간 있었던 사소한 일상사에서부터 문단의 중요 관심사에 이르기까지, 내가 듣고 싶어 하건 듣고 싶지 않아 하건 관계없이, 그가 하고 싶은 얘기를 상세하게 들려준다. 나는 그 사이사이에 "그래요?", "거, 왜 그래?", "그 사람 큰일 났네." 등의 말을 배음으로 넣어주기만 하면 된다. 그러는 사이에 30분이 지나가고 한 시간이 지나간다. 이 전화에서 벗어나려면 몇 가지 방법을 동원해야 한다. 수업 시작할 시간이 되었다든가 누가 찾아왔다는 식의 말을 해야 겨우 나를 해방시켜 주었다. 그러한 그의 전화를 이제는 전혀 받을 수 없게 되었다.

아는 사람은 아는 일이지만 그는 약간의 난청 증세를 지니고 있었다. 그것 때문에 웃지 못할 희극이 벌어진 적도 여러 번 있었다. 한번은 임영조 시인이 내 학교 전화번호와 집 전화번호를 혼동해서 학교로 한다는 것을 집으로 전화한 적이 있었다. 아내가 전화를 받자 임영조 시인은 대뜸 "나 임영조라는 사람인데, 이숭원 교수 어디 가셨나?" 하고 반말로 물었다. 임영조 시인의 음성을 알고 있는 아내가 "안녕하세요, 임 선생님. 남편은 학교에 갔어요" 하고 대답했는데도 "어디 나가셨다고? 들어오시면 임영조라는 사람한테서 전화 왔었다고 전해요" 하고 전화를 끊었다. 아내가 내 연구실로 전화해서, 임 선생님께 전화드리라고, 나를 조교로 아셨는지 반말을 하시더라고 일러주었다. 내가 전화했을 때 그가 한 말이 지금도 귀에 생생하다. "아이구, 아이구, 이 박사, 금방 들어오셨구먼. 그런데 이 박사 조교 교육 참 잘 시켰어. 조교가 임영조라는 이름을 알고 있더라구." 눈을 새우처럼 굽히고 가지런한 치열을 내보이며 웃던 그의 모습을 이제 사진으로만 볼 수 있게 되었다.

그와 처음 만난 것은 1987년 초반 인사동『한국문학』편집실에서였다.

나는 1981년에 충남대학교 전임강사로 내려가서 5년이 지났을 때 현대시를 전공하려면 현장 비평을 해야 한다는 선배의 권고에 이끌려 1986년 4월『한국문학』신인상으로 등단했다. 조정래 주간의 배려로 그해 연말 시단 총평을 쓰게 되었다. 시단의 동향을 잘 모르던 나는 도서관에서 며칠을 보내며 그해에 발표된 시 작품을 거의 다 읽고 마음에 드는 작품을 골라내서 몇 가지로 분류하고 평을 했다. 글의 제목은 「삶의 거울로서의 서정성」이었는데 거기서 임영조 시인의 작품 「허수아비의 춤」과 「백자송」에 대해 언급했다. 「허수아비의 춤」은 자신의 생각을 직설적으로 토로해서 시로서의 함축미가 감소된 데 비해 「백자송」은 고전적 형식을 취하면서도 사물의 속성과 정신의 지향을 은밀히 결합시켜 성공을 거두었다고 평했다. 이때 임 시인은 한동안 시를 발표하지 않다가 등단 15년 만에 첫 시집 『바람이 남긴 은어』(고려원, 1985)를 출간하면서 새롭게 시작 활동을 전개하고 있는 중이었다. 그러던 차에 1986년에 발표한 작품이 연말 총평에 긍정적으로 언급되자 자신의 시가 제대로 평가받았다는 생각에 무척 고양되었던 것 같다.

1987년 어느 날 무슨 일로 『한국문학』 편집실에 들렀을 때 조정래 주간이 자리에 앉아 있던 사람에게 인사를 시켰다. 안경을 쓰고 양복을 말쑥하게 차려입은 신사가 바로 임영조 시인이었다. 그는 몇 번이나 고맙다고 말했는데 그의 내력을 잘 모르는 나는 무엇을 그렇게 고마워하는지 사실 제대로 감을 잡지 못했다. 그렇게 인사를 나누고 헤어졌을 뿐 그와 긴 대화를 나누지는 못하였다.

그렇게 또 몇 년의 세월이 흘렀고 1991년에 서울여대로 자리를 옮기면서 평론도 전보다 많이 쓰게 되었다. 어느 날 임영조 시인이 누군가를 통해 만나자는 뜻을 전해 왔다. 대학로의 커피숍에서 만나 어느 일식집에서 술잔을 기울였다. 처음에는 분위기가 좀 어색했지만 술잔이 몇 순배 돌아 취기가 오르자 그는 나더러 시를 잘 보는 평론가라고 칭찬을 늘어놓기 시작했다. 세상에 칭찬을 하는 데 싫어할 사람이 어디 있겠는가. 겉으로는 아니라고, 부족한 점이 많은 사람이라고 겸손

한 척했지만, 속으로는 나를 알아주는 사람을 비로소 만났다는 생각에 흐뭇한 기분이 들어 술을 많이 마셨다. 술에 취해 갈피를 못 잡는 내 손에 아버님 갖다 드리라며 태평양에서 나온 녹차 세트를 쥐어 주었다. 문단 사정에 어두운 나는 그가 태평양화학에 근무한다는 것도 그때 처음 알았다.

그 이듬해에 그의 세 번째 시집 『갈대는 배후가 없다』(세계사, 1992)가 간행되었다. 마침 그때 나는 『주간조선』에 격주로 문학 서평란을 맡고 있었다. 원고지 6~7매 정도의 짧은 서평란인데 저자의 사진과 책 사진이 컬러로 제시되기 때문에 독자의 시각을 끄는 장점이 있었다. 시집의 작품이 마음에 든 나는 자진해서 『갈대는 배후가 없다』에 대한 서평을 실었다. 그것은 나의 문학적 판단에 의한 것이었을 뿐 그의 칭찬이나 덕담이 작용한 것은 절대 아니었다. 그런데도 싹싹하고 자상한 그는 어김없이 고맙다는 전화를 했다.

그러나 나는 두 번 다 고맙다는 인사를 받을 필요가 없었다고 지금도 생각한다. 내가 좋다고 본 작품에 대해 내가 좋아 글을 쓴 것이니 고맙다는 인사를 받을 이유가 없는 것이다. 그런데도 그는 그런 기회가 있을 때마다 인사를 한 번도 거르지 않았다. 몇 년 전 『조선일보』에 매일 시 한 편을 소개하는 난을 맡았을 때 아내와 내기를 한 적도 있다. 내일 열한 시 이전에 임영조 선생이 내게 전화할 테니 두고 보라고 했다. 그날 아침에 그의 시 「아지랑이」가 소개되었던 것이다. 아니나 다를까 10시가 좀 넘자 전화벨이 울렸다. 수화기를 들자 그 친숙한 음성 "이 박사—, 나 임영좁니다"가 들렸다.

『갈대는 배후가 없다』에 대한 짧은 서평을 보완하여 『현대시학』 12월호에 「미로 속의 자아 탐색」이란 제목의 글을 발표했다. 그 끝부분에서 나는 시인의 내면 한구석에 여전히 혁명을 꿈꾸며 항거하는 젊은 날의 반골 정신이 도사리고 있는 것으로 보인다는 식의 말을 했다. 그에게는 자신이 옳지 않다고 생각하는 일에 대해 항거하는 충청도식 반골 정신이 도사리고 있다. 그렇기 때문에 나는 그의 난청도 세상의 오염된 잡소리를 듣지 않기 위해 스스로 선택한 것이 아닌가 하는 생각도 해 본다. 「행복한 난청」이라는 시는 "목련꽃 터지는 소리만 보네"로 집약되는 자연 관조의 내밀함을 표현한 작품이지만, 그 제목 속에 진세의 소란스러움을 거부하고 난청의 행복을 스스로 즐기는 심리가 숨어 있다는 생각이 드는 것이다.

네 번째 시집 『귀로 웃는 집』(창작과비평사, 1997)을 낼 때 시집의 제목을 정하는 것 때문에 의논을 많이 했다. 임영조 시인은 그의 부인을 두고 쓴 「도꼬마리씨 하나」를 시집의 표제로 삼고 싶어 했다. 이 작품에는 부인에 대한 시인의 애정이 듬뿍 담겨 있고 시인의 독특한 화법이 생생히 살아있기는 했지만 시집의 제목으로 삼기에는 '도꼬마리씨'라는 어감이 그리 좋지 않아 보였다. 또 일반 독자들이 '도꼬마리씨'가 무엇인지 모르는 사람이 많을 것 같고 설사 안다 해도 자기의 번식을 위해 남에게 달라붙는 식물의 습성이 그렇게 좋게 받아들여질 것 같지 않았다. 그의 작품을 읽으며 한나절쯤 생각하다가 「이소당 시편 1」의 끝부분에 눈이 멈췄다. "허리 삔 바람소리 또 스산하니/문 닫고 귀로 웃는 집이다." 이 구절에 나오는 '귀로 웃는 집'이 제목으로 그럴듯

해 보였다. 즉시 임영조 시인에게 전화를 했고 임영조 시인은 창비 편집부와 의논한 결과 만장일치로 '귀로 웃는 집'을 표제로 정했다고 알려 왔다. 이 일과 관련지어 임영조 시인이 고맙다는 말을 여러 차례 했음은 물론인데, 참으로 이상한 것은 그때 이후 그 시집 제목을 내가 제안했다는 말을 나에게건 누구에게건 일체 하지 않았다는 사실이다. 나는 그것이 시인의 자존심에 관한 문제라고 스스로 이해했다.

「도꼬마리씨 하나」가 시집의 제목어 될 기회는 놓쳤지만 그 작품은 임영조 시인이 아끼는 작품 목록의 하나이고 시집의 두 번째 자리에 모셔져 있다. 임영조 시인의 장지에서 하관이 끝난 후 부인 오계실 여사는 남편에 대한 사랑이 계속 이어질 것이라는 눈물 어린 헌사로 고인과 영결하였다. 나는 그 장면을 보며 그의 네 번째 시집 제목을 그의 뜻대로 「도꼬마리씨 하나」로 하도록 내버려 두었어야 했던 것이 아닌가 생각했다.

그와 친한 사람들 몇이 사당역 네거리에서 자주 어울렸는데 그 근처의 추어탕집, 복집, 맥줏집에 그에 관한 추억이 짙게 남아 있다. 그의 남다른 기억력과 재치 있는 언변 덕에 우리는 배꼽을 잡고 뒹굴며 얼마나 즐거워했던가. 그가 투병을 시작하여 모임을 주선할 사람이 없게 되자 이재무 시인이 연락책을 맡아 한번 모인 적이 있었다. 그러나 그가 없는 모임은 싱겁기 짝이 없었다. 맨송맨송 맥주잔이나 만지며 농담 비슷한 이야기를 주고받았을 뿐이다. 그와 여행도 여러 차례 했고 산행에도 여러 번 동참했는데, 그때마다 나는 그의 가벼운 발걸음과 뛰어난 체력에 경탄해 마지않았다. 산에 오르건 평지를 걷건 그는 젊은 나보다 늘 앞서 나갔다. 아무리 술을 많이 먹어도 그 다음날 5시면 기상하여 숙소 일대를 산책하고 와서 늦잠 자는 나를 깨우곤 했다.

그러나 생각해 보니 그가 그렇게 앞서가는 것을 내버려 두면 안 되는 것이었다. 그를 주저앉혀 자리에서 뒹굴뒹굴 구르게 하거나 느린 걸음으로 어슬렁어슬렁 골목이나 산책하게 했어야 옳았다. 그런데 우리들은 그에게 산천경개 좋은 곳으로 놀러 가자고 해 놓고 그가 부지런히 앞으로 나아가는 것을 뒤에서 즐겼다. 그가 담배를 끊으려 할 때 우리들은 오히려 담배를 권했으며 술을 더디 마시면 그의 앞에 잔을 연거푸 돌려 취흥이 솟아나기를 기다렸다. 그가 정말 흥이 나서 이런 저런 이야기로 좌충우돌하면 시간이 벌써 이렇게 되었느냐며 각자 집으로 가기에 바빴고, 논리보다 언제나 감정이 앞서기 마련인 그의 말에 일일이 시비를 걸어 논리적인 분석을 가하려 들었다. 이 외에 또 많은 것들이 무작정 후회스러울 따름이다. 그의 소중한 가치를 그가 떠난 다음에 더욱 선명하게 깨닫게 되듯이, 이 쓰라린 회한도 그가 떠난 다음에 새롭게 솟아나게 됨을 어찌하랴. 그의 영정 앞에 눈시울을 붉히며 눈물을 흘린 것은 바로 이 때문이었다.

가장 후회스러운 것은 지난 1월의 일이다. 『시로 여는 세상』의 신인상 심사를 마치고 그는 내 차를 타고 비원 앞에서 사당동까지 동행했다. 길이 많이 막혀서 두 시간 가까이 여러 가지 이야기를 나누었는데 그는 미진한 느낌이 들었는지 사무실로 들어가자고 했다. 나는 시내 주행에 지친 나머지 나중에 다시 보자며 집으로 돌아왔다. 그 후에 그를 만난 것은 병원 입원실에서였고 그것이 지상에서의 마지막 만남이 되었다. 현실의 시간에서는 볼 수 없으니 꿈에서라도 보아야 할 터인데, 꿈에서 만난다고 한들 무슨 소용이 있겠는가. 그는 이미 소리가 없는 세상으로 넘어갔으니 새우처럼 접히는 그의 눈웃음은 볼 수 있으나 그 재미있고 아기자기한 재담은 들을 수 없을 것이다. "이 박사―, 나 임영좁니다"하는 그의 정다운 음성도 들을 수 없을 것이다.

임영조 시인이여, 생사의 이치가 정히 이러하기에 "내 생의 옹이마저 온전히 태워/비로소 완성되는 존재의 가벼움"(「나의 다비는」)을 꿈꾸셨는가? "육탈로 맞선 환한 옹고집/당당하게 벌받는 생"(「나무는 죽어서도 나무다」)을 택하셨는가? '시인의 모자'는 이미 오래전에 쓰셨으니 그 수제품 모자를 쓰고 훨훨 승천하소서. 탈속의 하늘로 팔을 벌리고 행복한 난청의 진경을 찾아 눈부시게 날아오르소서. 임영조 시인이여.

찬란하고 황홀한 만남을 위하여

"저, 강탭니다."

전화를 할 때 김강태 시인은 다섯 살 연하인 나에게 늘 이렇게 자신을 낮추어 말했다. 나는 언제나 그를 문단 선배이자 손위의 형님으로 대했지만 그는 자신의 입장에서 그렇게 나를 우대하려고 애썼다. 그럴 필요 없다고 수차례 말했으나 그것은 그의 천성이기에 고쳐지지 않았다. 그 천성이란 무엇인가. 그는 스스로를 늘 젊다고 생각했으며 그래서 후배를 만나더라도 상대방을 우대하는 자리에 서려고 했다. 그의 겸손함은 억지로 꾸며서 나온 것이 아니라 스스로 젊다고 생각하는 데에서 우러난 지극히 자연스러운 예법이었다.

나도 젊을 때에는 은사들께 전화할 때 "저, 승원입니다"라고 자신을 낮추어 말했다. 그러나 나이가 들면서 나 자신도 모르게 "선생님, 이 승원입니다"로 바뀌고 말았다. 그 시점이 명확히 언제부터라고는 말을 못하겠지만, 스스로 나이가 들었다는 자각이 섰을 때 그런 어법이 나왔을 것이다. 그러나 김강태 시인은 오십이 넘어서도 청년으로 산

것이다. 어떤 사람은 나보다 몇 살 연상인데 이십년 가까이 죽어라 하고 '교수' 칭호를 붙이는 사람이 있다. 그런데 김강태 시인은 세상을 떠나기 직전까지 "저, 강탭니다"를 바꾸지 않았다. 지금도 수화기를 들면 그 목소리가 저편에서 들려오는 듯하다.

그를 처음 만난 것은 1996년 2월 송희복 형을 통해서였다. 인사동 음식점에서 만났는데 첫인상이 매우 깔끔하고 정결했다. 키가 크고 목이 긴 선비형의 모습에 사람을 끄는 무언가가 있었다. 그는 조심스럽게 자신의 여섯 번째 시집 『등뼈를 위한 변명』(고려원, 1995)을 내게 전했다. 나도 그때 막 출간된 『한국 현대시 감상론』(집문당, 1996)을 증정했다. 그는 『현대시』에 연재될 때부터 재미있게 읽은 글이고 학생들을 가르칠 때에도 많은 도움이 되겠다고 하며 두 손으로 책을 꼭 껴안았다. 그것은 절대 과장된 몸짓이 아니라 정말 고마워하고 반가워하는 몸짓이었다. 그제야 나도 그의 시집을 가슴에 품으며 반가워할 걸 하는 생각이 들었지만 그것이 어찌 억지로 만들어서 되는 것이겠는가. "저, 강탭니다"가 만들어서 나오는 것이 아니듯이 책을 가슴에 품으며 좋아하는 것도 억지로 꾸며서 되는 것이 아니다.

그때 나는 마흔을 갓 넘겼을 때라 사람들과 어울려 진하게 노는 것을 좋아했다. 술 마시는 속도도 빠르고 취한 다음에는 무어라 떠들기를 좋아했다. 마음에 드는 시인을 만났으니 늘 하던 버릇대로 술잔을 돌리며 빨리 취하여 같이 무너지기를 기다리고 있는데 김강태 시인은 전혀 취하지를 않는 것이다. 가만히 보니 그는 만취 상태까지 가서 자기를 놓아버리는 스타일이 아니라 끝까지 정신을 차리고 술과 싸움을 벌이는 타입이었다. 술자리에서의 그의 자제력은 대단했다. 하이트 맥주가 발매된 다음에는 어느 자리에서건 그것만 마셨다. 그만큼 그는 자신이 정한 규칙을 지키는 절도가 있었다.

얼마 후 『현대시』의 '평론가들이 선택한 이달의 시인' 난에 김강태 시인의 신작을 평설하는 일을 맡았다. 그의 작품은 발랄하고 익살스러운 어법으로 자신의 체험을 표현한 시와 정갈하고 단아한 언어로 내면의 지향을 표현한 시로 대별되었다. 후자의 시는 그의 외모나 인상과 부합하는 면이 많았는데, 전자의 시는 내가 미처 포착하지 못한 그의 또 다른 면을 보는 것 같아 매우 이채로웠다. 그 작품 중에는 선정적이거나 다소 외설적인 내용의 작품도 있었지만 그 모든 것이 정신과 언어의 자유를 획득하려는 그의 지향을 드러내고 있었다.

그의 「다시, 박스에 관하여」라는 시는 "시의 따귀를 후려갈기다"라는 부제가 붙어 있었다. 나는 이 글귀가 마음에 들었다. 따귀를 '갈기다'가 아니고 '후려갈기다'니 얼마나 후련하고 시원한 느낌을 주는가. 나도 그전부터 시의 따귀를 후려갈기고 싶은 마음이 굴뚝같았는데, 김강태 시인이 내 마음을 대변해서 행동으로 옮겨주니 얼마나 통쾌한 일인가. 시의 따귀를 후려갈기니 추접스런 옆구리가 낭창히 터지고, 정면으로 발길질을 하니 내장을 쏟으며 비명을 지르고, 몸을 뒤틀다가 종국에는 회생 불능의 나부렁이가 된다고 시에 묘사되어 있다. 코피가 터졌는데도 대거리할 생각조차 내지 못한 채 알 수 없는 허연 눈알만 뒤룩뒤룩 굴리는 허약한 시의 모습을 희화적으로 표현했다. 나는 이 시를 읽으며 김강태 시인의 기발한 언어 구사 능력과 독특한 유머 감각, 그리고 그 선비적 용모 안에 숨어 있는 전투적 공격 정신을 새롭게 음미할 수 있었다. 누군가가 평론의 따귀도 이렇게 후려갈기면 시원하겠다는 생각을 했다.

김강태 시인의 신작을 평설하면서 그 끝부분에 몇 가지 숙제를 던진다고 하면서 그의 시가 극복해야 할 사항을 지적하였다. 매우 부드러운 말로 윤색하긴 했지만 비판에 해당하는 내용이기에 책이 나온 다음에 다소 불안한 마음이 들었다. 사실은 그의 시 중 어떤 부분은 제대로 이해하지 못한 면도 있었기 때문에 마음이 더 찜찜했다. 얼마 후 송희복 형을 통해 김강태 시인과 만나자는 전갈이 왔다. 이번에는 삼각지의 음식점에서 만났는데 고기를 굽고 술잔을 돌리면서 참으로 고맙다는 말만 되풀이했다. 일차 자리를 끝내고 이차로 옮기면서 그는 내 곁에 다가와 나에게만 말했다. "이 선생님(이 형이라고 해도 될 것을 이렇게 그는 공대의 어법을 버리지 않았다)이 지적한 문제를 꼭 해결하고 다음 시집을 낼 겁니다. 그리고 「욕망은 흑산 홍어처럼」을 이 선생님처럼 읽어도 재미있는 시가 되겠구나 하는 생각이 들었습니다." 이 두 마디 말은 한 치의 어김이 없는 그의 진심이었다. 뒤의 말은 나의 오독을 독자의 창조적 해석이라는 뜻으로 감싸주는 말이었으며 앞의 말은 그의 각오를 새롭게 다지는 말이었다. "꼭 해결하고"라는 그 말 때문인지 그는 일곱 번째 시집을 내지 못하고 세상을 떠났다. 그는 그렇게 따뜻하고 철저한 신사였다.

그는 1996년 8월부터 1998년 12월까지 2년이 넘는 기간을 『현대시』 커버스토리의 시인 탐방 난을 맡아 매달 100매 이상의 글을 썼다.

이 글은 시인과의 자유로운 방담을 재미있게 소개하면서 시인의 진솔한 삶과 시 세계의 핵심으로 독자를 안내하는 매우 유익한 역할을 했다. 앞의 시에서 보았던 그의 익살스러운 어법이 이 글에서 최대로 활용되었다. 후배에게도 깍듯이 존대하는 그가 이 글에서는 십년 연상의 송수권 시인을 '수권이 형'이라고 부른다. 오탁번 시인도 '탁번 형', 점잖은 이성선 시인도 '성선 형', 이십년 연상인 성찬경 시인을 '성 노인네'라고 부른다. 시인에게 친근하게 다가가 독자들에게 시인의 살아있는 모습을 보여주기 위한 배려다. 그는 이렇게 스스로 망가지는 방식을 택하여 숨 쉬는 시인의 모습을 전하려 애썼다. 그의 시인 탐방 기사만큼 재미있는 대담 기사를 그 이후 다른 곳에서 본 적이 없다.

그는 내가 재직하는 대학에 출강하여 학생들에게 매력 있는 강의를 했다. 학생 수를 30명 이내로 제한하여 친근한 대화식의 수업을 하여 인기를 끌었다. 그가 세상 떠난 후 수업 중에 지나가는 말로 김강태 시인이 돌아가셨다고 하자 그 자리에서 눈물을 비 오듯 흘리는 학생이 있었다. 그 학생에게 왜 그렇게 울었느냐고 물었더니 수업 중에 열강을 하시던 선생님의 모습이 떠올라 울었다고 했다. 시인 탐방 기사도 열성적으로 썼듯이 학생들에게도 최선을 다해 가르쳤던 것이다. 예의 바른 그는 학기가 끝날 때마다 나에게 물질로 인사하는 것을 잊지 않았는데, 나는 그 어색한 자리를 피하려고 그가 만나자고 하면 바쁘다고 핑계를 대고 도망을 다녔다. 그래도 그는 날렵하게 빈틈을 뚫고 들어와 어느새 내 손에 정성이 담긴 선물을 쥐여주는 것이었다.

그가 일산의 큰 병원에서 나와 강화의 대체의학 병원에 입원했다는 소식을 듣고 이승하, 허혜정과 함께 문병을 갔다. 그때 내게 가장 먼저 떠오른 것이 그의 선물이었다. 중병이 걸린 그에게 나는 어떤 선물을 해야 할까. 나는 마음이 착잡하였다. 병실에서 대한 그의 얼굴은 그리 나빠 보이지 않았다. 그는 모든 것을 극복하고 일어날 테니 아무 걱정 말라고 오히려 문병 온 우리들을 격려했다. 그의 부인이 곁을 떠나지 않고 극진히 간호하고 있었다. 문병을 마치고 돌아오는 차 안에서 그러한 부부의 사랑이 저 세상에서도 그대로 이어지기를 빌어 마지않았다.

생각해 보니 그와 약속한 것이 참 많은데 이제는 지킬 수 없게 되었다. 인천의 어느 횟집에 가서 자연산 회를 먹자는 약속도 했고, 농구선수 출신의 키 큰 여자 후배를 소개시켜 주겠다는 약속도 했고, 시 창작론 강의를 계속하여 서울여대에서 시인을 배출하겠다는 약속도 했고, 시집을 새로 내면 내게 해설을 부탁하겠다는 약속도 했다. 나는 그에게 아무 약속도 하지 못했는데, 내 곁을 떠나고 말았다. 그래서 고인이 된 강태 형에게 마음속으로 약속했다. 고려대학교 국문학과에 진학한, 그렇게 자랑스러워했던 두 딸이 훌륭한 국문학도, 훌륭한 문학인으로 성장해 가는 것을 지켜보겠다는 약속을. 분향소에서 그의 영정 앞에 묵도하며 두 딸의 손을 굳게 잡았다.

치아를 살짝 드러내며 수줍게 웃던 강태 형이여, 그 긴 목을 앞으로 내밀고 구만리 장천을 학처럼 훨훨 날아가셨는가. 온 가족이 신봉한 기독교의 섭리에 따라 이미 하나님 곁에 가 있을 강태 형이건만 그 복된 세계에서 잠시 벗어나 꿈에라도 이승에 한번 놀러 오시오. 황혼이 꺼져가는 인천 바다를 바라보며 하이트 맥주를 들이켜는 찬란하고 황홀한 시간을 다시 가져 봅시다.

가모가와와 아마노하시다테

2012년 7월 2일 아침 6시에 집을 떠났다. 일본 교토에서 열리는 한국시학회 국제학술대회에 참석하기 위해서다. 일본은 학술대회나 관광으로 여러 차례 갔으나 내가 회장으로 책임을 지고 가는 것은 처음이어서 신경이 많이 쓰였다. 공항에 도착하니 정과리, 송희복 교수가 먼저 나와 반겨주었다. 실무 책임을 맡은 장석원 교수와 전형철 시인도 가이드와 함께 나타났다. 한국시학회 회원 17명이다. 3박 4일 동안 밤에 먹을 술이 필요하겠기에 송희복 교수와 내가 양주를 한 병씩 구매했다.

간사이공항에 도착하여 점심을 간단히 때우고 서둘러 교토 코류지(廣隆寺)로 향했다. 여기서 도쿄 니쇼가쿠샤(二松學舍)대학의 세리카와 데츠요(芹川哲世) 교수를 만나기로 했기 때문이다. 처음 약속 시간보다 많이 늦어져서 여러 차례 전화를 했다. 처음에는 12시 30분경에 만나서 같이 점심을 먹기로 했는데, 3시가 넘어서야 도착할 수 있었다. 더운 날씨에 무거운 짐을 들고 오랜 시간을 기다린 세리카와 교수에게 무척 미안했다. 그러나 그런 미안한 마음을 가진 것은 나뿐이었다. 나는 책임자고 다른 사람들은 그냥 참석했기에 이런 일에 아무런 관심이 없었다. 나는 조금 서글픈 생각이 들었다. 단체를 책임지는 이런 여행은 여행이 아니라 노동이라는 생각이 들었다. 미안한 마음에 일부러 세리카와 교수와 많은 이야기를 나누며 코류지 유물을 관람했다. 그는 나보다 열 살 위지만 대학원 때 같이 공부한 인연이 있어서인지 친절하면서도 격의 없이 대해 준다. 그의 표정은 늘 따뜻하다.

7월 3일 아침부터 교토대학 인문과학연구소에서 학술대회가 있기 때문에 일찍 취침해야 했다. 그런데 다음날 비가 온다는 예보가 있어서 오늘밤 정지용과 윤동주, 송몽규 등이 거닐었을 가모가와(鴨川)를 가보아야 하지 않겠느냐는 의견이 나왔다. 교토에 몇 번 다녀갔지만 가모가와의 야경을 본 적은 없었다. 세리카와 교수를 안내자로 앞세워 택시를 타고 가모가와로 향했다. 물정 모르는 가이드는 호텔서 걸으면 20분 거리요 택시 타면 기본요금 650엔이 나올 것이라 했으나 1,200엔이 나왔다. 가모가와가 내려다보이는 강둑길 위로는 서울의 미사리처럼 술집이 즐비하게 자리 잡고 있었다. 상술은 어디나 같아서 술값 외에 자릿값도 받았다. 자릿값이 비교적 싼 곳을 찾아 가모가와를 바라보며 야외 술상에서 일본 사케와 맥주를 마셨다. 정지용과 윤동주의 흔적은 물론 어디에도 없었다. 술값은 바가지였다. 가모가와는 한강처럼 넓지는 않았으나 수량이 많았고 흐르는 모양도 보기 좋았다. 교토에 와서 시원한 가모가와의 야경을 보았다는 사실이 흐뭇했다.

다음날 세미나는 예정대로 잘 진행되었다. 교토대학 인문과학연구

소장인 미즈노 나오키(水野直壽) 교수의 발표가 인상적이었다. '시인 윤동주와 창씨개명 문제'를 다루었는데, 당시 자료를 스캔하여 직접 화면에 보여주면서 설명을 해서 내용이 머리에 쏙쏙 들어왔다. 창씨와 창씨개명은 다르다는 것, 윤동주와 송몽규는 창씨는 했지만 개명은 하지 않았다는 것, 당시 창씨는 문중이나 가족 단위로 호적에 등재된 성을 바꾸었다는 것, 도항증명은 호적에 기재된 이름을 적기 때문에 일본유학을 앞둔 윤동주나 송몽규가 창씨 된 호적의 성으로 학적부를 바꾸어 달라는 신고를 했을 것이라는 것 등을 새롭게 알았다. 연구 발표는 구체적인 증거 자료에 의해 논증을 해야 설득력이 있는 법이다. 실증적 연구의 힘을 다시 깨달았다.

학술대회가 끝난 후 교토의 전통사찰 기요미즈데라(清水寺)를 관광했다. 일본 사찰 중 가장 불교적인 양식의 사찰일 것이다. 두 번째 와서인지 그전 같은 시원함은 별로 느끼지 못했다. 2년 전 가족과 함께 왔을 때는 풍치와 경관에 상당한 감동을 느꼈다. 저녁 식사 후 숙소로 돌아와 오늘은 술 마시지 않고 그냥 잘까 하다가 정과리 교수와 함께 박순원, 전형철 시인을 불러 넷이서 양주 한 병을 다 비웠다. 정과리 교수는 첫날 이남호 교수와 한방을 썼는데 코를 많이 골아서 내 방으로 옮겨 왔다. 코 많이 골기로는 내가 으뜸이어서 같이 방을 써도 지장이 없을 것이라고 했다. 나와 같이 방을 쓴 김유중 교수는 좋아라고 이남호 교수 방으로 갔다. 말로는 먼저 잠이 들어 내 코 고는 소리를 듣지 못했다고 했지만 그것은 예의 바른 김유중 교수의 겸사고 사실은 꽤 시끄러웠을 것이다. 정과리 교수와는 서로 술을 많이 먹고 곯아떨어졌기 때문인지 별다른 소음을 느끼지 못했다.

7월 4일 아침 일찍 일본의 3대 절경의 하나인 아마노하시다테(天の橋立)로 향했다. 한자의 구조로 보면 하늘에 놓인 다리라는 뜻이다. 그곳은 일본 사람도 보기 힘든 절경이라 꼭 보아야 한다고 송희복 교수가 몇 번이나 강조했다. 세 시간을 달려 교토부 남쪽 미야즈(宮津) 만에 있는 '하늘의 다리'에 이르렀다. 이름만큼이나 절경이었다. 미야즈만에서 후추(府中) 쪽으로 바다를 잇는 사주沙州가 있고 그 사주에 소나무 숲이 형성되어 장관을 이루었다. 걸어서 사주를 왕래하면 1시간이 걸린다고 해서 중간까지 걷다가 되돌아왔다. 이승하 교수를 비롯한 몇 사람은 자전거를 타고 바람을 쐬며 왕래했다. 바닷가 솔숲에 앉아 있으니 시간 가는 줄 몰랐다. 다음에 가족들과 한번 와야겠다고 마음먹었다. 그러나 기요미즈데라(清水寺)가 그렇듯 두 번째 보는 감동은 처음보다 덜 할 것이다.

하루 일정을 마치고 한밤중에 비를 맞으며 간이술집을 찾아 술과 안주로 거한 종료식을 했다. 웃고 떠드느라 어떻게 숙소로 왔는지 기억이 나지 않는다. 모든 것이 끝났다는 해방감이 기억을 잃게 했을 것이다. 다음 날 아침은 아주 맑았다. 간사이공항을 출발하여 인천공항에 도착했다. 17명의 인원이 아무 탈 없이 학술대회도 잘 치르고 관광도 잘 하고 즐거운 마음으로 돌아와서 보람이 컸다. 떠날 때는 말없이 헤어지자고 해서 각자 짐을 찾고 흩어졌다. 아쉽고 허전한 마음에 피로가 몰려들었다. 집으로 가는 차 안에서 졸다 깨다 일본의 기억이 떠올랐다. 바가지는 썼지만 가모가와 강가에서 술에 취해 떠들며 밤바람을 쉰 것, 뙤약볕 아래서지만 아마노하시다테를 바라보고 솔숲에서 잠시 시간을 잊은 것, 이 두 가지가 추억으로 떠오른다. 그렇게 시간은 흐르고 흰머리가 늘어가는 것이리라.

2

사색의 해변에서

바로 살기란
퍽도 어려운 일인 것 같다

학창 시절의 일을 생각하려니 지금은 거대한 현대 빌딩이 들어선 원서동 옛 교정이 먼저 머리에 떠오른다. 나는 원서동에 있던 휘문중학교와 고등학교를 다녔는데 담쟁이 뒤덮인 고풍스러운 희중당稀重堂 건물과 수백 년은 되었음 직한 느티나무가 인상적이었다. 그곳에서 육년 동안 공부하면서 여러 가지 일화가 많았는데 그중 내가 얘기하고 싶은 것은 고등학교 일학년 때 담임 선생님에 대한 일이다.

고등학교에 진학하여 학급을 배정받고 교실에 들어가니 급훈이 먼저 눈에 띄었다. 칠판 위에 붙은 액자에는 '바로 살기란 퍽도 어려운 일인 것 같다'라는 글이 적혀 있었다. 틀에 박힌 급훈만 보던 나에게 그 산문체의 급훈은 신선한 충격을 주었다. 잠시 후 조례 시간이 되자 담임 선생님께서 들어오셨는데 키가 후리후리하고 목소리가 느리고 낮았으며 평안도 말투를 쓰시는 분이었다.

선생님께서는 형식적인 인사를 마치신 후 급훈의 뜻에 대해 설명을 시작하셨다. 그때 앞에 앉은 조그만 학생이 장난을 치자 "얘, 이리 나오라구" 하고 그 애를 불러내시더니 뺨을 마구 때리며 벽 쪽으로 몸을 밀어내면서 "너는 고양이야, 고양이"라고 외치셨다. 우리는 공포에 질려 숨도 크게 못 쉬고 앞만 바라보았다. 선생님께서는 숨을 가쁘게 몰아쉬면서, 짐승처럼 숨어서 눈치나 보고 장난을 치는 사람은 고양이나 다름없다고 말씀하셨다. 나는 그 말 속에서 이분은 사람이 보여주어야 할 올바른 행동에 관심을 갖고 계신 분이라는 것과 그것에 어긋나는 행동을 보이는 학생에 대해서는 가차 없이 짐승처럼 다루신다는 사실을 알아차릴 수 있었다. 나중에 선배들에게 들어보니 선생님의 그런 돌변하는 행동과 특이한 성격은 아주 유명했다.

선생님께서는 국어를 담당하셨는데 수업 시간에 진도는 별로 안 나가시고 주로 인생과 사회와 문학에 대한 선생님의 생각을 말씀하셨다. 아마 요즘처럼 내신이나 수능 성적에 신경을 쓰는 상황이라면 그 선생님은 무능 교사로 몰려 쫓겨났을지도 모를 일이다. 그런데 나는 그때 한참 예민하던 사춘기 시절을 보내던 터라 선생님의 그런 얘기 하나하나가 무척 흥미로웠다. 선생님의 국어 수업 오십 분은 바로 살기란 무엇인가에 대한 끊임없는 사색과 회의의 연속이었다. 선생님의 낮고 단조로운 어조를 견디지 못하여 조는 학생도 많았지만 나는 선생님 얘기의 맛에 이끌려 풍자의 칼날이 번뜩이는 비판적 사고의 세계에 젖어들곤 했다.

어처구니없게도 나는 그때 선생님들의 언행을 흉내 내는 일을 우스개삼아 하곤 했다. 내 단골 레퍼토리 중의 하나는 바로 그 담임 선생님 흉내를 내는 것이었다. 쉬는 시간이면 친구들이 몰려와 선생님 흉내를 내보라고 했고 나는 선생님의 특징을 흉내 내서 아이들을 웃겼다. 그러던 어느 날 학급회의 시간에 묘한 일이 일어났다. 그날의 토의 주제는 학급 분위기 정숙이었는데 반장 녀석이 손을 들더니 쉬는 시간에 선생님 흉내를 내서 아이들을 웃기는 사람이 있어서 학급 분위기가 어수선해진다고 말하는 것이었다. 나는 긴장하지 않을 수 없었다. 그 얘기를 들은 선생님께서는 빙그레 웃으시며 그 입내를 잘 내는 사람은 앞으로 나와서 하나의 예술적 연기를 한다는 생각으로 흉내를 한번 내보라고 말씀하셨다. 나는 어쩔 수 없이 앞에 나가서 짤막하게 선생님의 흉내를 냈다. 친구들은 책상을 치며 웃어댔고 나는 야단맞을 생각에 가슴이 조마조마했는데 의외롭게도 선생님께서는 연기력이 미숙하다는 말씀으로 모든 것을 덮어버리셨다.

일 년 동안 선생님의 학생으로 지내면서 나는 여러 가지 인상적인 일을 많이 겪었다. 선생님 댁에 도둑이 들어 혁대가 걸린 바지를 도난당했을 때 선생님은 집에 남아 있던 낡은 바지에 혁대 대신 넥타이를 두르고 출근하신 적도 있었다. 우리들은 배꼽을 잡고 웃었지만 선생님은 "용서해 줘. 나에게 사정이 생겼어"라고 하시며 경위를 말씀하셨다. 그만큼 그분은 외모에는 별 관심이 없으셨고 정신적으로 어떻게 인간답게 사느냐 하는 점에만 생각을 집중하셨다. 나는 그분을 존경하고 흠모했다. 그분의 강의를 듣고 나는 비로소 문학의 사회적 책임에 눈을 뜨게 되었고 김소월이나 현진건, 염상섭 문학의 가치를 새롭게 인식하게 되었다. 그분의 일거수일투족을 관찰하면서 나도 저분 같은 국어 선생님이 되어야겠다고 마음먹었다.

그분과의 만남은 아쉽게도 고등학교 일학년만으로 끝나버렸다. 수업 중에 다른 얘기를 많이 하시는 관계로 입시를 앞둔 고학년 수업에는 배정이 되지 않았던 것이다. 그 후 많은 세월이 흘렀다. 내가 대학을 졸업하고 고등학교에서 학생들을 가르치게 되었을 때 예전 선생님의 기억을 떠올리면서 그 선생님처럼 수업을 해 보려고 했다. 그러나 그것은 억지로 되는 것이 아니었다. 그 선생님 수업을 흉내 내려 했던 내 자신이 한없이 부끄러웠다. 선생님은 모방의 대상이 아니라 존경의 대상으로 남을 분이라는 사실을 그때 나는 확연히 깨달았던 것이다.

내가 대학원을 마치던 때 석사 논문을 선생님께 보내드렸다. 고등학교를 졸업한 후 한 번 찾아뵙지도 못했고 편지를 올린 일도 없었는데 석사 논문만은 그분께 꼭 보내드리고 싶었다. 나에게 문학의 가치를, 그리고 바로 사는 일의 소중함을 일깨워준 분이 바로 그분이었기 때문이다. 그로부터 몇 년이 지난 어느 해 연말 뜻밖에 선생님의 편지를 받았다. 그때 나는 충남대학교에서 강의를 하고 있었고 결혼도 했을 때였다. 그 편지의 서두는 "말없이 캐고 굳히기만 하려 들 터인 이 교수의 모습이 떠오릅니다. 값진 논문을 제때인 옛적에 받고서도 회답 쓸 한때를 놓친 게 그만 스스로 이런 죄인을 만들고 말았습니다"로 되어 있었다. 나는 그 편지를 읽고 기억의 저편에 접어 두었던 선생님의 모습이 떠올라 한동안 망연자실 아무 일도 할 수가 없었다. 그 편지를 거듭 읽으며 옛 생각이 자꾸 떠올라 나는 부끄러움도 잊고 엉엉 울고 말았다. 그리고는 선생님께 여러 날 걸려 고치고 고쳐 쓴 답장을 올렸다.

그 답장에서 고등학생 시절 학급회의 시간에 선생님의 흉내를 내던

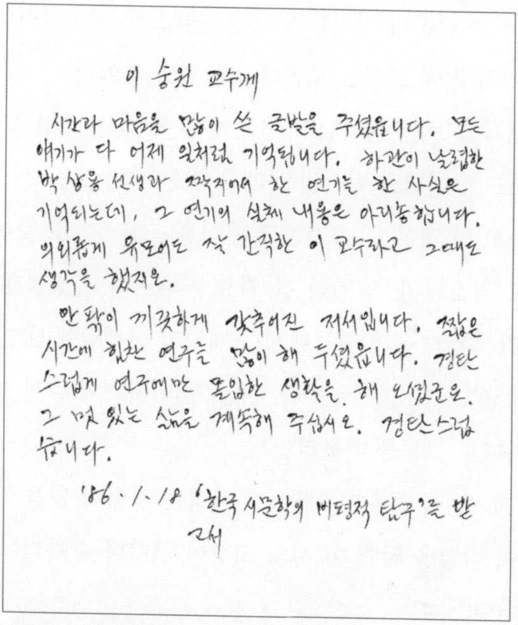

이 숭원 교수께

시간과 마음을 많이 쓴 글발을 주셨습니다. 모든 얘기가 다 어제 일처럼 기억됩니다. 하관이 날렵한 박상용 선생과 짝지어서 한 연기를 한 사실은 기억되는데, 그 연기의 실체 내용은 아리송합니다. 의외롭게 유모어도 잘 간직한 이 교수라고 그때도 생각을 했지요.

안팎이 깨끗하게 갖추어진 저서입니다. 젊은 시간에 힘찬 연구를 많이 해 두셨습니다. 경탄스럽게 연구에만 몰입한 생활을 해 오셨군요. 그 멋있는 삶을 계속해 주십시오. 경탄스럽습니다.

'86. 1. 18 '한국 시문학의 비평적 탐구'를 받고서

선생님께 받았던 편지

일을 기억하시겠느냐고 여쭈어 보면서 앞에서 쓴 것과 같은 내용의 선생님에 대한 존경의 마음을 실어 보냈다. 일주일 후 선생님의 답장이 도착했다. 선생님께서는 "모든 얘기가 다 어제 일처럼 기억됩니다"라고 말씀하시며 지난날의 기억을 떠올리셨다.

그 이후 세상잡사에 휘말려 선생님께 안부 인사도 한번 올리지 못한 채 무심한 세월만 흘려보냈다. 찾아뵙고도 싶었지만 지성의 광휘로 빛나시던 선생님의 모습이 선생님 편지의 표현대로 '깡그리 기맥이 빠진' 모습으로 변했을지 모른다는 두려움 때문에 나는 선생님을 선뜻 찾아 나서지 못했다. 고등학교 일학년 시절 '바로 살기란 퍽도 어려운

일인 것 같다'는 급훈의 의미를 빛나는 눈빛으로 설명하시던 선생님의 모습을 내 기억 속에 그대로 보존하고 싶었던 것이다.

그러나 생각해 보면 선생님의 편지에 들어 있는 표현 그대로, 귀한 서신을 받고도 선생님을 찾아뵐 한때를 놓친 것이 그만 스스로 이렇게 죄인을 만들고 만 것이다. 그러한 죄의식을 조금이라도 덜어보려는 듯 나는 지금도 김소월의 「금잔디」를 가르칠 때마다 선생님께서 해 주셨던 다음과 같은 설명을 학생들에게 소개하며 선생님에 대한 추억과 죄스러움을 학생들에게 털어놓는다. 지금 우리 시대에 다시 보기 어려운 참스승의 하나로 그분을 떠올리면서.

"눈에다 지게미를 돋치고 게엘 겔 거리는 것만이 임을 생각하는 정이 깊은 것이 아님을 알면 이 시의 시상이 얼마나 승화되어 있는지 알 수 있을 것이다."

개천과 메뚜기의 기억

요즈음은 서울 시내에 흐르는 개천을 거의 볼 수 없게 되었다. 동숭동 옛 서울 문리대 앞을 냄새를 풍기며 흐르던 개천도 복개된 지 오래고, 정릉으로부터 미아리로 흘러내리던 정릉천도 오래전에 복개되었다. 복개되었던 청계천이 시민들의 휴식 공간으로 부활하고 중랑천이나 양재천 같은 친환경적 하천이 산책 공간으로 활용되고 있다. 이제는 개천이라는 말은 거의 쓰이지 않고 생활 하천이라는 말이 많이 쓰이는 것 같다. 지방 도시에 아직 남아 있는 개천을 보면 내가 어린 시절 놀던 숭인동 들어가는 길가의 도랑창이 떠오른다.

숭인동에서 썰매를 타는 모습

옛날 숭인동 비탈진 주택가 아래쪽 길가에 있던 이름 없는 그 개천은 냄새나고 더러운 비위생적 환경의 개천이었지만 겨울에 우리들의 낙원이 되었다. 집에서 만든 썰매나 대나무를 자른 약식

스케이트를 저마다 들고나와 얼어붙은 개천 한 귀퉁이에서 얼음을 지치곤 했다. 여름이면 동네 아이들과 어울려 동대문에서 전동차를 타고 뚝섬 쪽의 넓은 시내로 가서 작은 물고기나 민물새우 등을 잡았고, 숭인동 뒤쪽 동망산에 올라 온종일 숲속을 헤치고 다니며 메뚜기를 잡았다. 내가 어린 날의 많은 일 중 특히 개천과 메뚜기를 떠올리는 것은 그 두 가지가 지금까지 내 기억에 남아 있는 두 사건과 관련되기 때문이다.

어느 맑은 여름날 아침이었다. 그때의 우리는 아침에 일어나 맑은 공기와 함께 하늘을 나는 구름 몇 조각만 보아도 가슴이 설레었다. 아침을 먹은 나는 곧장 옆집 아이에게 달려갔다. 초등학교 입학하기 전에 그곳을 떠났으니까 그 아이에 대한 기억은 희미하다. 나와 같은 또래로 통통한 몸집에 내 말을 잘 듣는 아이였는데 그리 약은 편은 못되었던 것 같다. 나는 그 아이와 함께 비탈길을 내려와 신설동에 있던 시외버스 정류장에 가서 껌딱지도 줍고 사탕도 한 알 사 먹고 무어라 지껄이면서 집으로 돌아오던 중이었다. 우리는 그 당시 아이들 사이에 유행되던 "어깨동무 내 동무…" 하는 노래를 하

여섯 살 때

며 어깨동무를 하고 걷다가 "미나리 밭에 앉아라"라는 가사를 부를 때는 팔싹 앉았다가 다시 노래를 부르며 앞으로 나아가는 장난을 하였다. 그 놀이의 재미가 무르익어 갈 때 내 머리에는 음흉한 생각이 떠올랐다. 즉 이 아이의 눈을 감게 하고는 어깨동무를 하고 걸어가다가 길옆에 있는 예의 그 개천에 빠뜨리자는 속셈이었다. 때는 여름이라 개천에는 오물과 진흙 등이 엉겨 시커먼 물이 흐르고 개천가에는 검은 진흙더미가 쌓여 있었다. 나는 그 우직한 아이에게 내 의견을 능청스럽게 말하였다.

"너는 눈을 꼭 감고 가렴. 그럼 내가 어깨동무를 하고 길을 안내해 줄게."

간특한 나의 제의에 그 순진한 친구는 동의하였다. 눈을 꼭 감고 그의 길을 나에게 맡기는 것이었다.

나는 옳다구나 하고 어깨동무를 한 채 그를 개천 쪽으로 유도했다. 그가 개천에 빠지는 순간 나는 어깨에서 손을 떼고 유유히 길 위에 서서 개천에 떨어져 당황해 하는 그를 지켜보겠다는 것이 나의 속셈이었다. 그러나 나의 이 계략은 여지없이 깨어지고 말았다. 그가 개천에 발을 헛디딘 것까진 내 계획이 맞아 들어갔으나 떨어지는 순간 내 어깨를 꽉 붙잡은 것이었다. 결국 그와 나는 똑같이 개천의 진흙 속에 박히고 말았다. 몸과 옷이 오물로 범벅이 된 우리는 길가의 많은 사람들이 웃고 쳐다보는 가운데 엉엉 울면서 상대방을 서로 원망하면서도 둘이서 손을 꼭 잡고 집으로 올라왔다.

남에게 골탕을 먹이겠다는 의도에서 출발한 나의 거짓말은 그 벌이 결국 자신에게 온다는 소박한 교훈을 나에게 심어 주었다. 그래서 지금도 어느 허풍 떠는 얄미운 녀석이 폭삭 망했으면 좋겠다는 생각을 머릿속에 하다가도, 어린 날의 개천의 추억을 떠올리며, 종국엔 나도 똑같이 폭삭 망하고 말리라는 생각이 드는 것이다. 그러면서도 한 가지 분명한 것은 그 얄미운 친구와 내가 함께 불행한 처지에 빠지더라도 어릴 때의 그 애와 나처럼 서로를 원망하면서도 손을 꼭 잡고 걷는 일은 없으리라는 사실이다. 그만큼 우리는 훼손된 세계에 길들어 있는 것이다.

그해 가을 어느 따뜻한 날, 그 동네에 사는 초등학교 다니는 학생(나는 그를 형이라고 불렀다)과 함께 뒷산에 올라 메뚜기를 잡게 되었다. 나이가 어려 손이 잽싸지 못한 나는 한 마리도 잡지 못했지만 그는 몇 마리의 송장메뚜기와 한 마리의 방아깨비를 잡았다. 흔해 빠진 송장메뚜기는 놓아 주고 긴 다리와 푸른 몸매를 가진 방아깨비만 병에 넣어서 나를 주고 그는 학교에 갔다(그는 마침 오후반 수업이었다). 그가 학교에 간 사이 나는 병속의 방아깨비를 꺼내서 장난 놀고 만져보고 싶은 충동을 억누르지 못했다. 호기심이 발동한 것이다. 나는 병뚜껑을 열고 방아깨비를 살짝 건드렸다. 그 순간 그 곤충은 팔짝 뛰어 병 밖으로 나오더니 날개를 펴 지붕 위로 날아가고 말았다. 나는 어떻게나 허망하고 또 걱정이 되는지 풀과 잎으로 바닥을 깐 빈 병을 보고 또 보고 하였다. 아, 사람의 호기심의 결과는 이토록 허망하게 끝나고 마는 것인가 하는 탄식이 어린 나에게서 새어 나왔을지도 모르겠다. 그러나 그보다 더 걱정스러운 것은 방아깨비의 주인이 학교에서 돌아왔을 때 무어라고 말해야 옳은가 하는 점이었다. 그가 학교에서 돌아와 나에게 방아깨비의 행방을 물었을 때 나는 천연덕스럽게 거짓말을 하고 말았다.

"방아깨비가 죽은 척하고 있어서 죽은 줄 알고 병뚜껑을 열었더니 금세 날아가고 말았지 뭐야."

나의 이 어설픈 변명을 그 선량한 형은 곧이곧대로 받아 주었다. 그리고는 "내일 또 잡으면 되지" 하고 웃으며 말하였다. 그러나 나는 그 다음 날 그와 함께 산에 갈 수 없었다. 왠지 그를 보는 게 불안했고 미안스럽게 생각되었기 때문이었다. 차라리 솔직하게 얘기하는 게 좋았을 것이라는 후회도 어린 나는 했을 것이다. 물론 어릴 때니까 모든 것을 곧 잊어먹게 되고 며칠 후부터는 다시 전처럼 산속을 헤치고 다녔겠지만, 그때의 그 기억은 지금도 분명히 살아있다. 겉으로 태연을 가장한 채, 나의 천박한 호기심에 의한 방아깨비의 탈출을 방아깨비 자신의 간특한 꾀에 의한 것으로 바꾸어 얘기하던 그날 서쪽으로 기울던 해, 방아깨비 똥과 풀과 잎새가 깔린 빈 병, 그 형이 선량한 눈빛으로 웃으며 돌아설 때 왠지 모르게 커 보였던 뒷모습. 이러한 기억들이 남을 가르치는 직업을 택해 살아온 나의 의식 속에 간간이 떠오르곤 한다.

일 년쯤 지나서 우리 집은 그곳을 떠나 이곳저곳으로 어지럽게 이사하며 살았다. 그러는 동안 내가 낳아서 자란 숭인동의 그 집은 자취도 없이 사라졌고 내가 다니던 산길엔 고급주택들이 즐비하게 들어섰다. 그 벗이나 형 또한 어디서 어떻게 살고 있는지 알 길이 없다. 남은 것은 오직 기억뿐이다.

삶의 주인이 되는 길

오래전에 보았던 영화를 DVD로 다시 보았다. 1963년 영국에서 만든 『하인』(The Servant)이란 영화다. 유명한 극작가 해럴드 핀터가 로빈 모음의 소설을 각색하고 조셉 로지 감독이 연출한 영화인데 독특한 촬영과 새로운 연출 기법으로 당시 높은 평가를 받았다고 한다. 스토리는 간단하다. 부잣집 아들이 하인을 두었는데 그의 음모에 빠져 주인의 권위를 잃고 하인에게 조종당하는 존재로 전락해 버린다는 내용이다. 주인과 하인의 다음 대사는 주종의 관계가 역전된 상황을 잘 보여준다.

주인 : "너의 신분을 잊지 마. 너는 하인이란 사실 말이야."

하인 : "하인? 내가 하인이라고? 이 집을 누가 만들었지? 누가 페인트를 칠했지? 누가 요리하고 세탁을 하지? 목욕탕은 누가 치우느냐고? 내가 다 한단 말이야. 네가 하는 일은 하나도 없잖아."

주인 : "알아."

하인 : "알긴 뭘 알아."

주인 : "너 없이 난 혼자 살 수 없어."

하인 : "그럼 브랜디나 한 잔 할까?"

주인 : "내가 마시자고 그랬잖아."

하인 : "그럼 멍청하게 서 있지 말고 가서 가져와."

주인은 하인에게 너의 신분을 잊지 말라고 말하지만, 이미 주인과 하인의 관계는 역전되어, 주인은 하인 없이 아무것도 하지 못하고 자신의 존재 의의조차 찾을 수 없는 상태가 되었음을 보여주고 있다. 이것은 원작에는 없는 내용으로 삶의 부조리를 주제로 삼아온 극작가 해럴드 핀터의 의도가 개입된 각색이다. 그리고 이것은 헤겔이 그의 저서 『정신현상학』 4장에서 '「주인과 노예의 변증법」'이라는 주제로 논한 내용을 서사적으로 재구성한 것이기도 하다.

헤겔의 『정신현상학』은 어려운 책이지만 '「주인과 노예의 변증법」'은 널리 알려져 있다. 헤겔은 개인의 '인정 투쟁'이라는 개념으로 사회의 형성을 설명했다. 사람들은 타인을 인정하는 것 이전에 자신이 타인에게 인정받기를 원한다. 타인을 정당한 자아를 가진 존재로 대우하기 이전에 타인이 자신을 존중하고 섬겨 주기를 바란다. 개인의 욕망이 충돌하면서 인정을 얻기 위한 싸움이 벌어지는데 이것을 '인정 투쟁'이라고 한다. 인정 투쟁에서 성공한 쪽은 타인의 인정을 얻은 주인이 되고, 그렇지 못한 쪽은 자신을 주장하지 못하고 타인에게 예속된 노예가 된다. 이렇게 해서 주인과 노예의 관계가 성립된다.

그런데 주인은 자신의 노동을 통해 주체적인 삶을 실현하지 못하고 노예의 노동을 통해 그 결과를 이용할 뿐이다. 주인의 욕구 충족은 노예를 통해 이루어지므로 이 과정이 반복되면 주인은 노예에게 예속되고 만다. 여기에 비해 노예는 자신의 노동을 통해 주인에게 결과물을 공급함으로써 자신의 존재성을 확인하고 존재의 독자성을 경험한다. 이러한 관계가 지속되면 주인이 노예가 되고 노예가 주인이 되는 변증법적 반전이 일어난다. 위의 영화에 나오는 것처럼 주인은 하인이 없으면 아무것도 할 수 없는 예속된 존재가 되고 하인은 자신의 노동을 주체적으로 사용하여 오히려 주인을 지배하는 능동적 존재가 되는 것이다.

헤겔은 주인과 노예의 역전을 통해 중세의 봉건적 지배 관계에서 생산자와 소비자가 일원화되는 근대의 시민 사회로 이행되는 현상을 설명하고자 한 것인지 모른다. 마르크스는 헤겔의 이러한 노동의 사유를 발전시켜 자본주의 사회가 노동의 진정한 의미를 상실함으로써 다시 자본가와 무산자라는 주인과 노예의 관계가 재생산된다는 점을 비판했다. 자본의 힘이 작용할수록 노동의 본질로부터 인간은 소외되고 자본가와 무산자의 단층은 심화될 것이라고 진단했다. 더 나아가 상품과 화폐가 인간의 삶을 지배하는 신의 자리에 오를 것이라고 예단했다.

과거의 논의를 다시 살펴보는 것은 오늘 이 시대를 살아가는 우리의 삶을 반성하기 위함이다. 우리나라의 대학진학률이 80%에 달한다고 한다. 대학을 나온 사람들이 모두 주체적인 삶을 산다고 볼 수는 없겠지만 적어도 주체적인 삶을 지향한다고 말할 수는 있을 것이다. 그러나 그러한 사람들이 모여 사는 우리 삶의 생활 형편을 보면 대부분 타자에게 예속된 비주체적 삶을 영위하고 있다. 여기서 타자는 사람도 될 수 있고 사물이나 제도도 될 수 있다.

나는 대학에서 학생들을 가르치는 일을 하고 있다. 과연 나는 학생들의 인정을 받고 학교 운영자들의 인정을 받아 교수로서 주체적인 삶을 산다고 말할 수 있을까? 그렇다는 것은 자만의 허위의식일 뿐 실제로는 그렇지 못하다고 말해야 옳다. 육십의 나이에도 학생들의 반응이나 강의 평가에 신경을 쓰며 눈치를 보며 살고 있다. 학교의 정책에 대해서도 불만이 있지만 친한 교수들 앞에서만 불평을 늘어놓을 뿐 대부분은 그대로 따른다. 학생들의 반응과 학교 운영자들의 지시에 예속되어 살고 있는 것이 진정한 내 모습이다. 평론 활동도 그런 점에서 마찬가지다. 내가 쓴 글의 반응을 직접 대한 적이 없고 편집자의 의견도 들을 기회가 거의 없으니 내 글에 대해서도 가상의 자족감을 가질 뿐이다. 원고를 쓸 때도 늘 대상 시인이나 독자들의 반응을 염두에 두고 작업을 하니 나의 주체적인 생각을 온전히 드러낸다고 말하기 어렵다.

지식층에 속하는 내가 이 정도이니 다른 사람들이야 말할 나위가 없을 것이다. 전철을 타 보면 거의 모든 사람이 휴대전화를 들여다보고 있다. 휴대전화는 자신이 돈을 내고 사용하는 것이니 완전히 내가 부리는 물건이요 하인과 같은 도구라 할 수 있다. 그러나 그 물건을 대하는 사람들의 태도는 지극히 예속적이다. 앞의 영화에서 하인이 주인의 일을 다 해 줌으로써 주인은 아무런 일도 못하는 예속적 존재가 되는 것과 마찬가지다. 사용자와 휴대전화의 관계도 그렇다. 아침부터 잠들 때까지 휴대전화는 주인의 가장 친절한 심부름꾼이자 정다운 벗으로 존재한다. 휴대전화가 갑자기 없어지면 주인은 짙은 공허감에 시달린다. 휴대전화를 분실하여 며칠 동안 휴대전화 없이 지낸 적이 있었다. 처음에는 귀찮은 전화 안 받고 마음 편하게 지내보자고 마음먹었다. 그러나 시간이 지날수록 불안해지고 휴대전화로 들어올 문자나 음성이 마음에 걸렸다. 결국 이틀을 넘기지 못하고 대리점을 찾아가 새 단말기를 개통하고 말았다. 어느새 나는 스마트폰의 노예가 되어 있는 것이다.

9세기 당나라의 선승인 임제 선사의 법어를 모은 『임제록』에는 "수처작주隨處作主 입처개진立處皆眞"이라는 유명한 구절이 나온다. 진리를 추구하는 사람은 외부의 유혹에 흔들리지 말고 대장부 같은 자세로 굳건히 나아가야 하며, 그렇게 되면 "가는 곳마다 주인이 되고 서 있는 곳이 항상 진리의 자리가 된다"라는 뜻이다. 서양 철학의 용어로 말하면, 자신의 자아를 주체적으로 실현하여 자립적으로 살면 주인과 노예의 이분법이 사라지는 진정한 주체의 자리에 이르게 되고 그 자리가 바로 진리가 실현되는 자리라는 뜻이다. 헤겔은 주관과 객관이 동일화되어 완전한 자기 인식에 도달한 상태를 절대정신이라고 불렀다. 그리고 그것은 예술, 종교, 철학을 통해 발현된다고 보았다. 이 말을 거꾸로 풀이하면 우리는 예술, 종교, 철학 등의 정신 활동을 통해 주인과 노예의 이분법이 사라진 지점을 체험할 수 있다는 뜻이다.

앞에서 거의 모든 사람이 주인이라는 착각을 하고 살지만 사실은 노예의 삶을 살고 있다는 말을 했다. 노예의 상태에서 벗어나기 위해 또 다른 노예를 고용하는 것은 아무 의미가 없다. 헤겔이 제시한 세 가지 정신 활동 중 철학은 너무 어렵고 종교도 요즘 세상에서는 올바른 신앙을 유지하기 어렵다. 그러나 예술의 경우 창작은 어렵지만 감상은 누구라도 할 수 있다. 좋은 음악은 누구에게나 쾌감을 준다. 좋은 미술품도 마찬가지다. 문학 역시 독해의 과정만 거치면 수준의 차이는 있지만 누구에게나 감동을 준다. 세상을 살면서 자신의 삶이 노예나 다름없다는 생각이 든다면 주저하지 말고 예술 감상에 발을 들여놓을 필요가 있다. 그것 또한 자신을 예술 감상의 노예로 얽어맬지 모르지만 다른 것의 노예가 되는 것보다는 훨씬 나을 것이다.

저것이 있으므로 이것이 있다

환경이 변하면서 새로운 용어들이 많이 등장했다. 미세 먼지라는 말도 그중 하나다. 미세 먼지라는 현상은 전에도 있었지만 그것의 위해성이 새롭게 인식되면서 경계의 수위가 높아진 것이다. 보이지도 않고 냄새도 없는 미세한 물질이 공중에 떠다니고 그것을 우리가 흡입하고 있다. 미세 먼지가 공장이나 자동차의 연소 과정에서만 배출되는 것이 아니라 일상생활의 전 영역에서 발생한다는 것이 문제다. 많은 사람이 즐겨 먹는 고기구이나 생선구이 조리 과정에서도 미세 먼지가 대량으로 발생하고 있다. 우리가 인지하지 못하는 가운데 생명 위협 물질을 흡입하고 있는 것이다. 이것의 위해성을 전 국민에게 알려 경계심을 높이는 것이 능사가 아니다. 사회 전 과정이 톱니처럼 맞물려 있어서 한 문제를 지적하면 그것이 다른 영역에 영향을 미쳐 또 다른 문제를 일으키기 때문이다. 환경 문제에 대해 진단과 처방을 내놓는 일은 신중을 기해야 한다.

1973년 노르웨이 철학자 아르네 네스(Arne Naess)는 생태학의 새로운 관점을 제시했다. 그의 생태학 이론을 그 전의 생태학과 대비하여 심층 생태학(Deep Ecology)이라고 부른다. 그는 지구상의 모든 생명체가 서로 긴밀히 연결되어 있기 때문에 인간을 중심에 두지 말고 자연의 모든 요소를 동등하게 대해야 한다고 주장했다. 이것은 인간 중심주의에서 벗어나 생명 중심적 태도를 가질 때 생태계의 위기가 해결될 수 있다는 논리다. 그가 내세운 주장은 서양에서는 새로운 학설처럼 보이지만 동양의 불교나 노장사상에서는 매우 친숙한 견해다. 지상의 모든 생명체를 동등하게 생각하는 태도는 불교와 노장사상에서 일찍이 제시되었던 내용이다.

불교사상의 영향을 받은 서정주는 「목화」라는 작품을 썼다. 이 시에 "우물물같이 고이는 푸름 속에/다수굿이 젖어 있는 붉고 흰 목화 꽃은,/누님/누님이 피우셨지요?"라는 대목이 나온다. 목화 꽃을 누님이 피웠다는 구절만 보면 이 시는 인간 중심적 사유를 드러내는 듯하다. 그러나 시 전체의 문맥을 살펴보면 자연친화적 사유가 기반을 이루고 있음을 이해하게 된다. 봄은 마약과 같고 여름은 무지한데, 그 시련의 계절을 견뎌내고 험한 길을 오르내리며 허리를 구부리고 목화를 돌봄으로써 청명한 가을에 소담한 꽃이 피어날 수 있었다고 했다. 그 일을 도맡은 사람이 누님이다. 누님은 표면적으로 약한 존재지만 부드럽고 순한 생명의 기운으로 가을의 여성적 성취를 이루게 된다. 그 성취의 결실이 붉고 흰 목화의 이미지로 형상화된 것이다.

이 시에 이어 또 한 차례의 사색을 거쳐 창작한 작품이 「국화 옆에서」다. 이 작품에서 국화꽃과 누님을 동일화한 것이 중요한 것이 아니라, 하나의 자연 현상을 만물의 상호 작용으로 파악한 것이 중요하다. 한 송이 국화꽃을 피우기 위해 봄에는 소쩍새가 울고, 여름엔 천둥이 먹구름 뒤에서 울고, 자신은 불면의 밤을 보냈다고 상상하는 과정이 중요하다. 이것은 만물의 상호관련성을 인정하는 태도다. 한 송이 국화꽃이 따로 존재하는 것이 아니라 소쩍새의 울음, 천둥의 울음과 관련되어 있고, 그러한 시련과 고뇌의 과정 속에 비로소 하나의 생명체가 탄생한다는 인식이다. 이러한 인식은 아르네 네스가 주장한 심층생태학의 내용과 연결된다. 인간 중심주의에서 벗어나 지상의 모든 생명체를 동등하게 생각하는 태도가 나타난다.

이러한 인식과 태도가 시에서는 표현이 가능한 일이지만 실생활에서도 실현될 수 있는 것일까? 이것이 사실은 문제다. 말로는 인간 중심주의에서 벗어나 지상의 모든 생명체를 동등하게 대하자고 하지만 이 주장이 실생활에서 실천되기는 어려운 일이다. 생명 중심주의를 주장하는 이면에 인간의 이기적 욕망이 도사리고 있을지 모른다. 인간과 자연을 대등하게 대하자는 심층생태학의 논리가 지상에 실현되면 인간과 자연이 공존하는 화해의 세계가 펼쳐질 수 있다. 이것은 실현 가능한 일이고 매우 바람직한 일이기도 하다. 그러한 상태가 되었을 때 최종의 수혜자는 누구인가? 주장을 펼친 사람이 인간이기 때문에 최종 수혜자는 인간이 될 수밖에 없다. 생명 중심주의에도 인간의 이기적 욕망이 내재해 있는 것이다.

만해 한용운은 일찍이 「자유 정조」라는 시에서 "구경究竟(결국), 만사가 다 저의 좋아하는 대로 말한 것이요 행한 것입니다"라고 했다.

이 구절에는 깊은 진리가 담겨 있다. 사람들이 저마다 이렇게 말하고 저렇게 주장하지만 그 모든 것이 자기가 좋아서 그렇게 행한 것이라는 뜻이다. 모든 담론과 행동에는 인간의 이기적 욕망이 담겨 있다. 이기적 유전자(the selfish gene)의 자기 증식 욕망은 누구도 억제할 수 없다.

그러면 어떻게 해야 할 것인가? 이기적 욕망을 그대로 승인하는 것이 방편이 될 수 있다. 인간은 살아남아야 하고 DNA 복제를 통해 자기를 증식해야 한다. 그러기 위해서는 어떠한 윤리가 필요한가? 불교의 연기론에서 말하는 "저것이 있으므로 이것이 있고, 저것이 멸하므로 이것이 멸한다"라는 생명 논리가 필요하다. 지금까지는 "이것이 있으므로 저것이 있고, 이것이 멸하므로 저것이 멸한다"의 논리에 치중해 왔다. 인간 주체가 생명력을 확대하기 위해 타자를 이용하고 착취하는 시간을 살아 왔다. 그 결과 오염 물질과 미세 먼지의 타격으로 사멸할 위기에 처했다.

이제는 인간 주체가 살아남기 위해 이기적 차원에서 타자의 존재를 인정하고 존중해야 한다. 내가 살아남으려면 나 아닌 모든 것이 존재해야 한다는 인식을 뿌리 깊이 심어 두어야 한다. 이것이 이기적 욕망을 지닌 인간이 지상에서 자신의 생명을 유지하고 확대할 수 있는 유일한 방책이다. 우리의 생태 담론 및 생명 교육은 타자의 승인과 존중에 주력해야 한다. 저것이 있으므로 이것이 있고, 저것이 멸하므로 이것이 멸한다. 이 잠언을 인류사 최대의 구호로 내세워야 할 시점에 우리는 서 있다.

열린 사유의 아름다움

어릴 때 친척 할머니께서 절에 기거하셨다. 자식이 없던 그분은 절에 재산을 다 기탁하고 절에서 공양을 받아 생활하셨다. 초등학교 입학 전까지 내가 살던 곳은 숭인동인데 숭인동에서 작은 고개를 넘고 개울을 건너면 그 절이 있었다. 그 절은 숭인동의 비구니 사찰 청룡사다. 어릴 때는 분명 개울 건너 숲속에 있던 그 절이 지금은 자동차가 다니는 큰길가에 있다. 어릴 때는 굉장히 큰 절이라고 생각했는데 지금은 주택가에 끼어 있는 왜소한 모습이다. 상전벽해桑田碧海라는 말을 실감하게 된다.

지금은 사라지고 없지만 내 기억에는 분명 절 입구에 사천왕상이 커다랗게 버티고 있었고, 법당의 불상도 무척 크게 보였다. 친구들은 사천왕상의 모습이 무섭다고 절 안에 발을 들여놓지 않았지만 나는 왕방울 같은 눈과 커다란 몸체를 가진 사천왕상이 아주 친근하게 느껴졌다. 법당에서 풍기는 향내도 무척 좋았다. 할머니는 가끔 염불을 하며 목탁을 치기도 하셨는데 그 목탁 소리도 듣기 좋았다. 어찌 된 일인지 집에도 작은 목탁이 있어서 친구와 싸우거나 무서운 꿈을 꾼 날이면 아무도 안 보는 뒤꼍으로 가서 혼자 목탁을 두드리며 마음을 달랬다. 밤에 무서운 꿈을 꾸는 것이 싫어서 자기 전에 목탁을 두들기다 자기도 했다. 교회 다니는 누나들이 기겁을 하고 말렸다. 나중에 불교의 윤회와 연기에 대해 이해한 다음, 목탁을 두들기고 놀던 내가 혹시 전생에 승려였나 하는 생각도 들었다.

문학을 전공하고 비평 활동을 하면서 불교 공부도 많이 하게 되었다. 불교적 사유를 담은 문학 작품이 많았기 때문에 자연스럽게 그렇게 되었다. 그러면서 불교가 지닌 독특한 성격에 강한 매력을 느끼게 되었다. 대부분의 종교가 의무와 복종의 규율로 인간을 구속하는 데 비해 불교는 인간에게 무한한 자유를 열어 놓는다. 불교를 믿는 것도 인연 따라 되는 것이고 선악을 행하는 것도 사람의 마음먹기에 따른 것이라 하니, 이렇게 모든 것을 사람에게 맡겨 놓은 종교는 불교 말고는 별로 없을 것이다. 모든 것은 사람 마음이 만들어내는 것이고 성불도 누가 시켜서 되는 것이 아니라 자신이 노력해서 되는 것이라고 한다. 이런 점에서 불교는 절대자 중심의 종교가 아니라 신앙인 중심의 종교라고 할 수 있다. 그래서 싯다르타 태자가 태어나자마자 외친 첫 발성이 "천상천하天上天下 유아독존唯我獨尊"이었던가? 나는 이 구절을 처음 대하고, 부처가 될 자신의 존엄성을 예언한 것이 아니라, 각자의 개체가 지닌 마음의 중요성을 강조한 말이라고 이해했다.

그 이후 나는 두 가지 설화에 접하면서 내가 가졌던 불교에 대한 이해가 그렇게 사리에 어긋난 것이 아님을 확인하게 되었다. 그것은 제바달다에 관한 이야기와 춘다에 대한 이야기다.

제바달다는 싯다르타와 사촌 관계라고 하는데 태자 시절부터 싯다르타를 시기하고 석가모니가 된 다음에도 분파를 일으켜 목숨까지 빼앗으려 했던 악인이다. 나중에 싯다르타가 성불해서 전생을 살펴보니 제바달다와의 악연이 연조가 긴 것임을 알 수 있었다. 그것을 알고 석가모니가 이렇게 말했다. "제바달다가 세세생생 나를 괴롭혔기 때문에 나는 인욕바라밀忍辱波羅蜜을 행할 수 있었다. 그것으로 인해 내가 성불할 수 있었으니 제바달다는 나를 성불시킨 은인이다. 그 공덕으로 후세에 제바달다도 성불하리라." 나는 여기서 자기를 괴롭히던 악인을 자신의 은인으로 전환시키는 놀라운 불교적 상상력을 발견했다. 이처럼 열린 사유는 정말 보기 드문 것이다.

석가모니가 80세가 되어 제자들과 마지막 순례에 올랐을 때 춘다라는 대장장이 아들이 초청을 해서 식사를 대접했다. 춘다는 정성껏 식사 준비를 했으나 거기 독버섯이 섞여 들어갔다. 음식을 먹은 석가는 기미를 알고 제자들에게 이 버섯은 부처만이 소화시킬 수 있는 것이니 땅에 묻어 버리라고 했다. 그리고 심한 설사가 시작되었다. 제자들이 춘다를 원망하고 춘다도 불안해하자 석가는 이렇게 말했다. "내 육신은 80년을 살아 낡은 수레를 간신히 끈으로 묶어 끌고 다니는 것과 같다. 그래서 나는 열반에 들 것이다. 사람들이 춘다가 공양한 음식을 먹고 죽었다고 춘다를 구박할지 모르는데 그것은 잘못된 것이다. 춘다는 내게 마지막 공양을 주어 편안히 열반의 길로 가게 한 은인이다. 춘다는 나에게 마지막 공양을 올린 선행을 한 것이며 그 공덕으로 그도 후

세에 성불할 것이다." 잔뜩 겁에 질려 있던 춘다는 그 말을 듣고 기쁨의 눈물을 흘리며 석가의 마지막 제가가 되었다. 자신에게 독버섯 죽을 끓여준 춘다까지 마지막 제자로 삼아 성불을 약속한 것이다.

석가는 병든 몸으로 다시 길을 떠나 목적지인 쿠시나가라에 이르러 "자등명自燈明 법등명法燈明"이란 마지막 법어를 남기고 입적했다. 자신이 세상을 떠난 후 다른 것에 의지하지 말고 자신의 마음과 세상의 진리를 등불로 삼아 수도하라는 뜻이다. 이것 역시 종교의 절대성을 인정하지 않는 열린 사유의 표현이다. 인간 마음의 무한한 힘과 거기서 체득되는 진리의 중요성을 강조한 말이다. 그런 점에서 나는 석가의 첫 발성인 "천상천하 유아독존"과 마지막 가르침인 "자등명 법등명"은 상통하는 연기緣起의 관계에 있다고 생각한다. 불교는 이렇게 열린 사유의 아름다움을 내게 보여주었다.

꿈을 지니고 산다는 것

꿈이란 말은 여러 가지 뜻을 가지고 있다. 가장 일반적인 의미의 꿈은 우리가 잠을 자다가 생시와 마찬가지로 사건을 체험하게 되는 현상을 뜻한다. 그런데 그 꿈은 잠에서 깨어나면 순식간에 사라져버리기 때문에 허황된 몽상을 뜻하는 말로 사용된다. "엉뚱한 꿈 꾸지 말고 정신을 차려"라고 말할 때 바로 그런 의미로 사용되는 것이다. 그런가 하면 신혼의 꿈에 젖어 있다고 말할 때에는 몽상은 몽상이라도 상당히 낭만적이고 긍정적인 의미를 나타낸다. 사람은 꿈을 지녀야 한다고 말할 때는 미래에 대한 희망이라든가 이상을 뜻하는 것으로 사용된다. 우리에게 지금 필요한 것은 말할 것도 없이 희망과 이상을 뜻하는 꿈이다.

"꿈을 아느냐 네게 물으면/플라타너스/너의 머리는 어느덧 파아란 하늘에 젖어 있다"라고 김현승 시인은 그의 시 「플라타너스」에서 노래하였다. 이처럼 꿈은 푸른 하늘의 이미지와 통한다. 우리가 살아가는 삶이 거친 땅의 모습을 연상시키는 데 비해 꿈은 그 위에 펼쳐진 드

넓은 하늘을 연상케 한다. 현실에서의 삶이 각박하고 고통스러울 때도 우리는 푸른 하늘에 꿈을 그리며 앞날에는 무언가 좋은 일이 있으리라는 희망을 갖고 살아간다. 미래의 푸른 꿈 때문에 오늘의 시련도 이겨낼 수 있고 현실의 고통도 참을 수 있다. 만일 인간에게서 꿈꿀 수 있는 능력을 제거해 버린다면 상당수의 사람들이 좌절감을 감당하지 못하고 스스로 목숨을 버릴 것이다. 그래서 슬픔의 가장 좋은 약은 망각과 꿈이라는 말도 생겨난 것이다.

생각해 보면 꿈꿀 수 있는 동물은 인간뿐이다. 어떤 동물들은 앞날에 대비하여 둑을 쌓거나 집을 짓거나 먹이를 비축한다고 하지만 그것은 본능적인 것이지 자발적·개성적인 것은 아니다. 오직 사람만이 앞날의 설계도 세우고 일을 추진하다가 잘못되면 계획을 바꾸기도 하면서 미래의 꿈을 키워 간다. 인간의 꿈꾸는 능력이야말로 인간의 본질을 실현할 수 있는 가장 창조적이고 소중한 재보다. 에디슨은 과학자가 되겠다는 어릴 때의 꿈을 키워서 위대한 발명가가 되었고, 링컨은 가난한 통나무집에서 자라났지만 자유롭고 정의로운 나라를 만들어 보겠다는 꿈을 계속 지니고 있었기에 미국의 대통령이 되어 큰일을 이루었다. 꿈을 지니고 산다는 것은 현재의 시련에 좌절하지 않는 삶의 자세를 의미하며 미래에 자신의 이상을 실현해 보겠다는 욕망과 의지의 표현이기도 하다.

자신이 지닌 꿈이 남들에게 하찮거나 부적절한 것으로 비칠 때에도 자신이 옳다는 신념만 있다면 그 꿈을 계속 밀고 나가는 용기가 필요하다. 20세기 초에 인류의 과거의 모습을 탐색하려는 꿈을 가지고 신생대의 화석을 연구하던 몇몇 학자들이 있었다. 그들은 인도네시아와 아프리카 일대를 뒤지며 인류의 조상에 해당하는 뼈를 찾아내고자 했다. 오랜 고생 끝에 찾아낸 화석을 연구 검토하여 그것이 원숭이와 인류를 연결하는 고대인의 뼈라는 학설을 학계에 제출하자 공격의 화살이 빗발치듯 날아들었다. 신의 창조를 부인하는 사악한 이단의 학설로 규정되어 격심한 비난을 받았다. 당시 남아프리카 요하네스버그의 교수로 있던 레이먼드 다트라는 학자는 그러한 학설을 학계에 내놓았다가 당신은 지옥 불에 빠질 것이며 무서운 괴물을 닮은 아이를 낳는 천벌을 받게 될 것이라는 내용의 편지를 수없이 받았다. 그러나 다트는 굴하지 않고 계속 발굴을 시도하여 거의 완전하다고 할 수 있는 원시인의 유골을 복원하는 데 성공했다. 이렇게 되자 다트를 비난하던 사람들도 그의 견해를 인정하지 않을 수 없었다. 고대인의 모습을 과학적으로 탐구해 보겠다는 그의 꿈이 마침내 실현된 것이다. 이처럼 남들이 뭐라고 하든 자신이 설정한 미래의 목표를 향해 굳건하게 그 뜻을 펼쳐 가는 자세가 중요하다.

나의 경우를 돌이켜 보면 꿈을 이루려는 굳건한 의지를 끈기 있게 펼쳐 보인 기억이 별로 없다. 어떻게 보면 순탄하게 앞날의 길이 열린 셈이다. 중학교 시절 나의 꿈은 국어 교사가 되는 것이었다. 그때 나는 문학 작품을 읽는 것을 좋아하였고 읽은 내용을 남에게 이야기해 주는 것도 즐겼다. 국어 교사가 되면 수업 시간에 그런 이야기를 마음껏 할 수 있으려니 생각하여 국어 교사가 되어야겠다고 마음먹었다. 집에서는 다른 분야를 희망하였지만 나는 내 희망을 살려 국어 교사가 될 수 있는 대학에 입학하였다. 대학에 들어와서 보니 중등학교의 교사보다도 대학의 문학 전공 교수가 되면 평생을 문학과 벗 삼아 지낼 수 있으리라는 생각이 들었다. 다시 대학원으로 진학하여 논문도 쓰고 평론도 쓰면서 대학에 자리를 잡았다. 지금 내가 하는 일이란 문학 작품을 읽고 그것에 대해 글을 쓰거나 학생들에게 그 내용을 이야기하는 것이다. 소박하기는 하지만 어릴 때 내가 희망하던 바를 어느 정도는 실현한 셈이다.

지금 생각하면 어릴 때 나의 희망은 꿈이라고 부르기에는 너무나 시시한 것이었는지도 모른다. 그러나 그 꿈마저 없었다면 나는 이곳저곳을 방황하며 시간과 정력을 낭비했을 것이다. 꿈이란 크다고 좋은 것이 아니다. 작은 꿈이라도 그것을 가슴 속에 지니고 사는 것과 꿈 없이 사는 것은 큰 차이를 만들어낸다. 작은 꿈이라도 꿈을 지닌 사람이 푸른 하늘의 눈부심을 볼 수 있다. 꿈이 없는 사람은 지상의 무미건조한 삶에 갇혀 어둡고 답답한 나날을 보내게 된다. 우리의 삶이 짜증스러울수록 꿈을 강조하는 이유가 바로 여기에 있다.

사람의 본성

내가 사는 아파트에는 여자고등학교 교장을 지내고 정년퇴직한 여자 선배님이 살고 있다. 나는 반상회도 잘 참석하지 않지만, 그 선배님은 반상회 때면 꼭 참석해서 동네 주부들에게 지금까지 살아온 얘기도 들려주고 잘못된 일에 대해서는 엄하게 꾸짖기도 한다고 들었다.

한번은 그분과 상가 건물 계단을 올라가는데 아이들 두 명이 장난을 치며 계단을 뛰어내려 왔다. 그분은 아이들을 불러 세우고 계단을 내려올 때는 장난을 하지 말고 조용히 내려와야 한다고 말했다. 그랬더니 초등학교 저학년으로 보이는 두 아이는 눈을 동그랗게 뜨고 "할머니가 무슨 참견이에요? 부딪쳐서 할머니가 다칠까 봐 그래요?" 하고 항의를 했다. "아니다. 너희들이 넘어져서 다칠까 봐 그러지. 그리고 사람들이 다니는 계단에서 장난을 하면 다른 사람에게 방해가 되지." 이렇게 선배님이 아이들에게 얘기를 하고 있는데 그 아이들 뒤로 어머니가 나타나서는 "아이고 할머니, 성질도 급하셔. 애들이 좀 뛰었다고 뭘 그러셔요?" 하고 애들을 데리고 뒤도 안 보고 가버리는 것이었다.

선배님은 이웃 주부들에게 '매를 아끼면 자식을 망친다'는 영국 속담도 소개하고 자식에게 매를 들지 않으면 나중에 자식에게 부모가 구박을 당하게 된다는 이야기도 여러 번 했다고 한다. 선배님은 세상을 개탄하며 이야기를 계속했다. 어른들이 먼저 행동을 올바로 보이고, 아이들이 잘못을 하면 그 자리에서 엄하게 꾸짖어야, 아이들이 어른을 무서워할 줄 알고 질서도 바로 잡히게 된다. 그런데 요즘 부모들은 자식에게 지나친 집착을 보여서 학교의 선생님들이 사랑의 매를 들어도 왜 우리애만 때리느냐고 교장실로 항의 전화를 한다. 이것이 자식을 사랑하는 행동 같지만 사실은 자식을 망치는 일임을 알아야 한다.

맹자는 인간의 본성에 인, 의, 예, 지의 네 가지 좋은 성품이 있다고 보았다. 이것이 동물과 인간을 구분하는 기준이 된다고도 말하였다. '예禮'라는 본성이 겉으로 드러날 때는 사양하고 공경하는 마음으로 나타난다고 했다. 그러니까 맹자는 사람에게는 누구나 자신을 낮추고 남을 위하는 마음이 본성적으로 자리 잡고 있다고 본 것이다. 사람에 따라 그 좋은 본성이 잘 드러나는 사람이 있고 그렇지 못한 사람이 있을 뿐이라고 했다.

그러면 현대인들은 그 좋은 인간의 본성을 어디로 다 내던진 것인가? 아니면 맹자가 살았던 그 시대에는 그런 좋은 덕성을 사람들이 지니고 있었는데 지금은 인간의 본성이 바뀌어버리고 만 것인가? 말로는 남에게 양보하고 남을 공경하는 것이 옳다고 하면서도 실제로는 절대로 남에게 내 몫을 뺏기지 않겠다고 생각하는 것이 우리 현대인들이다. 『논어』에는 자기가 서고 싶은 자리에 남이 먼저 오르게 하고 자기가 하고 싶은 일을 남이 먼저 하도록 하는 것이 어진 사람의 도리라고 적혀 있다. 살벌한 경쟁 속에 살아가는 우리 현대인들은 이게 무슨 공자님의 잠꼬대 같은 소리냐고 콧방귀를 뀔 것이다.

그러면 인간의 본성은 나쁜 방향으로 변해가는 것인가? 맹자가 살던 그 시대에도 성악설을 주장한 사람이 있었고, 역사적으로 인간이 죄악을 저지른 것은 예나 지금이나 별 차이가 없는 것을 보면, 옛날에는 인간의 본성이 어질었는데 현대에 와서 사악해졌다는 말은 성립되지 않는 것 같다. 역사에 이름이 남아 있는 성현들은 이구동성으로 사람의 본성이 선하다고 역설했다. 타락한 시대의 무질서한 현실을 보면서도 그들은 사람의 본성이 선하다고 말하며 인간에 대한 긍정과 신뢰를 표현했다.

소크라테스는 사람들의 마음에 내재해 있는 참다운 지혜의 소리에 귀를 기울여야 한다고 말했다. "너 자신을 알라"라는 말은 바로 그런 정신을 담고 있다. 교묘한 궤변과 유창한 변론으로 남을 이기기만 하면 된다는 경쟁의 논리가 지배하던 그 시대에 소크라테스는 인간 내부에 지혜와 이성의 능력이 있음을 믿고 그것을 사람들에게 알리려고 노력했다. 그러한 그의 행동 때문에 독배를 마시고 죽어가면서도 그는 인간에 대한 신뢰를 결코 포기하지 않았다.

석가의 경우도 마찬가지다. 엄격한 신분 제도가 지켜지던 시대에 왕자로 태어난 그는 부귀와 영화가 보장되어 있는데도 불구하고 삶의 회의를 감당하지 못하여 왕궁을 버리고 수도의 길을 떠났다. 그는 오랜 수행 끝에 생명 있는 모든 존재는 누구나 다 부처가 될 수 있다는 사실을 깨달았다. 즉 모든 존재는 언젠가는 깨달아서 위대한 인격체가 될 가능성이 있다는 것이다. 그래서 옛날 중국의 어느 선사는 귀족이건 거지건 어린아이건 사람만 만나면, "부처님 안녕하십니까?" 하고 큰 절을 했다고 한다. 그의 생각에 의하면 모든 인간은 다 살아있는 부처다. 감방에 갇혀있는 죄수도 부처고, 지하도에 쭈그리고 앉아 있는 거지도 부처다. 모든 사람이 다 부처인데 스스로 부처인 줄 모르고 탐욕과 집착에 사로잡혀 악행을 저지르고 있다. 그래서 그 선사는 사람만 만나면 절을 하며 부처님이라고 공대했다. 그런 인사를 받고 사람들이 부처의 자리로 돌아오기를 간절히 바란 것이다.

기독교에서도 모든 인간은 하나님의 나라에 갈 자격이 있다고 가르친다. 창조주 하나님의 사랑에 포함되지 않는 인간은 없다. 범죄자, 사기꾼, 모리배도 모두 하나님의 아들이다. 그들이 회개하고 스스로 하나님의 피조물임을 깨달으면 평생 교회에 충실한 장로와 대등한 존재가 된다. 하나님 앞에 만인은 평등하다고 성서에 기록되어 있다. 하나님의 구원을 받을 수 있는 자격은 모든 인간에게 다 있는 것이다.

이처럼 성현들은 하나같이 사람의 본성이 선하다고 강조하였는데 우리 사회는 왜 이렇게 어수선하고 소란스러울까? 방송의 사건 보도를 보면 인간으로서 용납할 수 없는 사건들이 경쟁하듯 연이어 일어나는 것을 접하게 된다. 그런데 사건을 대하는 사람들의 반응에는 분명 어떤 공통점이 있다. 반인륜적인 사건에 대해 어느 누구든 '어떻게 이럴 수가 있나' 하고 어이없어 하는 표정을 짓고 때로는 분노의 감정을 터뜨리기도 한다. 이런 반응을 볼 때, 사람으로서 이런 행동은 하면 안 된다는 인간에 대한 기본적인 신뢰가 마음의 공분모로 가로놓여 있음을 깨닫게 된다. 바로 이것이 성현들이 인간에게서 공통적으로 발견한 선한 덕성일 것이다.

이제 우리들은 부조리한 세태에 경악만 하고 있을 것이 아니라 인간을 보는 우리의 시각에 대전환을 일으킬 필요가 있다. 나를 포함하여 우리가 대하는 모든 사람들은 참다운 지혜의 소유자이며, 언젠가는 부처가 될 존재들이고, 하나님의 아들로 하나님 곁에 서게 될 형제들이다. 비록 지금 여러 가지 오염된 환경과 복잡한 조건 때문에 인간의 본성에서 벗어난 존재처럼 보이지만, 그들은 모두 존귀한 인간들이다. 인간을 보는 관점이 변할 때 우리의 미래는 긍정적인 방향으로 바뀔 수 있다. 우리가 대하는 많은 사람을 다 존귀한 존재로 대하고 스스로도 그런 거룩한 존재임을 자각한다면 살면서 부딪치는 많은 분쟁이 상당 부분 해소될 것이다. 내일 아침 전철에서 보게 될 그분이 바로 부처고 회사에서 자료를 정리해 줄 여사원이 하나님의 형제다. 사람들을 이렇게 대하면 우리가 사는 세상이 곧 천국이 된다. 우리가 보내는 모든 시간이 순금이 된다.

진실의 향기

영국의 시인 엘리엇은 한 편의 시에 사상이 장미의 향기처럼 스며 있어야 한다는 식의 말을 한 바 있다. 이 말은 시가 사상을 표현하기는 하되 사상적 요소가 시 속에 완전히 용해되어서 시의 흐름 속에 자연스럽게 전달되기를 요구한 것이다. 한 편의 시에 담긴 진실은 운율과 정서의 미감美感으로 처리되어 독자가 모르는 사이에 은은한 향기처럼 독자의 마음속으로 스며든다. 이것은 비단 시의 경우에만 국한된 것이 아니라 모든 문학, 예술에 통용되는 사실이다. 그런데 중요한 것은 그 진실이 장미의 향기처럼 은은하게 스며드는 형태로 제시되어야 한다는 점이다. 장미의 색깔처럼 선명하거나 장미의 가시처럼 날카롭다면 우리는 그것을 받아들이는 데 거부감을 갖게 될 것이다.

세상을 살아가면서 진실을 마주하고 수용하는 것도 이와 흡사하다. 이것이 삶의 진실이라고 분명한 선을 그어 놓고 그 선 이외의 것은 무조건 옳지 못하다고 몰아붙인다든가 자신이 정한 진실만이 최고의 것이라고 강변한다면 그러한 주장에 관심을 기울이기에 앞서 거부감부터 느끼게 될 것이다. 그런데도 사람들은 저마다 자신의 주장이 옳다고 떠들며 상대방은 옳지 않다고 공박한다. 이래서 갈등이 생기고 분쟁이 일어나고 반목이 깊어진다.

따지고 보면 진실은 극단적인 양쪽 주장의 어느 중간 지점에 있는 경우가 많다. 서로 자신의 생각에 집착하여 상대방의 옳은 점을 무시해 버리기 때문에 자기의 울타리 너머에서 풍겨오는 진실의 향기를 맡지 못한다. 진실은 결코 소리치거나 강요하지 않는다. 조그맣게 속삭이거나 작은 손짓을 보내거나 은은한 향기를 풍길 뿐이다. 그런데 사람들은 큰 목소리와 우람한 모습이 진실의 외형인 줄 알고 그릇된 형상에 매달린 채 진실의 손짓을 놓치고 만다. 진실은 겉으로 크게 드러나지 않고 은밀하게 몸을 숨기는 경우가 많다. 세심한 귀와 분별력 있는 눈을 가진 사람에게 진실은 그 참모습을 드러내 보인다.

교회에 가보면 어떤 곳은 기도 소리가 웅변장보다도 더 커서 귀를 막아야 할 정도로 소란스러운 곳이 있다. 기도하는 사람들의 열의가 넘치고 가슴에 북받치는 뜨거움이 있기에 그러한 우렁찬 기도 소리가 울려나오는 것이라고 생각한다. 그러나 성경 속의 예수님은 네가 기도할 때 너의 골방에 가서 문을 닫고 조용한 가운데 네 속에 있는 하나님에게 기도하라고 당부하고 있다. 이것은 바로 자신의 내면적 침잠과 평정 속에서 진실과 만날 수 있다는 가르침이다. 고요한 가운데 자신을 돌이켜 보고 자신의 가능성과 한계를 정직하게 인식할 때 비로소 하나님의 진실한 음성을 만나게 된다. 웅변조의 광적인 설교와 광란에 가까운 기도 속에 인간의 육체적인 몸부림은 있으나 진실의 향기는 찾기 어렵다.

그런가 하면 도봉산이나 북한산 등산로 주변의 암자에 가보면 낭랑한 염불 소리가 들려오는데 법당문을 열어보면 스님은 없고 녹음된 음향 기계가 돌아가고 있는 것을 목격하게 된다. 요즘에는 염불이나 독송용 음반도 여러 종류가 나와서 집에서도 스님들의 음성을 접할 수 있게 되었다. 그러나 집에서 스님의 염불을 들으며 신앙심을 바로 하는 데에는 음향 장치가 도움이 되겠지만 산중의 사찰에까지 음향 기계를 틀어놓는다는 것은 수용하기 어려운 일이다. 부처님은 형식에 집착하는 것을 막기 위해 자신의 상을 새겨 놓는 것도 사실은 막았던 것인데 하물며 스님의 독경을 녹음한 장치를 법당에서 돌리다니 이것은 정법에서 너무나 벗어난 일이다. 차라리 산새 소리 들리고 풍경 소리 간간이 들리는 산사 그대로의 정취가 불교를 전파하는 데 더 도움을 줄 것이다. 반복되는 기계 장치가 진실의 향기를 전할 수는 없을 것이다.

소크라테스가 살았던 시대에 아테네의 현인이라고 알려진 사람들은 저마다 자기가 잘나고 진실하다고 내세웠다. 그들은 다투어 자기의 현명한 점을 과시하려 했고 자기의 뛰어난 지략과 언변을 남이 인정해 주기를 바랐다. 그러나 소크라테스는 그 반대로 스스로 아무것도 아는 게 없다고 말했으며 더듬거리는 어투로 사람들에게 소박한 질문을 던질 뿐이었다. 그런데도 젊은이들은 달변의 소피스트보다 눌변의 소크라테스가 더 진실하다고 생각했고 소크라테스 주위에 몰려들어 하나의 학파를 이루었다. 소크라테스가 먼저 나서서 힘들게 사람들을 모은 것이 아니라 사람들이 스스로 소크라테스의 진실성을 알아보고 그리로 모인 것이다.

진실의 빛과 향기는 바로 이러한 속성을 지닌다. 위선과 진실은 언제든 사람들 앞에 각기 다른 자신의 모습을 드러내는 법이다. 어느 순간에는 거짓이 진실을 압도하는 듯하지만 시간이 가면 진실은 스스로 제 모습을 드러내고 거짓은 그 추악한 모습을 사람들 앞에 내보이게 된다.

지금까지 진실이라는 추상적 단어를 몇 번이나 반복하면서 얘기를 끌어왔지만 사실 진실은 이런 추상적 차원에서 논의될 성질의 것이 아니다. 그것은 우리의 삶과 생활 속에 스며들어서 우리의 행동과 실천을 통해 자연스럽게 발현되어야 한다. 아침에 여자들은 화장을 하고 남자들도 세면 후에 로션을 바른다. 그러면 은은한 향기가 몸에서 풍겨 나온다. 아침에 로션을 바를 때, 오늘도 진실한 마음으로 하루를 보내겠다고 생각해 보라. 고급 로션의 향내를 훨씬 능가하는 마음의 향기가 하루 종일 그 사람 주위에 퍼질 것이다. 화장품의 인공 향내에 눈살을 찌푸리는 사람도 마음의 향기 앞에서는 흐뭇한 기분을 갖게 될 것이다. 우리 모두 진실이라는 방향제를 자신의 마음 안에 설치하도록 하자. 날로 높아지는 푸른 하늘에 선선한 바람 따라 진실의 향기가 풍겨온다면 얼마나 세상이 빛나 보일 것인가.

바보들이 사는 세상

셰익스피어의 희곡 「리어왕」을 보면 광대들이 등장해서 “이 세상 큰 무대에 바보들이 노래한다”라고 외치는 대목이 나온다. 왕과 귀족 등 높은 신분의 인물이 등장해서 겉으로는 거룩한 존재인 양 말하고 행동하지만 실상은 바보에 불과하다는 날카로운 풍자가 이 말 속에 들어 있다. 그런데 세상 사람들이 거의 다 바보이고 그중에 한두 명 똑똑한 사람이 섞여 있는 경우라면 똑똑한 사람이 오히려 바보 취급을 당하게 된다. 눈 하나 가진 사람이 사는 나라에서는 두 눈 가진 사람이 비정상인 취급을 받는 격이다. 또 악당들만 모여 사는 세상에 의인이 있을 경우 그 의인은 오래 살지 못하고 결국 악당 속에 목숨을 잃고 만다.

세상의 형편이 이러하므로 다수의 바보와 소수의 현자가 있을 경우 그 현자가 고초를 겪는 경우가 많다. 그러면 현자가 불행을 피하기 위해서는 어떤 행동을 취해야 할까? 정말 지혜로운 사람이라면 바보들의 세상에서 고통을 당하지 않고 살아남는 방법을 스스로 터득할 수 있을 것이다. 바보들의 세상에서 현자들이 살아남기 위해서는 우선 자신이 똑똑하다는 것을 너무 내세우지 말아야 한다. 그렇다고 죽을 때까지 무작정 바보처럼 살아간다면 그것 또한 슬기로운 사람의 태도라고는 할 수 없다. 겉으로는 바보인 척하면서 지내다가 어떤 기회를 포착해서 주위의 사람들에게 자신이 알고 있는 바를 이야기해 주고 그들의 어리석음을 깨닫게 하여 사람들로 하여금 바보의 자리에서 현자의 자리로 옮아가도록 유도해야 한다. 말하자면 현자의 세력을 확대하고 바보의 세력을 축소하는 전략을 은밀히 수행해야 한다.

그러면 바보와 현자의 차이점은 무엇일까? 바보는 겉으로 보이는 것만 보는데 현자는 보이는 것 너머에 존재하는 어떤 것을 보려 한다. 이것을 조금 어려운 용어로 말하면 바보는 현상만 보는데 현자는 현상 너머의 본질을 포착하려 한다. 또한 바보는 나타난 결과에 집착하는데 현자는 현상의 원인을 탐색하려 한다. 이러한 차이점은 세상을 인식하고 어떤 문제를 해결하는 데 있어서 엄청나게 큰 결과를 가져온다.

고대 희랍의 철학자들은 눈에 보이는 현상계를 관찰하는 데에서 그들의 철학적 사유를 시작했다. 그들은 우주 만물의 움직임과 그 상호 역학 관계를 살피며 그 속에서 인간의 위상과 존재론적 의미를 찾으려 하였다. 이러한 그들의 태도는 점차 가시적·물질적 세계 저편에 놓인 참된 본질의 세계에 관심을 기울이는 것으로 바뀌고 더 나아가서 우주와 인생을 지배하는 일반적 원리를 탐구하는 자세로 전환되었다. 그들은 가시적 현상계 저편에 놓인 본질의 세계를 탐구하는 것이야말로 참다운 앎이라고 생각했다. 참다운 앎을 사랑하는 사람들을 '필로소퍼'라고 불렀다. 이 말은 지식을 사랑하는 사람이라는 뜻이니 현자 혹은 철인이라는 의미를 지닌 것이다.

그런데 이 현자들이 현상 너머의 본질에 관심을 갖는다고 해서 눈에 보이는 현상을 무시한 것은 아니다. 오히려 그 반대로 그들은 눈에 보이는 현상을 누구보다도 정밀하게 관찰하고 깊이 이해하려고 했다. 그러한 현상의 통찰과 분석을 통하여 본질에 도달할 수 있다고 믿었던 것이다. 바보들은 그저 눈에 보이는 것을 바라보는 것으로 그치는 데 비해 현자들은 그것을 여러 각도에서 관찰하고 분석했던 것이다.

우리는 여러 가지 현상을 접하면서 살아간다. 신문지상에서 정치적 부정이라든가 사회적 모순에 대한 기사를 대하면서도 그저 그것을 하나의 일회성 사건으로 받아들이면서 넘어가고 만다. 그렇게 하루하루를 살다보면 우리는 현상을 바라보기만 할 뿐 그것을 통찰할 줄 모르는 바보가 되고 만다. 바보가 되지 않기 위해서는 우리가 접하는 현상들에 대해 그 원인을 따져보기도 하고 그것이 가져올 결과를 생각해보기도 해야 한다. 그런 사색을 통해 현상들이 얽혀 있는 맥락을 파악하려는 노력을 해야 한다.

예를 들어 청소년 성범죄가 늘어간다는 신문 기사를 읽었다고 하자. 그러한 현상을 접했을 때 현자라면 현상을 넘어선 사회의 구조적 맥락에 관심을 기울이게 될 것이다. 청소년기가 충동적이라는 것은 예전이나 지금이나 마찬가지일 텐데 왜 지금 성범죄가 늘어 가는가? 우리도 청소년기를 보냈고 성적 호기심과 충동이 강했음에도 불구하고 그 시기를 잘 견뎌내었는데 왜 지금의 청소년들은 자제력을 잃고 성범죄를 저지르는가? 여기에는 분명 사회의 변화가 그 원인으로 작용했을 것이다. 그 사회의 변화란 어떠한 것들인가?

다양한 매체로 전달되는 향락적 오락물의 무절제한 노출을 생각할 수 있다. 음란한 내용을 다룬 영상 자료를 어린 학생들도 돈만 내면 볼 수 있는 것이 지금의 현실이다. 이성을 만날 수 있는 기회도 아주 많이 확대되었다. 개방적 풍토로 인해 성적 호기심과 충동이 더욱 강해졌으니 성범죄가 늘어나는 것은 당연한 일이다. 그런데 어떤 욕구가 생겼을 때 그 욕구를 자제할 수 있는 훈련이 되어 있으면 아무리 충동이 생겨도 그것이 강제적인 성폭행으로 튕겨 나가지는 않을 것이다. 그러나 물질의 풍요는 욕구를 자제할 수 있는 훈련의 기회를 박탈해 버렸다. 아이들이 요구하는 것을 어릴 때부터 거의 다 들어주고 물질적 시혜가 자식 사랑의 전부인 것처럼 아이들을 대하게 되니 아이들은 욕구를 자제할 수 있는 기회를 갖지 못했다. 사회 전체가 이런 형국이니 어른이건 아이건 자신의 욕망을 절제하지 못하고 충동이 솟구치면 감당을 못하게 되는 것이다.

청소년의 성범죄 증가라는 하나의 현상을 놓고 이와 같은 생각을 해 보았는데 우리 사회가 직면한 많은 문제에 대해서도 이와 유사한 논리적 사고를 전개할 필요가 있다. 이렇게 원인과 결과를 성찰하는 과정을 반복하다 보면 문제를 해결할 수 있는 실마리가 발견될 것이다. 현상의 표면만 보고 미봉책만 마련한다면 문제는 계속 반복되고 증폭되어서 걷잡을 수 없는 상황으로 치닫고 만다. 문제되는 상황이 제시되었을 때 재빨리 그 원인과 결과를 탐색해 가고 현상을 일으킨 본질적 맥락을 파악하려고 해야 바보들의 세상이 현자의 세상으로 조금씩 변화해 갈 것이다. 바보로 사는 것에 만족한다면 모르지만, 그렇지 않다면, 현상을 뚫고 본질을 보는 자세를 견지하는 것이 호모사피엔스인 우리가 해야 할 일이다.

오해와 망상에서 벗어나는 방법

인간은 오해 속에 산다. 우리는 매일 세수를 하고 목욕도 하니까 우리 몸이 깨끗하다고 생각하지만 우리 몸에는 온갖 세균이 들끓고 있다. 불경에서는 땀방울 하나에 구억 마리의 벌레가 있다고 말한다. 현미경도 없던 시절에 어떻게 그런 상상을 했는지 놀라운 일이다. 우리는 병든 사람이나 몸에 장애가 있는 사람이 우리보다 많이 불편할 것이라 생각하지만 『장자』에서는 병자나 장애인이 오히려 정상인보다 더 자연의 이치에 가까운 삶의 모습을 보여주고 있다고 서술한다. 그러니까 우리는 스스로 건강한 정상인이라고 생각하지만 사실은 온갖 세균과 함께 살고 있고 정신적·육체적 불균형 속에 살고 있는 것이다. 이처럼 우리는 오해와 착각에 길들여 있다.

불교에서는 모든 것이 무상無常하다는 말을 한다. 무상하다는 것은 지금의 상태 그대로 영원히 지속되는 것은 없다는 뜻이다. 세상의 모든 사물은 시시각각 변한다. 움직이지 않고 가만히 두면 사물이 그대로 있을 것 같지만 천만의 말씀이다. 그대로 둘수록 사물은 더 빨리 붕

괴해 버린다. 농촌에 버려진 폐가를 보면 이해가 쉬울 것이다. 아무도 살지 않는 빈집일수록 지붕이 내려앉고 마루가 꺼지고 벽이 쉽게 허물어진다.

세상 만물이 변하는데 나 자신이 그대로 있을 리가 없고 내가 가진 물건이 그대로 있을 수도 없다. 참으로 우스운 것은 세상이 전부 변하는데 나는 변하지 않는다고 생각한다는 점이다. 말로는 "나이가 들어서 나도 변했어"라고 말하지만 그 말 속에는 나이가 들어 겉모습은 변하지만 나의 본바탕은 변하지 않는다는 뜻이 은연중 내포되어 있다. 그리고 내가 소유한 물건도 나와 함께 불변의 상태로 오래 머물러주기를 바라는 마음도 갖고 있다. 그러나 이 두 가지 생각은 매우 심각한 오해다.

불교적으로 말하면 이렇다. 내 나이가 50세라면 50년 전에는 나라는 존재가 이 세상에 없었다. 사람이 아무리 오래 산다고 해도 100세를 넘기기 힘드니 앞으로 50년 후에는 나라는 존재가 이 세상에 없을 것이다. 50년 전에 이 세상에 없었고 50년 후에 이 세상에서 사라질 이 몸뚱이는 시간의 흐름에 따라 시시각각 변한다. 그렇다면 이 몸뚱이가 여기 실존한다고 믿고 이 몸뚱이에 집착하는 것 자체가 큰 착각이 아닌가. 그러면 이 몸이 여기 존재하지 않는다고 해야 할 것인가? 그것 역시 잘못된 생각이다. 여기 분명히 존재하면서 숨 쉬고 생각하는 이 존재를 어떻게 없다고 할 것인가? 그러면 있다고 확정할 수도 없고 없다고 부정할 수도 없는 이 나를 어떻게 인식해야 할 것인가? 변함없이 존재한다고 믿는 오해와 아예 존재하지 않는다고 부정하는 오해 사이에서 양쪽의 오해를 풀 수 있는 방법은 무엇인가? 여기서 공空의 지혜가 나오는 것이다. 불교의 공이라는 개념은 바로 유有와 무無를 넘어서면서 그 둘을 아우르는 개념이다.

이 몸은 언젠가는 이 세상에서 사라질 대상이다. 그리고 내가 소유하고 있는 물건들 역시 언젠가는 스스로 없어지거나 나와 헤어져야 할 존재들이다. 그러니 그것에 지나친 집착을 가질 필요가 없다. 육신에 병이 없으면 다행스러운 일이지만 몸 안팎에 세균을 거느리고 사는 우리 사람이 어떻게 병에 안 걸릴 수 있겠는가? 그러니 병이 들면 너무 크게 걱정하지 말고 그것 역시 인간의 당연한 생리현상 정도로 받아들여야 한다. 최악의 경우 죽음이 닥쳐온다 하더라도 육신이 세상을 떠나는 시간이 조금 앞당겨졌다고 생각하고 너무 불안해하거나 초조해하지 않는 것이 좋다. 그래야 주위에서 지켜보는 가족들도 마음이 가벼워질 것이 아닌가. 내 몸이 영생 불사한다는 것이 착각이듯 내 몸은 무병장수할 것이라는 생각도 본명 오해에 속한다.

이와 아울러 자신의 소유물에 대한 집착에서도 벗어나는 것이 좋다. 값비싼 옷이나 장식물이 있으면 사람들은 상당히 강한 집착을 보이고 그것을 애지중지한다. 그러나 아무리 비싸다 해도 영원히 존재하는 것은 없으며 나보다 오래 남아 있다 해도 내가 죽으면 그것은 나와 무관한 것이 되고 만다. 그러니 자신의 몸을 치장하기 위한 옷이나 장식물을 너무 비싼 것을 살 필요가 없으며 설사 기분으로 비싼 것을 샀다 하더라도 그것에 지나치게 집착할 필요가 없다. 호기심이나 허영심으로 비싼 옷을 사고 옷이 상할까 봐 입지 않고 옷장에 모셔두는 사람이 있는데 그것은 참으로 어리석은 짓이다. 귀한 장식물이 어디에 부딪혀 흠이 나면 사납게 화를 내고 밤잠을 못 이루는 사람이 있는데 그렇게 해 보았자 망가진 장식물이 원래 상태로 돌아오지 않는다. 내 주위의 모든 것은 언젠가는 내 곁을 떠나게 되어 있는 것이다. 애지중지하는 몇 캐럿짜리 다이아몬드도 큰 화재를 당하면 흔적도 없이 사라진다. 그것이 모든 사물의 숙명인 것이다. 이것을 망각하고 나와 내 소유물에 집착을 보이는 것을 불교에서는 고통의 근원으로 보고 그러한 망상과 오해에서 벗어나라고 강조한다.

한편 노장사상에서는 사물에 대한 편견에서 벗어나 평등하고 자유로운 삶을 살 것을 권유한다. 『장자』에는 널리 알려진 나비 꿈의 이야기가 나온다.

> 지난 어느 날, 장자가 꿈에 나비가 되어 날아다녔는데 신나게 펄펄 나는 모양이 분명히 나비여서 장자라는 생각은 전혀 하지 않았다. 그러다가 조금 뒤에 꿈에서 깨어 보니 나비는 간데없고 살아서 움직이는 장자였다. 장자가 나비의 꿈을 꾼 것인가? 나비가 장자의 꿈을 꾸고 있는 것인가? 그러나 장자와 나비는 반드시 분간이 있을 것이니, 이것을 일컬어 물화物化라고 한다.

여기 담긴 뜻은 모든 사물은 차별 없이 대등한 존재이며 서로 분리되어 있지 않다는 것이다. 이것을 좀 복잡하게 말하면 만물이 상호 연관되어 있고 상호 의존한다는 것이다. 사람과 나비는 동등한 가치를 가진 사물이다. 그런데 나는 인간이기에 존귀하고 나비는 곤충이므로 미물에 불과하다고 생각하는 것은 매우 심각한 오해다. 그것은 이슬람 근본주의만이 옳고 다른 것은 사악하다고 보는 것과 마찬가지다. 이런 관념의 오해에서 분쟁과 갈등, 전쟁과 살육이 발생한다. 노장의 무위자연無爲自然은 복고적인 자연 안주를 뜻하는 말이 아니다. 인간이 그릇된 망상에서 벗어나 만물과 조화를 이루는 상태를 지칭하는 말이다.

학문의 힘

한때 우리 사회에서 삼국지의 인기가 의외로 높을 때가 있었다. 삼국지 신드롬으로 불리던 이 현상은 사회가 혼란스러울 때 나타난다고 한다. 사회가 혼란스러울수록 삼국지에서 영웅 재사들이 벌인 드라마틱한 사건들을 보며 난세를 헤쳐갈 수 있는 지혜나 처세 방법을 얻으려는 심리가 더 강해지기 때문이다.

삼국지에서 사건이 재미있게 전개되는 것은 제갈공명이 등장한 다음부터의 일이다. 그전까지 유비는 싸움에 계속 패하여 고초를 겪고 있었다. 그의 의형제인 관우는 유비의 처자를 보호하며 수많은 적을 물리치고 조조의 다섯 개 성문을 돌파한, 이른바 단기천리의 명장이다. 그리고 조운은 장판파 싸움에서 유비의 아들 아두를 품에 안고 살벌한 적진을 비호처럼 헤치고 다닌 장수다. 장비는 이 두 사람보다도 더 용맹스럽고 강한 장수다. 유비는 이렇게 뛰어난 무장을 부하로 두고 있으면서도 조조와의 싸움에서 늘 열세를 면치 못했다.

그러던 유비가 조조의 군대를 맞아 적은 병력으로 크게 승리한 것은 형주의 싸움에서다. 그때 유비는 조조에게 쫓기고 쫓겨 형주에 몸을 의탁하고 있었다. 그곳에서 유비는 우연히 서서라는 인물을 만나 그를 군사軍師로 맞이한다. 그의 조언을 따르자 이천 명밖에 안 되는 유비의 군대가 이만 오천 명의 조조 군대를 궤멸시키게 된다. 뛰어난 무력으로도 얻을 수 없었던 승리를 병법에 능한 학자의 도움으로 얻게 되었던 것이다. 여기서 우리는 수많은 무장의 힘보다도 한 사람의 학자의 힘이 더 크다는 사실을 깨닫게 된다.

유비가 서서를 잃은 후 만나게 된 인물이 바로 공명이다. 공명은 학문에 전념하여 천문과 지리에 통달했으나 어지러운 세상에 혐오감을 느껴 산중에 은거하고 있는 학자였다. 유비는 그를 세 번이나 찾아가 세상에 나와 자기를 도와달라고 간청했다. 공명이 유비의 군사가 되자 전쟁은 갑자기 신선놀음으로 변한다. 세상의 모든 이치를 손바닥처럼 환히 꿰뚫고 있는 공명인지라 적의 동태를 미리 파악하고 그것에 맞는 조치를 취하여 전쟁마다 승리로 이끌었다. 유명한 적벽대전에서 공명이 동남풍을 불게 한 것도 실은 오랫동안 기상을 치밀하게 관찰하여 자연의 변화를 예측한 그의 뛰어난 과학적 사고의 결과였다. 공명의 학자적 통찰력에 비하면 관우, 장비, 조운의 무력은 허수아비 놀음에 불과한 것이었다.

우리는 이러한 사실을 통하여 혼란에 빠진 나라가 난관을 극복하고 발전을 도모하기 위해 진정으로 필요한 것이 무엇인가를 깨달을 수 있다. 천 명의 무장을 기르고 만 명의 기능인을 양성하는 것보다 한 명의 탁월한 학자를 길러내는 것이 절실하게 필요한 일임을 우리는 분명히 인식해야 한다. 이러한 인식이 결여된 사회나 국가는 발전을 기대할 수 없고 결과적으로 패망을 면치 못하게 된다. 21세기를 넘어서면서 연구실에서 행하는 학문보다는 현실에 응용될 수 있는 기능적 지식에 비중을 두는 경향이 뚜렷하다. 기초 학문이 전반적으로 퇴조를 보이고 있다. 이런 상황일수록 눈을 멀리 보고 학문의 정도를 지키는 자세가 필요하다. 공명의 학문적 통찰력이 명장들의 무력과 첨단의 화력보다 더 큰 힘을 발휘했다는 사실을 잊지 말아야 할 것이다.

글쓰기의 수행법

불교에서 말하는 여섯 가지 수행 방법이 있다. 정확히 말하면 대승불교의 보살이 열반에 이르기 위해 닦아야 할 여섯 가지 수행덕목이다. 그것을 육바라밀이라고 하는데 바라밀이라는 용어가 생소해서 그냥 '마음 닦는 여섯 가지 방법' 정도로 이해하고 있다. 그 중 내가 할 수 있는 실천 방법은 거의 없다.

지혜는 다섯 가지 방법을 수행한 후에 얻게 되는 최상승의 수행법이라고 하니 아예 논외로 하고, 선정禪定은 마음을 안정시켜 지혜가 드러나게 하는 수행법이라고 하니 잠시도 앉아 있지 못하고 오금이 저려 일어나는 내가 참선을 공들여 할 리가 없다. 정진은 단순히 자기 일을 잘 하는 것이 아니라 보살로서의 수행을 꾸준히 지속하는 것이라고 하니 일반인인 내게는 실천하기 어려운 수행법이다. 인욕忍辱은 모든 욕된 것을 참아내는 수행이라고 하는데, 남이 싫은 소리를 하면 금방 화를 내고 조금만 아프면 엄살을 부리는 천성을 지녔으니 인욕 수행과는 너무나 먼 삶을 살고 있다. 지계는 계율을 잘 지키는 것이라고 하는

데, 술과 고기를 좋아하고 큰소리로 떠들고 남 흉보는 것을 즐기는 내가 지계의 수행을 한다면 개도 닭도 웃을 것이다. 마지막으로 남는 것이 보시인데, 이것 하나는 해야 그래도 좋은 세상에 가지 않을까 해서 보시를 해 보자고 마음먹은 지 오래되었다.

다행히 보시에는 여러 가지 방법이 있다고 해서 내 나름대로 할 수 있는 방안을 만들었다. 김윤식 교수가 고바야시 히데오(小林秀雄)를 인용하여, 남을 칭찬하는 교묘한 방식이 비평이라고 언급한 바 있다. 그 말에 깊은 인상을 받아 비평을 할 때 그런 마음으로 글을 쓰려고 했다. 이미 세상을 떠난 정지용, 백석, 김영랑, 서정주의 시를 논하면서 그들의 영혼과 정신을 불러내 대화를 나눔으로써 작품의 내부로 들어가고자 했다. 그 시인들도 미처 지각하지 못한 작품의 세부에 의미를 부여함으로써 교묘한 방법으로 그들의 작품을 칭찬하고자 했다. 그렇게 하면 저승의 그분들도 기뻐하지 않을까? 그런 생각도 가끔 했다. 현재 활동하는 시인들의 작품을 다룰 때도 그런 감각을 살리려고 노력했다. 이것이 내가 택한 첫 번째 수행법이다.

두 번째 방법은 원고 청탁을 받았을 때 마감 날짜를 지키는 것이다. 필자들이 원고 마감일을 넘기는 것이 다반사이므로 청탁을 할 때 여유 있게 마감 날짜를 잡는 것이 관례다. 그것을 모르는 것이 아니지만, 원고 청탁도 하나의 약속이니 약속 일자를 지켜야 모든 일이 순조롭게 돌아갈 것이라고 생각했다. 그래서 원고 마감일을 꼭 지켜 원고를 보냈다. 원고가 늦어지면 편집자는 불안해하고, 더 늦어지면 애가 탈 것이다. 남의 애를 태워서 자신에게 득 될 것이 없다. 원고 마감일을 지키면 편집자 마음이 편해진다. 이것이 내가 택한 두 번째 수행법이다.

8년 전에 '현대불교문학상'을 받았는데 다시 '유심작품상'을 받게 되었다. 불교 관련 문학상을 두 번 받게 된 것이 위에서 말한 두 가지 수행과 관련이 있지 않을까 하는 생각이 든다. 만해 한용운의 사상을 선양하고 실천하는 단체에서 주관하는 상이라고 하니 그런 느낌이 더욱 절실하게 다가온다. 이제 보시한다는 생각 없이 보시하고 수행한다는 생각 없이 수행할 수 있는 그런 상태에 이르기를 바랄 뿐이다.

3

문학의 오솔길 사이

시인의 가난

한국은행의 발표 자료에 의하면 2016년 기준 한국의 1인당 국민총소득은 2만 7,561달러다. 2013년 출범한 박근혜 정부가 임기 중 3만 달러 진입을 내세웠지만 미달인 상태로 막을 내렸다. 인간의 행복을 화폐 소득의 수준과 직결시킬 수는 없지만, 경제적 조건과 전혀 무관하다고 볼 수도 없다. 다양한 방법으로 생활의 편리를 추구하는 상황에서 먹고 사는 문제가 해결되어야 정신 발전과 문화 수용이 정상적으로 이루어진다고 생각하는 것은 조금도 이상한 일이 아니다.

청년 실업 30만 명 시대에 제대로 된 월급 받는 직장 구하기가 하늘의 별 따기처럼 어렵다고 한다. 직장이 없는 시인이나 소설가는 일정한 수입이 없으니 통계 자료상 실업자로 산정될 것이다. 문화예술인들의 어려운 형편을 고려하여 정부 주도 단체에서 지원 제도를 시행해 왔는데 그마저 비밀 리스트를 만들어 지원에서 배제했다니 참으로 통탄할 노릇이다.

유사 이래 예술 창조 활동이라고 하는 것은 기존의 전통이나 제도를 답습하지 않고 그것에 변혁을 꾀하는 방향으로 전개되어 왔다. 그런 의미에서 예술 창조는 비판과 저항이 본질이요 전통이라고 할 수 있다. 정해진 틀에 순응하고 그것을 찬양하는 예술을 우리가 외면해 온 것은 그것이 예술 창조의 기본 정신에 위배되기 때문이다. 문화예술인들이 정부 정책에 비판적인 입장을 취하는 것은 조금도 위험한 일이 아니다. 그것은 오히려 그들의 창조 정신이 생생하게 살아 움직인다는 사실을 반증한다. 저항을 창조의 동력으로 수용할 때 정신이 활성화되고 문화가 융성한다는 사실을 알아야 한다.

자료를 찾아보니 내가 태어난 1955년의 1인당 국민소득은 65달러이고, 1963년에 100달러를 넘은 것으로 나온다. 이 시절을 돌이켜보면 빈부의 격차가 거의 없이 국가 전체가 가난했다. 겨울에 연탄으로 난방을 해도 창에는 늘 성에와 고드름이 달렸고 방안에는 연탄가스가 들어와 하루 종일 머리가 아팠다. 내복을 두 겹 입어도 몸이 떨리고 털신을 신어도 발이 시렸다. 기온이 지금보다 낮은 점도 있지만 사실은 난방 시설이나 피복 재료가 열악했기 때문이다. 안에 화학솜을 넣은 나일론 점퍼를 입고 군고구마 장수의 연탄난로 가까이 서 있다가 열에 약한 나일론과 화학솜이 다 오그라들어 산 지 며칠밖에 안 되는 겨울 점퍼를 버리는 낭패를 보기도 했다. 상당히 비싸게 산 점퍼를 하루아침에 날려 버렸으니 부모님의 불호령을 받은 것은 당연한 일이다.

이 가난한 시기에 박목월은 자신의 생활인으로서의 어려움을 솔직하게 시로 표현했다. 대개의 시인들이 시인으로서의 자존감을 내세워 가난을 겉으로 드러내지 않는 것이 상례인데, 그는 가난한 일상의 모습을 그대로 제시하면서 시인의 삶을 지탱해 가는 일의 어려움을 자연스럽게 드러냈다. 초기에 자연의 정결한 아름다움을 정제된 운율로 표현하던 때와는 다른 생활 고백의 시편을 집중적으로 발표했다.

적산가옥敵産家屋 구석에 짤막한 층층계……
그 이층에서
나는 밤이 깊도록 글을 쓴다.
써도써도 가랑잎처럼 쌓이는
공허감.
이것은 내일이면
지폐가 된다.
어느 것은 어린것의 공납금.
어느 것은 가난한 시량대柴糧代.
어느 것은 늘 가벼운 나의 용전用錢.
밤 한 시, 혹은
두 시. 용변을 하려고.
아래층으로 내려가면
아래층은 단간방.
온 가족은 잠이 깊다.
서글픈 것의
저 무심한 평안함.
아아 나는 다시

층층계를 밟고
이층으로 올라간다.
(사닥다리를 밟고 원고지 위에서
곡예사들은 지쳐 내려오는데……)
나는 날마다
생활의 막다른 골목 끝에 놓인
이 짤막한 층층계를 올라와서
샛까만 유리창에
수척한 얼굴을 만난다.
그것은 너무나 어처구니없는
'아버지'라는 것이다.

*

나의 어린것들은
왜놈들이 남기고 간 다다미방에서
날 무처럼 포름쪽쪽 얼어 있구나.

박목월, 「층층계」 전문

박목월의 실제적인 두 번째 시집인 『난·기타』(1959. 12)에 수록된 작품이다. 이와 비슷한 주제를 담은 「당인리 근처」가 1959년 12월(『사상계』)에 발표된 것으로 볼 때 이 작품도 비슷한 시기에 창작되었을 것이다. 박목월은 이 당시 대학에 강사로 출강했고, 한양대학교 조교수로 부임한 1959년 4월부터 월급다운 월급을 받았을 것이다. 1959년 한국의 1인당 국민소득은 81달러. 한국사회는 전반적으로 가난했고 박목월도 예외는 아니었다.

'적산가옥'이란 시의 뒷부분에 나오는 것처럼 "왜놈들이 남기고 간" 집을 말한다. 해방 후 일본인들이 살던 집을 국가가 일반인들에게 매각했는데, 이 과정에 거간꾼들이 개입하여 불법 매매로 인한 불미스러운 일이 많이 일어났다. 그래서 적산가옥이라고 하면 일본인들이 살던 집을 싸게 얻은 허술한 주택을 의미했다. 이 집은 박목월이 1949년 서울에 올라와 처음으로 얻은 원효로 3가 전차 종점의 작은 일식 가옥으로 열한 평쯤 된다고 그의 수필에 밝혔다. 비좁은 이 층 형태로 되어 있어서 구석의 짤막한 층층계를 통해 이 층으로 오르내린다고 했다. 아래층이 단칸방이니 이 층도 단칸방일 것이다. 생활 형편의 어려움을 가옥의 구조로 암시한 것이다.

시인은 협소한 이 층에서 밤이 깊도록 글을 쓴다. 원고료를 벌어 생활비에 충당하기 위해 의무적으로 쓰는 글이다. 쓰고 싶어서 쓰는 글이 아니기에 쓸수록 공허감이 쌓인다. 그 공허감을 가랑잎에 비유했다. 공허감의 대가로 받게 되는 지폐가 가랑잎과 유사하다고 본 것이다. 가랑잎이 많이 쌓일수록 공허감은 커지겠지만 용도는 더 많아질 것이다.

밤 한 시나 두 시가 되면 용변을 보기 위해 아래층으로 내려온다. 단칸방에 옹기종기 모여 잠을 자고 있는 식구들이 보인다. 그들의 잠은

깊고 평화롭다. 그 평화로움이 시인의 공허감을 조금 달래주었을 것이다. 그 미묘한 감정을 "서글픈 것의/저 무심한 평안함"이라고 표현했다. 생활비 때문에 늦게까지 원고를 쓰는 자신도 서글프고 나약한 자신을 믿고 평안하게 잠을 자는 식구들도 서글프다. 가족들은 시인의 공허감을 잘 알지 못한다. 그 무심함이 또 서글픔을 일으킨다. 그러면서도 그들의 무심함이, 그 결과 이루어지는 그들의 평안한 잠이 고맙고 대견스럽다.

원고를 쓰기 위해 다시 이 층으로 오를 때 작은 상상이 펼쳐진다. 생활비를 벌기 위해 마음에도 없는 잡문을 쓰는 자기 자신이 마치 곡마단에서 묘기를 부리는 곡예사 같다. 자신은 원고를 쓰려고 층층계를 오르지만 원고지에서 묘기를 부리던 곡예사들이 이제는 지쳐서 사닥다리를 내려오고 있는 것 같다. 시를 쓰면서 한편으로 잡문을 쓰는 자신의 이중적 생활에 자괴감이 들어 이제는 글을 더 못 쓸 것 같다는 피로감을 느끼는 장면이다. 자신이 오르는 층층계는 생활의 막다른 골목에서 어쩔 수 없이 선택한 굴욕의 행로다. 계단 위 검은 유리창에 비친 자신의 모습을 보니 수척한 낯선 얼굴이 나타난다. 그것을 "너무나 어처구니없는 '아버지'라는 것"이라고 했다. 아버지의 실존을 수척하고 무의미한 사물로 인식한 것이다.

마지막 단락은 자신이 이렇게 굴욕적 선택을 할 수밖에 없었던 배경을 마치 남의 말을 하듯 하나의 영상으로 보여주었다. '다다미 방'은 온돌이 아니기 때문에 보조 난방이 있어야 보온이 되는 구조다. 난방이 제대로 안 된 공간에서 잠자는 어린것들의 모양을 '날무'에 비유했다. 배추 같은 것은 얼면 쓰지 못하기 때문에 바로 식재료로 활용하지만 무는 어느 정도 견디기 때문에 광에 그냥 두는 경우가 있다. 그런 무는 가공하지 않은 상태라 포르스름한 빛을 띠고 있다. 그것을 시인은 "포름쪽쪽"이라고 표현했다. '푸르죽죽'이라는 말이 있지만 어린애들의 작은 모양을 나타내기 위해 "포름쪽쪽"이란 말을 만들어 썼을 것이다. 자그마한 어린애들이 추위에 포르스름한 낯빛으로 가지런히 잠들어 있는 모습을 나타낸 것이다. 이 말에 어린애들에 대한 아버지의 애정과 연민이 담겨 있다.

지상에는
아홉 켤레의 신발.
아니 현관에는 아니 들깐에는
아니 어느 시인의 가정에는
알전등이 켜질 무렵을
문수文數가 다른 아홉 켤레의 신발을.

내 신발은
19문 반.
눈과 얼음의 길을 걸어
그들 옆에 벗으면
6문 3의 코가 납작한
귀염둥아 귀염둥아

우리 막내둥아.

미소하는
내 얼굴을 보아라.
얼음과 눈으로 벽을 짜 올린
여기는
지상.
연민憐憫한 삶의 길이어.
내 신발은 19문 반.

아랫목에 모인
아홉 마리의 강아지야
강아지 같은 것들아.
굴욕과 굶주림과 추운 길을 걸어
내가 왔다.
아버지가 왔다.
아니 19문 반의 신발이 왔다.
아니 지상에는
아버지라는 어설픈 것이
존재한다.
미소하는
내 얼굴을 보아라.

박목월, 「가정」 전문

앞의 시와 비슷한 시기에 발표된 작품으로 주제도 유사하다. 가정에는 가족이 있고 가족 중에는 가정을 이끌어가는 가장이 있다. 가족을 돌보는 가장의 노고를 신발의 이미지로 표현했다. "아홉 켤레의 신발"이라는 말은 자신이 부양해야 할 가족의 수를 나타낸다. 문수가 다르다고 했으니 나이 차가 나는 여러 가족이 모여 함께 사는 상태다. '문수'는 옛날에 신발의 크기를 재던 수치인데, 1문이 2.4㎝ 정도였다. 이 시에서 어린아이의 신발이 6문 3이라면 151㎜ 정도니 어린애의 발로는 조금 큰 편이다. 자신의 신발 문수는 19문 반이라고 했는데, 이것은 460㎜가 넘는 크기니 이런 신발은 존재하지 않는다. 보통 어른 남자 신발의 문수는 10문 반에서 11문 반 사이였다. '19문 반'이라는 신발 문수는 시인이 지닌 감정의 크기를 반영한 표현일 것이다. 아홉 명의 가족을 부양해야 하는 가장의 마음의 무게가 그런 숫자를 연상시켰을 것이다.

시의 앞부분에 나오는 '지상', '현관', '들깐', '시인의 가정'은 자신의 삶의 형편을 구체적으로 드러내려는 말이다. 지상 어디에건 아홉 켤레의 신발이 있을 수 있지만 시인으로 살아가는 자기 자신의 가정에 아홉 켤레의 신발이 존재한다는 것을 알리고자 한 것이다. 시인의 가정이 어떠하고 시인으로 산다는 것이 어떠한 형편인가를 보여주려 한 것이다.

19문 반의 큰 신을 신은 화자는 가장이다. 그는 "눈과 얼음의 길을 걸어" 왔다고 말한다. 춥고 미끄럽고 위험한 길을 걸어온 것이다. 집에 있는 어린애들은 그것을 알 리가 없다. 이것은 「층층계」의 경우와 같다. 크고 누추한 자신의 신을 어린 막내의 신 옆에 벗으면 뚜렷한 대조가 이루어진다. 19문 반과 6문 3이면 크기가 3배 차이가 난다. 어른 신의 3분의 1밖에 안 되는 그 신은 귀엽고 앙증맞을 것이다. 귀여운 막내 앞에 눈과 얼음의 길을 걸어온 지친 자신의 모습을 보여주기는 싫다. 웃는 모습을 보여주어야 마땅하다. 이것이 세상 모든 아버지의 마음이다. "미소하는 내 얼굴을 보아라"라는 구절은 철없는 막내에게 아버지의 밝은 웃음을 보여주고 싶은 소망의 표현이다.

그러나 그 귀여운 막내도 언젠가는 이 거친 세상에 발을 디디게 될 것이다. "얼음과 눈으로 벽을 짜 올린"이 세상에. 그것은 지상에 뿌리를 내린 우리 모두의 숙명이다. 6문 3 크기의 귀여운 발에 19문 반의 무거운 신발이 신겨질 날이 언젠가 올 것이다. 이것은 생각만으로도 아버지의 마음을 무겁게 한다. '삶의 길'에 대한 연민을 느끼지 않을 수 없는 것이다.

눈과 얼음의 길을 피해 가족들은 아랫목에 강아지처럼 모여 있다. 가족들이 추위를 피해 있을 때 가장은 커다란 신발을 신고 눈과 얼음의 길을 걸었다. 그것은 아무리 노력을 해도 돈이 생기지 않는 궁핍의 길이요 땔감과 식량을 얻기 위해 몸을 굽혀야 하는 굴욕의 길이다. 굶주림과 추위는 견딜 수 있어도 시인으로서 굴욕은 참아내기 힘들다. 그래서 시의 서두에 "어느 시인의 가정"을 제시했을 것이다. 시인으로서 가장 견디기 힘든 것이 굴욕의 삶임을 말하고 싶었던 것이다. 아홉 마리의 강아지가 중요한 것이 아니요, 19문 반의 신발이 중요한 것도 아니다. 눈과 얼음의 길도 사실은 문제가 되지 않는다. 중요한 것은 굴욕의 길을 걸어왔다는 것. 그래도 가족 앞에서는 미소를 지을 수밖에 없다는 것. 가족들을 위해 생활에 몸을 굽히고 굴욕을 감내하는, 그러면서도 미소를 지을 수밖에 없는 "아버지라는 어설픈 것"이 존재한다는 사실을, 그것이 피할 수 없는 삶의 경로라는 점을 실로 어설프게 노래할 수밖에 없었던, 시인이라는 직업을 가진, 인간 박목월의 진심이 담긴 작품이다.

박목월 시인은 40대 중반 가장의 위치에서 자신의 가난을 솔직하게 토로하면서 시인의 길을 모색했다. 가난은 그에게 자랑거리도 아니지만 숨겨야 할 부끄러운 일도 아니었다. 가난 속에 시인의 길을 가는 어려움을 드러내는 것은 자랑도 아니고 수치도 아니다. 그것은 자신의 진심이 담긴 삶의 일부이기에 그것을 시로 표현하는 것 역시 자연스러운 일이었다. 그 자연스러움에 담긴 일상의 시심이 초기의 자연 시 외에 박목월다운 또 하나의 시의 흐름을 탄생시킨 계기가 되었다. 자연이 시의 주제가 되는 것은 흔한 일이지만 가난이 시의 주제가 되는 것은 드문 일이다. 박목월은 가난을 인간적 훈기로 감싸 안으면서 연민의 어조를 통해 시인의 격조가 어떠해야 하는지를 보여주었다.

점 하나를 찍어도 똑바로

1970년 3월 고등학교에 입학했을 때다. 중학교 때 없던 '세계지리'라는 과목이 있었다. 새로운 과목에 기대를 갖고 선생님의 첫 시간을 맞이했다. 붉은 얼굴빛에 우는 표정의 선생님이 들어오셨다. 첫인상부터 '세계지리'의 이미지와는 너무 다른 답답한 모습에 적지 아니 실망했다. 그런데 선생님의 음성은 더욱 우리를 낙담시켰다. 여성의 목소리처럼 가늘고 높았던 것이다. 첫 시간 수업 후 선생님의 별명은 '울보아줌마'가 되었다.

선생님은 첫 시간에 일 년 동안 지켜야 할 사항을 말씀하셨다. 그러나 설득력 없는 어조 때문에 내용이 머리에 잘 들어오지 않았다. 그래도 첫 시간인지라 선생님의 말씀을 경청했다. 인생의 큰일은 작은 것에서부터 성패가 결정되니 작은 일도 똑바로 하는 습관을 길러야 한다는 말씀이었다. 선생님께서는 특유의 우는 표정으로 칠판에 점을 하나 찍으시고 "점을 하나 찍어도 똑바로", 점을 하나 더 찍어 선을 이으시며 "선을 하나 그어도 똑바로"라고 말씀하셨다. 참으로 올바른 말씀이지만 너무나 지당한 말씀이기 때문에 첫 시간의 훈화로는 오히려 임팩트가 약했다.

그러나 세상을 살면서 나이가 들수록 그때 그 말씀이 자꾸 떠오른다. 특히 시 작품을 해석하면서 문장 부호 하나, 시어 하나의 의미까지 세심하게 살펴야 하는 일이 많아질수록 그때 그 말씀의 의미가 새롭고도 무겁게 다가온다. 문학을 연구하는 사람들에게 정말 필요한 일이 작은 부분에 충실한 태도라는 생각이 더욱 뚜렷해지는 것이다. 스스로를 반성하는 차원에서 그런 느낌이 든 사례를 몇 가지 말해 보겠다.

서정주의 「풀리는 한강 가에서」는 『신천지』(1948. 3)에 발표된 작품이다. 그런데 이 시에 나오는 "황토 언덕/꽃상여/떼과부의 무리들"이라는 대목을 보고 나는 직감적으로 6·25 이후의 작품으로 단정해 버렸다. 『서정주 시선』(1956. 11)에 수록된 작품이어서 내 판단에 별다른 의심도 하지 않았다. 그래서 "'꽃상여'와 '떼과부의 무리'는 애통한 죽음과 홀로 남은 여인들의 한을 암시함으로써 6·25 전쟁의 상흔을 자연스럽게 연상시킨다"라는 해설을 했다. 글을 발표한 후 이 시가 6·25 이전 발표작이라는 것을 알고 땅을 치며 후회했지만, 이미 인쇄된 원고를 되돌릴 수는 없었다. 그때 이후 작품론을 쓰기 전에 꼭 발표지면을 확인하는 습관이 생겼다.

서정주의 「귀촉도」는 그의 초기 시로서는 이채로운 작품이다. 청춘의 고뇌와 보들레르적 도취에 휩싸여 있던 1936년 말 또는 1937년 초의 작품이라고 미당은 회상했다. 이 작품이 다소 통속적이고 감상적인 면모를 보이는 것은 최금동의 영화소설에 넣겠다고 해서 쓴 것이기 때문이다. 이 시가 해방 전에 두 차례나 발표된 것을 보면 대중들에게 꽤 인기가 있었던 것 같다. 해방 후 시집의 표제로 이 시를 내세운 것도 사별의 정한에 바탕을 둔 대중적 감화력 때문이었을 것이다. 이러한 사정을 모르고 서정주의 시가 「귀촉도」를 고비로 서구적 경향에서 전통적 정서로 변화했다고 설명하는 것은 잘못이다. 서정주의 회고와 이 시를 출전을 꼼꼼히 살폈더라면 그런 설명을 피할 수 있었을 것이다.

김영랑의 「우감偶感」이란 시가 있다. 1940년 6월 『조광』에 발표된 작품이다. 1935년 이후 시를 발표하지 않던 김영랑이 4년간의 공백을 깨뜨리고 1939년 1월부터 1940년 9월까지 현실저항 시에 해당하는 작품을 연이어 발표했는데 그중의 한 편이 「우감」이다. 이 시에 "四十갓찬 나히, 내 일즉나서 좋다"라는 구절이 나온다. 위의 시구에서 "四十갓찬"을 "40 갓 찬"의 뜻으로 보고 "마흔에 막 들어선 나이"로 해석하는 경우를 꽤 보았다. 김영랑이 1903년 음력 1월 16일, 양력으로는 1902년 12월 18일 출생이니 양력 나이로 환산해도 세는나이로 39세다. 아직 마흔에 들어서지 않은 상태인 것이다. "갓찬"을 "가찬"의 오분석 표기로 보면 "가깝다"의 방언인 "가찹다"의 활용임을 이해할 수 있다. 위의 구절을 "마흔 가까운 나이"로 해석하면 김영랑의 당시 나이에 정확히 맞아 떨어지는 시구가 된다. 김영랑의 출생 연도만 참고했어도 "40 갓 들어선 나이"라는 해석은 나오지 않았을 것이다.

예전의 시에만 이런 일이 일어나는 것이 아니다. 김명인의 유명한 시 「소금 바다로 가다」는 1992년에 나온 시집 『물 건너는 사람』에 수록되어 있으니 지면에 발표된 것은 그 이전일 것이다. 거기 "찌든 엽

록의 세상 너덜토록/풍화시킨 쉰 살밖에 없어/후줄근한 퇴근길의 오늘 새삼 춥구나"라는 구절이 나온다. 여기서 "쉰 살"을 '오십 세'로 읽는 경우가 많다. 그러나 김명인 시인이 1946년생이고 이 시를 쓸 때 40대 중반을 막 넘어서는 시점에 있었다는 사실만 알아도 그런 오독은 피할 수 있었을 것이다. 여기 나오는 "쉰 살"은 그 앞에 나온 "썩는 육체"라는 시어와 호응하는 말로 '부패한 육체'라는 뜻이다. 이것은 이 시의 소재인 '소금'이 부패를 막는 물질이라는 점을 고려하면 충분히 떠올릴 수 있는 내용이다. 가을이 되어 떨어지는 나뭇잎은 썩어서 땅을 비옥하게 하겠지만 세파에 시달린 자신의 부패한 육신은 아무짝에도 쓸모가 없을 것 같아 더욱 춥게 느껴진다는 뜻이다.

아 해 다르고 어 해 다르다는 말이 시에서는 조금도 과장이 아니다. 시에서는 시어의 배치만이 아니라 음절 하나, 문장 부호 하나까지 모두 중요한 의미 지표로 작동한다. 따라서 시를 해석하는 사람은 자신이 활용할 수 있는 지식과 감각을 총동원하여 작은 점과 선 하나도 소홀히 하지 말아야 한다. "점을 하나 찍어도 똑바로, 선을 하나 그어도 똑바로"라던 울보 선생님의 말씀이 절실하게 가슴에 다가온다.

하늘의 별을 바라보며

사람은 절망에 처했을 때 한동안은 처절한 고통에 몸 둘 바 몰라 하지만 시간이 지나면 절망을 디디고 일어나 자신의 길을 가려는 노력을 보인다. 만일 절망에 처하여 끝내 자신의 육체와 정신을 가누지 못한다면 그 사람은 스스로 목숨을 끊거나 인생의 폐인이 되어 황폐한 삶을 살아가게 될 것이다. 그러한 경우를 바람직하다고 생각하는 사람은 아마 아무도 없을 것이다. 사람은 아무리 시련에 빠졌을 때라도 어둠 속에서 빛을 찾으려는 생각을 본능적으로 하게 마련이다. 호랑이 굴에 들어가도 정신만 차리면 산다는 말이 있듯이, 위기의 순간이건 시련의 상황이건 그 부정적 상황을 긍정의 상태로 돌려놓으려는 의지만 있으면 사람은 빛을 찾아 앞으로 나아갈 수 있다. 밤하늘의 별을 우러러보듯 사람은 절망의 상황 속에서도 미래의 희망을 찾으려 하는 것이다.

한국의 역사에서 가장 암울했던 시절은 우리가 일본의 지배를 받았던 1910년부터 1945년까지 35년간의 기간이 될 것이다. 우리는 그 시대에 나라의 주권을 빼앗겼을 뿐만 아니라 우리의 언어, 우리의 이름,

우리의 역사까지 빼앗겼으며 심지어 민족의 고유성마저 유린당했다. 한국 역사 오천 년 이래에 이렇게 치욕스럽고 참혹했던 시절은 달리 없었다. 강도 일본제국은 우리의 재산을 약탈하였으며 자원과 노동력을 착취했고 많은 한국인의 고귀한 생명을 앗아갔다. 이런 극악한 상황에 처하여 뜻있는 한국인들이 당장 목숨을 끊고 싶은 충동을 수도 없이 느꼈을 것이다. 그 치욕과 고통을 이기지 못하여 스스로 목숨을 끊은 사람도 많이 있었으며 나라 잃은 민족으로서의 절망에 빠져 술로 나날을 보내며 괴로움을 잊으려한 사람들도 더러 있었다. 그러나 정말 의연한 사람들은 자신의 굳은 의지를 더욱 가다듬어 만주 벌판이나 상해, 북경, 일본 등지로 이주하여 독립 투쟁에 몸을 바치는 의로운 모습을 자랑스럽게 보여주었다.

그러나 사실 항일 무장 투쟁에 가담하는 것이 말처럼 그리 쉬운 일은 아니었다. 그것은 자신의 목숨을 내놓는 결단을 전제로 한 것이었다. 가족이 있고 친지가 있는 경우 그들에게 닥쳐올 위험성을 생각해서 독립운동을 포기하는 경우도 있었다. 일제 통치하에 독립운동을 한다는 것은 뼈를 깎고 살을 저미는 자기 시련과 고통의 길이었다. 그 길이 옳다고 생각은 하면서도 이런저런 사정 때문에 선뜻 발을 내밀지 못하고 그날그날을 살아가는 것이 대다수 사람들의 행동 양식이었다. 이것은 일상생활을 영위하는 보통 사람들의 전형적인 행동 양식이기 때문에 그들을 비겁하다거나 용기 없다고 탓할 수 없다.

문제는 일본 지배 세력에 빌붙어 민족을 배신한 반역자 군상들이다. 그들은 민족을 팔아먹은 대가로 상당한 지위와 권세를 누릴 수 있었고 그 나름의 재산을 축적할 수 있었다. 돈맛을 보면 돈독이 더 오르는 법이기 때문에 재산을 더 늘리려는 생각을 하게 되고 그렇게 재산을 늘리기 위해서는 일본 지배 세력에게 더욱 아부할 수밖에 없었다. 우리가 역사의 이름으로 지탄하고 단죄해야 할 대상은 바로 이 친일파 군상들이다. 8·15 해방 이후 이 간악한 친일파 군상들에 대해서는 그들의 죄상에 따라 적법한 응징이 가해졌어야 마땅하다. 그러나 건국 정부는 여러 가지 사정으로 그 일을 제대로 실행하지 못했는데, 이 때문에 결국 민족정기가 흐려지는 또 하나의 부끄러운 역사가 전개되었다.

옷을 입을 때 첫 단추를 잘못 끼우면 전체 옷맵시가 흐트러지듯이, 해방 후 분명히 해결했어야 할 역사의 단죄가 이루어지지 않음으로써 민족사의 순수성이 흐려지고 역사의 정의가 분명히 서지 않는 사태가 발생한 것이다. 아주 쉽게 말하면 나쁜 놈이 잘 살고 의로운 사람이 고생하는 상황이 펼쳐진 것이다. 한 예를 들면 민족 반역자의 아들은 부친에게 물려받은 재산으로 기업의 사장이 되고 독립운동가의 아들은 아버지 잃은 고아로 가난하게 자라나 그 회사의 청소부가 되는 야릇한 상황이 벌어지게 된 것이다. 이렇게 되자 사람들은 정의를 추구할 것이 아니라 기회를 잘 잡고 술수에 능해야 한다고 생각하게 되었고 이러한 사고가 사회에 팽배하게 되었다. 이로써 사회 전반의 도덕성이 흔들리게 된 것인데 첫 단추를 잘못 끼워서 옷 전체가 비뚤어진다는 것은 바로 이런 현상을 비유한 것이다.

해방 후의 상황은 이러하였으나 일제 강점의 상황 속에서 고통을 참고 독립운동에 투신한 사람들은 언젠가 광복과 더불어 이상적인 상태가 오리라는 믿음을 지니고 있었던 것 같다. 그런 신념조차 없다면 눈바람 휘날리는 북만 벌판에서 추위에 몸을 떨고 먹을 것 떨어져 물로 배를 채우는 그 극심한 고통을 어떻게 견딜 수 있었겠는가. 우리의 민족시인 이육사는 민족 해방 투쟁에 실제로 몸을 던진 사람인데, 그는 시 「광야」에서 눈 내리는 광야에 가난한 노래의 씨앗을 뿌린다고 말하며 언젠가 천고의 뒤에 백마 타고 오는 초인이 찾아와 우렁찬 노래를 불러 주기를 염원하였다. 그런가 하면 「꽃」이라는 시에서는 얼어붙은 북쪽 툰드라 지역에도 꽃의 맹아가 움직거려 제비 떼 까맣게 날아오길 기다린다고 자신의 염원을 빗대어 표현하기도 했다.

그러나 대개의 경우 그러한 염원은 염원으로 끝나고 독립운동에 투신했던 사람들은 고독과 고통에 몸을 떨며 자신의 죽음을 맞이했다. 우리 시인 이육사도 자신의 위기에 직면하여 「교목」이라는 시에서 어떠한 위협에도 굴하지 않고 자신의 의지를 꺾지 않겠다는 생각을 감동적으로 표현했으며 「절정」에서는 그야말로 절망의 절정에 처하여 위기의 극한상황 속에서 겨울을 강철로 된 무지개로 환상함으로써 자신의 고통을 이겨보려는 시도를 보였다. 이러한 육사도 결국 1943년 서울에서 체포되어 북경으로 이송된 후 그 이듬해 1월에 옥사하여 화장된 유골로 가족들에게 전해졌다. 그 어두운 상황 속에서 미래의 희망을 견지하고 독립운동에 투신했던 육사에게 찾아온 것은 광복의 기쁨이 아니라 상상을 초월한 끔찍한 고문과 외롭고 스산한 죽음이었다.

이러한 육사의 일생을 두고 덧없다 말하는 사람이 있다면 그는 인생을 너무도 모르는 철부지일 것이다. 어떻게 사는 것이 바로 사는 것인가에 대해 관심이 있는 사람이라면 육사가 쓴 시 「한 개의 별을 노래하자」를 읽어 보라. 한 개의 별을 노래하자, 꼭 한 개의 별을, 십이성좌 그 숱한 별을 어찌 다 노래하겠느냐고 1936년에 발표한 이 시에서 육사는 다짐하듯 읊조렸다. 북경 차디찬 감방에서 병약한 몸으로 추위에 떨다가 일본 군경의 고문을 이기지 못하고 기진해 죽어간 육사의 최후를 떠올리며 이 시를 읽으면 눈물이 저절로 솟아나 참을 수가 없다. 그렇다. 십이성좌 그 많은 별을 어떻게 다 노래할 수 있으리. 육사는 그 중 가장 빛나고 가까운 하나의 별을 택하여 그것을 노래하며 일생을 보냈고 그 별을 지키기 위해 자기 목숨을 바쳤다.

그 어둠의 역사 속에서, 그 절망의 심연 속에서, 육사의 정신과 육체를 지켜 준 존재는 바로 이 별이었다. 어둠 속에 빛나는 별이 있었기에, 남들은 갈 길을 몰라 맹꽁이처럼 아우성치는 상황 속에서 육사에게는 길이 훤히 보였고 그는 그 길을 따라 앞으로 나아갔다. 그 길의 끝판에 죽음이 놓여 있었지만, 그것은 육사 자신도 충분히 예견한 것이기에 그로서는 미련도 아쉬움도 슬픔도 없었으리라. 눈물이나 슬픔은 그의 시와 죽음을 대하는 우리들의 몫일 따름.

일제 강점하의 어두운 상황 속에서 별을 찾고 그것을 지키려 한 사람은 비단 육사만이 아니다. 우리의 청년 시인 윤동주도 「별 헤는 밤」에서 하늘의 별을 보며 소중한 대상의 이름을 불러보기도 했고 「서시」에서는 별을 노래하는 마음으로 모든 죽어가는 것을 사랑해야겠다는 생각을 표현하기도 했다. 그에게는 별이 어둠을 밝히는 존재의 근원이자 모든 생명에 대한 사랑을 일깨워주는 마음의 등불이었다. 그가 연희전문학교를 졸업하고 일본 유학을 앞두고 쓴 시 「참회록」에는 빛나는 별이 아니라 죽어버린 별인 '운석'이 나오는데 이것은 윤동주의 참담한 마음을 그대로 상징한다. 존재의 근원이자 생명의 근원인 별이 빛을 잃고 운석으로 식어 버린 것은 그의 마음이 심각한 갈등과 절망 상태에 처했음을 암시한다.

그러나 그가 일본 유학을 가서 쓴 「쉽게 씌어진 시」를 보면 죽은 운석의 이미지가 다시 등불의 이미지로 바뀐 것을 볼 수 있다. 그것은 그가 절망의 상태에서 벗어나 그 나름의 길을 발견했음을 알려준다. 그 시에 제시된 바에 따르면 그는 등불을 밝혀 어둠을 내몰고 시대처럼 올 아침을 기다리는 선지자의 모습으로 나타난다. 그는 어둠 속에 빛나는 별의 차원에서 벗어나 어둠을 내모는 등불의 위상으로 상승하려 한 것이다. 그만큼 그의 행동과 생각은 능동적이고 적극적인 양태를 드러낸다. 윤동주 역시 그 등불이 가리키는 쪽으로 의연히 나아갔던 것인데 그 길의 끝판에는 역시 죽음이 놓여 있었다.

우리는 이러한 사례들을 살펴보며 어둠의 시대에 어떻게 살아야 하는가를 반성하게 된다. 밤하늘에 별이 있다는 것은 참으로 다행스러운 일이다. 그리고 밤이 깊을수록 별이 더 빛난다는 사실도 우리에게 새로운 깨우침을 준다. 우리 마음이 어둡게 무너지려 할 때 하늘의 별을 보아야 한다. 하늘의 별을 바라보며 고난의 길을 걸었던 한국문학의 외로운 순교자들의 삶을 돌이켜 보아야 한다. 그럴 때 하늘의 별이 우리 마음을 비추는 밝은 등불이 될 것이다.

역사적 사실과 문학적 진실

1997년 제7차 교육과정 이후 고등학교 교육은 선택중심교육과정으로 개편되었다. 처음 개편 당시 '국사'는 1학년에서 배우는 국민공통기본교과의 사회에 포함되어 4단위로 배정되었다. 공통기본교과는 필수에 해당하지만 1학년 때 기초교양 정도로 배우기 때문에 수박 겉핥기식으로 대충 때우고 넘어가는 수준의 것이다. 심화선택과목으로 '한국근현대사'가 8단위 배정되어 있지만 이것은 선택과목이기 때문에 선택한 학생들만 배우게 된다. 2003년도부터 고등학교에서 배우게 될 '한국근현대사' 일부 교과서의 내용이 좌편향으로 기술되었다는 비판이 제기되면서 근현대사 기술을 축으로 한 좌우논쟁이 펼쳐졌다. 그러자 선택과목으로 배정된 '한국근현대사' 과목 선택이 취소되고 학생들이 제대로 배우지 못하는 사태가 발생했다. 대부분의 학생들은 고조선으로 시작해서 해방 이후로 끝나는 1학년의 '국사'를 한 학기에 4시간 배우고 한국사 공부를 그만두기 때문에 대입수학능력시험에서 '국사'를 선택하는 학생은 거의 없고 일부 학생들이 내용의 범위가 좁은 '한국근현대사'를 선택한다. 수능에 나오지 않는 과목은 학생들이 무시하기 때문에 근대 이전의 한국사에 대한 지식은 학생들이 거의 갖고 있지 않다. 대학생들에게 사육신이 누구냐고 물으면 일제강점기에 독립운동한 사람 아니냐고 대답하는 학생들이 많다.

2007년도 교육과정 개정작업에서 전에 문제가 되었던 '한국근현대사'를 국사에 통합하여 '역사'로 명칭을 바꾸고 단위수를 5단위로 하면서 중학교 역사 과목이 근대 이전까지를 다루니까 고등학교의 '역사'는 근현대사 중심으로 학습한다고 교육과정의 목표를 정했다. 2009년도 개정작업에서는 다시 '한국사'로 명칭을 바꾸면서 사회교과의 선택과목으로 지정했고 2012학년도부터 필수로 이수한다고 추가 지정했다. 과목 명칭을 '역사'로 하건 '한국사'로 하건 내용을 근현대중심으로 하건, 고조선에서 시작해서 1990년대까지의 한국사를 학습하는 방대한 양의 교과목은 학생들이 수능에서 절대 선택할 리가 없다. 더군다나 2011학년도부터 집중이수제가 시행되면서 '한국사'를 한 학기에 몰아서 수업을 하게 되니까 고조선부터 1990년대까지의 역사를 한 학기에 배우는 엄청난 부담을 안게 되었다. 이러니 고등학교 학생들에게 한국사는 도저히 배울 수 없는 '멘붕' 과목으로 남게 된 것이다. 이렇게 한국사를 배운 일반대학생들에게 3·1운동, 해방, 6·25, 4·19, 5·16, 5·18을 시대 순으로 나열하라고 하면 제대로 답하는 학생은 소수에 불과하다.

우리나라 역사에 대한 이해가 이처럼 낮은 대학생들에게 건국대통령 이승만에 대한 질문을 하면 열에 아홉은 독재자라는 대답을 한다.

고등학교 때 한국근현대사를 조금 배운 학생이라면 다음과 같은 사실을 보충할지 모른다. 이승만은 해방 후 미국에서 귀국하여 미군정과 친일파 세력의 힘을 업고 남한의 단독정부를 세우고 대통령이 되었으며, 6·25 때 국민을 속이고 대전을 거쳐 부산으로 피난을 감으로써 미처 대처하지 못한 많은 국민들이 북한군에게 고초를 겪게 했고, 1952년 임시수도 부산의 어수선한 상황에서 직선제 개헌을 하여 대통령에 재선되었고 1954년 초대대통령에 대해서는 3선 제한을 철폐한다는 개헌안을 날치기 통과시켜 1956년 3대 대통령이 되었고 1960년 4선을 시도하여 부정선거를 거쳐 4대 대통령이 되었으나 장기집권에 의한 부정부패와 독재체제에 항거하는 4·19시민혁명에 의해 대통령직에서 물러나게 되었으니, 한국현대정치사에 치욕스러운 자취를 남긴 대통령이다.

1875년에 태어나 개화 운동을 하던 이승만이 조국을 떠나 미국으로 간 것은 1904년이고 해방을 맞아 귀국한 것은 1945년 10월 16일이었다. 이때 이승만의 나이 71세였고 1948년 8월 15일 대통령에 취임했을 때 74세, 1960년 4월 대통령에서 사임했을 때 86세였다. 나이로만 보면 아무리 애국애족 정신이 투철한 사람이라 해도 판단력과 추리력이 명철할 리가 없는 형편이다. 이러한 노인이 민족의 시련기에 대통령이 되고 민족분단의 전쟁을 치른 후 세 번이나 더 대통령직에 올랐다는 사실이 기적처럼 느껴지면서 해방 후 한국현대사의 첫 단추는 이때 잘못 채워진 것이라는 생각을 충분히 할 수 있다.

그러나 이러한 파행성이 있다고 해서 북한의 역사에 정통성을 부여하는 것은 큰 잘못이다. 38선 이북 소군정하에 본명이 김성주인 김일성이 들어왔을 때 그의 나이는 34세였다. 원산항을 거쳐 평양에 들어온 것은 1945년 9월 22일이고 소련군 대위의 군복을 입고 있었다. 소련의 후원을 받은 그는 급속도로 실권을 장악하여 1946년 3월 북조선노동당 당수가 되어 공산주의 정책을 본격적으로 집행하였다. 토지개혁이 시행되면서 재산을 몰수당한 지주와 반대 계층들이 다수 월남하기 시작했다. 1946년 후반이 되면 김일성은 북한의 권력을 완전히 장악하여 제1인자의 자리에 오르게 된다. 1946년 10월 1일 평양에 김일성의 이름을 내세운 김일성대학을 설립한 것을 보아도 북한에서의 그의 위상을 충분히 짐작할 수 있다. 이때 그의 나이 35세였다. 대한민국이 건국되자 그로부터 약 보름 후인 1948년 9월 9일 조선민주주의인민공화국을 세우면서 내각 수상에 취임하였다. 이때 이후 24년간 내각 수상을 지냈고 1994년 사망할 때까지 나머지 22년간은 국가 주석을 지냈다. 그가 사망한 후 아들인 김정일이, 김정일의 사후 김정은이 정권을 이어받았다.

민족사의 정통성을 주장하는 사람들은, 남한은 친일 전력을 지닌 보수파 정치집단인 한국민주당의 지원을 받아 이승만이 집권하여 대한민국을 세운 데 비해, 북한은 항일무장투쟁의 경력을 지닌 김일성이 친일파를 숙청하고 토지개혁을 단행하여 조선민주주의인민공화국을 세웠으므로 일제강점기로부터 이어온 항일민족투쟁의 정신을 계승한 것이라고 주장한다. 이러한 주장은 사실의 표면만 본 것이다. 민족사의 정통성을 개국의 과정만으로 검증할 수는 없는 일이다. 북한은 개국 전후의 권력 집중 과정에서 무자비한 숙청을 단행하여 지주와 자본가 세력을 철저히 탄압했다. 그러나 남한은 지주 및 자본가 세력과 일반 민중 집단이 공존할 수 있는 방안을 찾으려 노력했다. 소수를 탄압하여 다수를 살리는 것은 정당하고 소수와 다수의 타협점을 찾으려 노력한 것은 정당하지 못하다고 단정하는 것은 잘못이다. 폭력을 동원해서라도 목적을 이루려고 하는 북한의 노선이 가장 불행한 방법으로 표출된 것이 6·25 전쟁이다. 전쟁을 일으켜 인명을 살상하는 것은 어떠한 명분으로도 정당화될 수 없는 죄악이다. 남한 국민이 전부 죄인이 아닌데 소련의 무력 지원을 받아 남조선 해방의 전쟁을 시작한 것이다. 개국의 과정이 아무리 정당한 면이 있다 하더라도 민족을 살상의 대상으로 삼는 권력은 이미 그 정당성을 상실한 것이다.

말만 앞선 이승만 정부는 전쟁만 나면 점심은 평양에서 먹고 저녁은 신의주에서 먹는다고 큰소리쳤지만 4일 만에 서울이 점령되고 3개월 만에 경상도 일부를 제외한 전국이 북한군에게 장악되었다. 유엔군의 개입이 없었다면 한반도 전체는 김일성 세상이 되었을 것이다. 유엔군의 참전은 한반도 통일의 기회를 잃게 한 외세의 개입이라고 비판하는 사람들이 있다. 그런 사람들에게 보여주고 싶은 자료는, 낙동강 전선을 중심으로 북한군과 대치되어 있던 1950년 8월 15일 서울에서 간행된 『조선인민보』 제1면 기사다. 거기에는 소련 스탈린 대원수의 사진과 김일성 수상의 사진이 같은 크기로 전면에 인쇄되어 있고 "위대한 소련 군대의 무력에 의하여 일본제국주의식민지통치로부터 조선해방 8·15 5주년 기념 만세"라는 격문이 신문 상단 헤드라인으로 제시되어 있다. 같은 날 평양에서 간행된 『노동신문』에도 두 사람의 사진이 전면에 나와 있고 소비에트사회주의공화국연맹 내각수상 스탈린 대원수 각하에게 보내는 김일성의 감사의 담화문이 실려 있다. 해방이 위대한 소련 군대의 무력에 의해 된 것이듯 현재 진행되는 전쟁의 승리도 위대한 소련 군대의 무력 지원에 의해 이룩된 것이라는 암시가 행간에 깔려 있는 기사다. 이런 것을 보면 북한의 남침 전쟁이야말로 소련이라는 외세의 지원에 의한 것임을 충분히 파악할 수 있다.

북한의 국가 체제 및 사회 현실이 과연 민족적 정통성이 유지된 것인가 하는 문제는 일반인들의 생활사를 통해서도 검토해 볼 수 있다. 이런 점에서 좋은 표본적 자료가 되는 것이 백석의 문학이다. 백석은 일제강점기에 시를 쓰기 시작하여 해방공간에도 작품이 발표되었고 6·25 전쟁 이후 그의 작품을 남한에서는 볼 수 없게 되었다. 분단 이후 발표한 그의 작품을 실물 그대로 읽을 수 있게 된 것은 최근의 일이다. 6·25 전후 북한에서 그는 시를 발표하지 않았다. 모든 것을 사회주의 이념으로 수렴하는 사회에서 어떻게 「7월 백중」이나 「남신의주 유동 박시봉방」 같은 시가 발표될 수 있겠는가? 「흰 바람벽이 있어」의 쓸쓸한 회한이나 「북방에서」 같은 처절한 탄식이 토로될 수 있겠는가? 그가 할 수 있었던 것은 외국문학 번역이었다. 1947년 북한의 문학예술총동맹 제4차 중앙위원회에 그는 외국문학분과원으로 소속되어 있었다. 외국문학분과원의 임무에 부합하려는 듯 그는 러시아 작가 시모노프, 숄로호프, 파데예프, 레르몬토프, 이사코프스키 등의 작품을 연이어 번역했다. 분단 이전과 같은 시 창작이 불가능한 상황에서 그가 택한 것은 문학 작품을 우리말의 어감을 살려 번역하는 일이었다. 그것은 사상과 거리를 두고 할 수 있는 일이다.

그러나 번역만으로 창작의 욕구가 채워지지 않자 그는 이야기를 담은 동시를 창작했다. 그의 동시가 지면에 발표된 것은 일련의 번역 작업이 정리되기 시작한 1956년 1월부터의 일이다. 『아동문학』에 「까치와 물까치」, 「지게게네 네 형제」 두 편의 장편 동시를 발표했다. 「까치와 물까치」는 북한 문학의 사회주의적 창작 강령에 따라 천진한 동시의 내용에 긍정적인 사회 발전의 의지를 담아 놓은 것이 특징이다. 산까치와 물까치가 만나 각자 본 것을 자랑하다가, 산까치는 나라 곳곳에 새로 선 공장마다 검은 연기가 피어나는 것을 자랑하고, 물까치는 넓은 바다의 통통선 위에 풍어기가 휘날리는 것을 자랑하여, 사회주의 건설기의 조국의 발전상을 표현한다는 창작 강령을 잘 따르고 있다. 「지게게네 네 형제」는 남의 흉내를 내지 않고 공연히 위세를 부리지 않는 막내 지게게가 자신의 자연스러운 모습을 그대로 보여줌으로써 남의 핍박을 받지 않는다는 일반적인 교훈을 전달하고 있다.

단행본으로 나온 『집게네 네 형제』(1957. 4)에 수록된 동시들도 동화적 천진성에 바탕을 둔 가족적 유대감 속에 동물을 소재로 삼아 약하고 선량한 존재가 나중에 복을 받는다는 교훈적인 내용을 형상화한 것이 대부분이다. 그 중 「나무 동무 일곱 동무」 정도가 사회주의 창작 강령을 수용하여 주제를 표현하고 있다. "나무 동무/일곱 동무//언제나 꿈꾸며 바라던 대로/나라 위해 몸과 마음 바쳐 일하네"라는 마지막 구절이 이 동시의 주제를 잘 집약하고 있다. 이러한 교훈적 주제는 해방 전의 시에서는 볼 수 없는 생경한 요소이고 그의 시적 지향과는 사뭇 다른 것이다. 그러나 이렇게 해서라도 창작을 할 수 있다는 사실에 자위하면서 이러한 동시를 지었을 것이다.

1957년 5월 『아동문학』에 발표한 네 편의 짧은 동시는 사회주의 창작 강령과는 거리가 먼 순정한 작품들이다. 그러나 획일화되어 가는 1957년의 북한 사회에서 이러한 순수 동시 창작이 허용될 리가 없다. 이원우라는 작가가 백석의 동시에 대해 사상성과 교양성을 잣대로 비판을 가했고 백석은 거기에 대해 「아동문학의 협소화를 반대하는 위치에서」(『문학신문』, 1957. 6. 20)라는 반박의 평문을 발표했다. 그러나 당시 북한 사회는 창작의 자유를 허용할 수 없는 실정이었고 공산당 계보에 속해 있던 이원우에 대한 비판은 자신의 사상적 취약성을 보여주는 증거에 불과했다. 그는 문학의 차원이 아니라 사상의 차원에서 비판을 받았을 것이다. 1959년 1월 초에 그는 평양을 떠나 양강도 삼수군 관평리의 국영협동조합의 축산반에 배치되었다. 겉으로는 노동계급사상으로 개조를 하기 위해 자진해서 온 것으로 되어 있지만 사실은 중앙에서 추방되어 '삼수갑산'의 그 삼수로 쫓겨 온 것이다.

1959년 1월 10일에 써서 『문학신문』으로 보낸 편지에는 당의 따뜻한 배려에 의해 삼수로 온 지 일주일이 되었고 동지들의 말씀과 격려를 새기며 정진하고 있다고 적었다. 수상 동지의 말씀을 받들어 위대한 과업을 수행하여 "당이 기대하는 붉은 작가"로 단련될 것을 약속하고 있다. 이때 백석의 나이 48세였다. 남한에서라면 원숙한 문학세계를 일구어갈 그 나이에 백석은 이렇게 어설픈 변명을 늘어놓고 있는

백석 70대의 모습

것이다. 『문학신문』(1959. 5. 14)에 실린 「관평의 양」이라는 글에서는 좀 더 거센 노동 속으로 들어갈 뜻을 밝혀 농산반으로 옮겨온 뒤 노동의 기쁨을 더 누리게 되었으며 여기에 대해 당 앞에 무한한 감사를 드린다고 말하고 있다. 외롭고 높고 쓸쓸한 것이 시인의 길이라고 노래하던 이 시인에게서 이와 같은 아부의 말이 나오는 것을 어떻게 이해해야 할까?

이때 이후 발표한 동시와 시는 모두 당파성을 강하게 드러내는 작품들이다. 오리가 우는 것도 "새 조합원 많이 와서 좋다고 운다"고 썼고, 송아지들도 "어려서부터 원쑤에게 마음을 놓지" 않는다고 서술했다. "가슴 치미던 증산의 결의" 속에 긴장으로 일터에 나선다고 적었고 "사회주의 건설의 길"을 찬양하고 "한없이 아름다운 공산주의의 노을이 비낀다"고 찬양했다. 당을 기쁘게 하는 한평생이 되기를 빌면서 당 앞에 드리는 맹세로 켜진 붉고 충실한 마음의 불을 노래할 때 이미 백석의 문학은 사라지고 없다. 여기서 더 나아가 "박정희 군사 파쑈 불한당들을" 천 리 만 리 밖으로 차 던지라고 노래할 때 "너희들의 아버지 원수님"을 찬양할 때 백석의 문학은 완전히 사라진 것이다. 과연 여기 우리가 문학사에서 본 백석 시의 문학적 정통성이 계승되었는가? 일제강점기 혹한의 계절에도 볼 수 없었던 비굴한 아부와 일방적

미화가 드러나 있을 뿐이다. 북한의 체제와 사회가 민족적 정통성을 유지한 것이라면 시인 백석이 이렇게 망가진 모습을 보여주었을 리가 없다. 이것이 한 치의 가감이 없는 사태의 실상이다.

채송화를 위한 시론

나이가 들어서도 글을 쓰는 일이 시들지 않고, 나이가 들수록 글을 더 많이 쓰는 사람들이 있다. 특히 시 창작의 경우 연령과 작품의 질량은 상관관계가 별로 없는 것 같다. 한국문학의 초창기 시인들은 젊은 나이에 그들의 대표작을 모두 써 버렸고, 최근의 시인들은 나이가 들수록 오히려 그들의 작품 발표량이 늘고 수준도 원숙해지는 것 같다. 글을 쓰는 사람은 죽을 때까지 글을 쓰려고 한다. 왜 그런가? 인간이 언어로 자신을 표현하는 일은 본능과 직결된 생리적 활동이기 때문이다.

한창나이에 읽은 이문열의 「들소」(1979)가 이 문제에 대해 일찍이 내게 해답을 주었다. 그 소설은 예술의 기원, 인간의 창조 행위가 갖는 실존적 의미에 대해 중요한 메시지를 전해 준다. 그것은 알타미라동굴에 그려진 들소의 그림을 소재로 삼았다. 스물넷의 나이에 그 소설을 읽은 후 작품에 나오는 "아빠, 여기 소가 있어요!"의 울림을 잊은 적이 없다. 그 소설의 주인공은 나약한 성격 때문에 권력에서 소외되어 동굴에서 생활하면서 자신만의 그림을 그리는 데 몰두한다. 사냥의 도구로 사용되는 소의 그림이 아닌 자신의 혼이 담긴 들소다운 들소를 그리려 한다. 그가 남긴 지상의 걸작이 바로 동굴 천장에 그린 들소의 그림이다.

1879년 여름 스페인 산탄데르의 유물 탐사가 사우투올라가 여덟 살 난 딸을 데리고 알타미라동굴을 답사했다. 사우투올라가 동굴을 밝히는 등불을 높이 쳐들었을 때 천장을 올려다본 어린 딸 마리아가 소리쳤다. "아빠, 소가 있어요!" 사우투올라는 이미 여러 번 동굴을 탐사했지만 천장의 벽화를 보지는 못했다. 선사 시대의 신비로운 그림은 어린이의 천진한 눈을 통해 발견되는 것일까? 그 어린이의 눈에 의해 1만 5천 년 전의 그림이 세상에 알려지게 되었다. 이 동굴 벽화는 어느 한 시기에 그려진 것이 아니라 만 년 이상의 시간이 흐르면서 누적되어 온 것으로 밝혀졌다.

수렵과 채집만으로 생활을 영위해 갔던 구석기 시대 사람들에게 이 벽화는 어떤 의미를 지니고 있었을까? 동물의 움직이는 형상으로 볼 때 수렵의 성공을 기원하는 주술적 의미를 지니고 있었을 것이다. 실제와 똑같은 모습으로 그려야 동물의 육체를 완전히 장악하여 사냥에 성공할 것이라고 믿었기 때문에 동물의 움직이는 모습을 그대로 재현하려 애썼던 것 같다. 그림 그리는 과정이 반복되면서 그들은 이왕이면 사실적이면서도 멋진 그림을 그려 자신의 그림이 동굴 벽에 오래 남기를 바라는 마음을 갖게 되었을 것이다. 자신의 목숨은 언젠가 끊어지지만 자신이 그린 그림이 동굴 벽에 영원히 남는다면 자신의 영혼도 그렇게 영원히 지속될 것이라는 생각을 했을지 모른다. 그런 가운데 다른 누구도 그릴 수 없는 자신만의 그림을 그려야겠다는 생각도 싹텄을 것이다. 미래에 영원히 남을 자신의 영혼의 표상을 창조하자. 여기서 예술이 창조된 것이다. 모든 예술의 근원에는 이러한 영원에 대한 갈망이 도사리고 있다.

인간이란 오묘한 존재다. 말하고 생각하고 상상하고 판단하는 인간은 그 사고의 능력으로 영원이라는 추상 개념을 설정해 놓고 자신이 창조한 그 무엇이 아득한 미래에 전해질 수 있다는 생각으로 가시적 창조물을 통해 영원을 설계한다. 나이가 들수록 자신의 실존적 의미를 세상에 투사하고 싶어지는 것은 바로 이 때문이다. 불세출의 천재건 평범한 갑남을녀건 영원을 지향하는 의식은 차별이 없다. 그들은 모두 무엇인가를 세상에 남긴다. 시인들은 시를 남긴다.

그러면 시의 형식을 갖춘 글을 일급의 명품 시로 만드는 가장 중요한 요소는 무엇일까? 나는 그것이 리듬이라고 생각한다. 여기서 말하는 리듬은 지나간 시대의 정형적 율격을 의미하는 것이 아니다. 시를 쓰는 사람 자신이 각자 가지고 있는 내적인 호흡을 의미한다. 리듬은 시인의 주관적 정신 활동에 의해 내용과 형식의 상호작용을 통해 시에 현현된다. 내용이 시를 만들고 형식이 시를 만들며 내용과 형식의 찬란한 융합에서 진짜 시가 탄생한다. 리듬은 리듬이되 창조적인 리듬을 구사해야 시가 산다.

소설은 독자들이 이해하고 공감할 수 있도록 사건을 충분히 서술하는 것이 주업이지만, 시는 시인의 속마음을 드러내되 한편으로는 많은 것을 감추어야 제구실을 한다. 그런 점에서 시는 비밀의 장르다. 감추어야 꽃이 되는 것, 드러나면 죽고 마는 것. 이것이 시다. 시가 내장한 매혹적인 비밀이 독자를 유인하는 장치이자 시를 시답게 만드는 마력의 요소다. 그렇게 되기 위해서는 압축과 절제, 탄력과 긴장이 시 창작의 덕목이 되어야 한다. 시인은 자신의 고유한 리듬을 창조하기 위해 부단한 노력을 해야 하는데 그것은 언제나 절제와 절도에 바탕을 두어야 한다. 김수영은 「사랑의 변주곡」에서 "사랑의 절도는 열렬하다"라고 노래했다. 절도 있는 열렬한 사랑! 이 모순어법 속에 시의 긴장이 있고 비밀이 있다. 너저분한 것은 시가 아니고 뜨겁지 않은 것도 시가 아니다!

자신만의 리듬과 응축으로 시어를 구성하면 일단 시는 작품으로 성립된다. 그러면 평범한 시와 뛰어난 시는 어떻게 구분되는가? 나는 그것이 치열한 예술 정신에 의해 구분된다고 믿는다. 치열한 예술 정신은 어디서 오는가? 그것은 독창적인 창조의 정신에서 온다. 세상에 없던 새로운 것을 만들겠다는 신생의 의지에서 온다. 하늘 아래 새로운 것이 없다고 예언서에 기록되어 있지만, 예술사는 새로운 것의 연쇄로 점철되어 있다.

일상적 언어의 구성이 시라는 예술의 차원으로 상승하기 위해서는 새로운 발견에 의한 화학적 변화가 일어나야 한다. 그것은 언어 구사의 새로운 시도, 대상에 대한 새로운 인식, 새로운 표현 방법의 개발, 새로운 깨달음의 제시 등 다양한 요소가 유기적으로 결합되어 나타난다. 예술사의 걸작(masterpiece)은 하루아침에 탄생하는 것이 아니다.

그 작품을 이루기 위해 수없이 많은 계기가 긴밀하게 상호작용을 해 온 결과 비로소 한 편의 걸작이 탄생한다. 예술가의 창조력도 어느 한 시점에 돌발적으로 성립되는 것이 아니다. 오랫동안의 숙련과 각고의 과정을 거쳐 집결된 정신의 총체가 창조의 동력으로 작동한다고 말해야 옳다.

그런 점에서 보면 예술가가 작품 창조를 위해 바치는 노력은 일종의 구도적 수행과 흡사하다. 종교 수행자가 구도의 정점에 도달하기 위해 끝없이 수행과 발원을 반복하는 것처럼 예술가들도 자신이 원하는 작품을 창조하기 위해 가혹한 자기 단련의 시간을 보내야 한다. 과거로부터 이어온 창조의 공력이 무의식 속에 내장되어 있기에 어떤 작품은 하룻밤에 만들어지기도 하고 어떤 작품은 장기간의 숙성을 거치기도 한다. 그 어떤 경우든 모든 창조는 예술가가 벌인 수행과 실천의 결실이다. 그리고 예술가는 그런 창조를 통해 자신의 내면을 조금씩 충일하게 완성해 간다. 이것 또한 모든 종교 수행자들이 자신의 목표를 향해 정진해 가는 내적 충실의 도정과 같다. 비록 예술가의 현세적 삶이 구도적 경건함을 보여주지 못한다 하더라도 그와는 다른 차원에서 그의 창조의 정신은 예술적 수행의 과정을 대신 거쳤다고 이해해야 옳다.

편안한 상황에서 문학을 하는 우리는 과거 일제강점기에 한글로 문학 활동을 한 선인들의 정신을 되새겨 보아야 한다. 그 시대에 사라져 가는 한글을 붙들고 창작을 한다는 것은 자신의 몸을 바쳐 독립운동을 하는 일이나 마찬가지였다. 시는 피와 살의 맺힘이며 시의 언어는 민족의 언어를 완성시킨다고 선언하며 사재를 톡톡 털어 문학운동에 아낌없이 바친 박용철이나 삼순구식의 허기 속에서도 독립만을 염원하며 만주벌판에서 일제와 싸운 애국지사들이나 그 정신은 일맥상통한다.

그런 점에서 1998년 가을에 나온 계간지 『시안』의 창간사를 잊을 수 없다. 거기에는 "한 민족의 예술혼이 가장 원형적으로 형상화되어 천추에 길이 심금을 울리는 것이 바로 시라는 사실"에 대한 자각과, "식민치하에서도 모국어의 피와 살과 숨결로 시를 쓴 시인들이 한결같이 추구했던 것이 시의 위의威儀였음"에 대한 각성이 뚜렷하게 새겨져 있다. 독립운동의 정신으로 문학지를 내겠다는 생각을 드러낸 것인데 이러한 단호한 정신을 다시 본 것이 『시문학』 이후 68년 만의 일이었기에 나는 눈이 번쩍 뜨일 수밖에 없었다. 『시안』은 15년간 61호를 내고 2013년 가을 호로 자진 종간했다. 세월이 흘러 창간 당시의 정기를 유지할 수 없다고 판단될 때 단칼에 자진하는 결의를 보여준 것도 인상적이다. 자신의 과업을 이루지 못하게 되었을 때 자신의 몸을 한 줌 흙으로 바꾸어버린 선인들의 자세가 떠올랐기 때문이다.

그런 점에서 지금 시를 쓰는 사람들, 또 시를 쓰려는 사람들은 문학이란 무엇이며 시를 쓴다는 것은 무엇인가를 진지하게 자문해 보아야 한다. 우리가 반성해야 할 것은 구도자적인 노력을 창작에 바쳤는가 하는 점이다. 자신이 열심히 노력했으면 그 결과물이 채송화처럼 작은 것이건 금강석처럼 빛나는 것이건 신경 쓸 필요가 없다. 자신이 채송화라고 생각한 것이 홍보석이 될 수도 있고 금강석이라고 남긴 것이 우수마발이 될 수도 있기 때문이다. 알타미라동굴 벽화의 주인공처럼 온 힘을 다해 자신의 혼이 담긴 작품을 만들었다면 그것은 언젠가 정당한 평가를 받게 된다.

고난 속에 더욱 강해진 의지

「님의 침묵」으로 유명한 만해 한용운은 원래 시인이 아니었다. 그는 1879년에 태어났고 시집 『님의 침묵』은 1925년 여름에 집필하여 1926년 5월에 간행했으니 이때 그의 나이 48세다. 그는 20대의 청년 시절에 북받치는 감정으로 시를 쓴 것이 아니라 47세의 원숙한 시기에 집중적으로 시를 써서 시집을 출간한 것이다. 그 이전에 이러한 서정시를 쓴 바 없고 그 이후에도 이런 유형의 시는 발표하지 않았으며, 이렇다 할 문단 활동도 하지 않았고 시인들과 어울려 시를 논한 바도 없다. 이러한 그가 시를 쓴 이유는 무엇일까?

한용운이 1930년에 쓴 「나는 왜 중이 되었나」라는 글을 보면, 자신의 앞에 정치적 무대가 없었기 때문에 중이 되었다는 생각이 드러나 있다. 그는 단순히 수도만 하는 승려가 아니라 연구하는 승려였고 활동하는 승려였다. 다양한 불교경전을 깊이 탐구했을 뿐만 아니라 서양의 학문에도 관심을 갖고 세계의 정세와 지리를 공부했다. 일본에 6개월간 유학했을 때에는 불교와 서양 철학을 청강하는 한편 측량 기술을 배워 귀국할 때 측량 기계를 가지고 들어와 측량 강습소를 개설하고 측량 기술을 보급하는 적극성을 보였다.

1911년, 한용운은 총독부의 조선 불교 통합 정책에 반대하며 온 힘을 다해 새로운 종파 설립 운동을 전개했다. 그러나 총독부의 개입으로 실패한 후 만주로 떠났다. 그는 그곳에서 활동하던 독립운동가들을 만나 조선이 처한 현실에 눈을 떴다. 이후 민족과 인권 문제에 관심을 갖고 불교 대중화 운동을 활발히 펼쳤으며 현실을 비판하는 글을 많이 발표했다.

또한 사회 활동을 하면서 국권 상실이 어떠한 고통을 주는지 더욱 생생히 깨달았다. 민족의 자유를 실현하려면 다른 나라의 지배에서 벗어나 자치적으로 통치해야 한다고 여겼다. 이런 생각 때문에 3·1운동을 주도한 것이다. 그가 감옥에서 쓴 「조선 독립의 서」에는 자유와 평화에 대한 신념이 잘 나타나 있다. 자유와 평화, 그리고 그것의 전제 조건인 평등은 지배와 피지배의 관계를 벗어난 상태를 의미하며 그것은 인류의 바람이자 우주의 이상에 해당한다고 했다.

자신의 이념이 명확했기 때문에 심문과 재판 과정에서도 의연한 자세로 소신을 굽히지 않았다. 자신은 끝까지 독립운동을 할 것이라고 밝히며 일본의 패망을 예언하기도 했다. 결국 최고형인 3년 징역을 선고받고 복역 중 감형되어 1921년 12월에 출옥했다. 심정을 묻는 기자의 질문에 그는 "고통 속에서 쾌락을 얻고 지옥 속에서 천당을 구하라는 말을 실제로 체험하게 되었다"라고 담담히 말했다.

출옥 후 그의 활동은 일제의 감시 때문에 상당한 제약을 받았다. 대중들 앞에서 자신의 생각을 직접 토로하는 강연 활동이 불가능해진 것이다. 그는 대중들에게 다른 방법으로 자신의 뜻을 전하려는 생각을 했다. 대중들이 좋아하는 사랑의 시를 통해 자신의 생각을 표현하려 한 것이다. 그래서 새로운 열정에 휩싸여 정성을 다해『님의 침묵』시편을 집중적으로 집필했다.

자신의 집필 의도를 밝힌「군말」에서 "해 저문 벌판에서 돌아가는 길을 잃고 헤매는 어린 양"을 아끼고 사랑하기 때문에 시를 쓴다고 했다. 이것은 자유와 평화를 잃고 헤매는 고통 받는 대중들이 그립고 안타까워서 시를 쓴다는 뜻이다. 시집 끝에 붙인「독자에게」에서는 자유와 평화가 실현된 미래에 자신의 시는 지난 시대의 유물로 잊히어도 좋다는 생각을 언급했다.

이러한 한용운의 삶과 문학 창작의 과정을 보면 그의 정신은 고통 속에 더욱 단련되고 강해진 것을 알 수 있다. 그는「자유정조」라는 시에서 "나는 임을 기다리면서 괴로움을 먹고 살이 찝니다. 어려움을 입고 키가 큽니다"라고 노래했다. 괴로움과 어려움이 자기를 성장시키는 힘이 된다고 역설한 것이다. 그는 이 말을 인생의 진리로 믿고 그것을 실천에 옮기며 한세상을 보냈다. 그리고 그 말에 많은 대중들이 귀를 기울이고 동참해 주기를 기대했던 것이다.

시인 정지용의 삶

1988년 1월 납·월북 작가의 작품에 대한 해금이 이루어지기 전까지 정지용의 시는 일반인들에게는 거의 알려지지 않았다. 한동안 정지용은 월북 시인으로 규정되어 그의 작품은 물론이고 그의 이름조차 공개되지 못하였다. 그러나 지금은 박인수와 이동원이 노래한 정지용의 시 「향수」를 모르는 사람이 없고, 중 고등학교의 교과서뿐만 아니라 각종 시선집에 그의 시가 실릴 정도로 대중의 사랑을 받는 시인이 되었다.

정지용은 1902년 음력 5월 15일 충청북도 옥천군 하계리에서 장남으로 태어났다. 그의 시 「향수」에 나오는 것처럼 넓은 벌에 실개천이 휘돌아나가고 황소가 게으른 울음을 우는 전형적인 농촌 마을에서 파아란 하늘빛을 좇으며 풀섶 이슬에 옷깃을 휘적시며 성장하였다. 아홉 살 때인 1910년에 4년제 과정인 옥천공립보통학교(현재 죽향초등학교)에 입학하여 1914년에 졸업하였다. 학교에 재학 중이던 1913년에 결혼을 하였는데 이때 그의 나이 12세였고 부인도 그와 동갑인 12세였다.

보통학교를 졸업한 지용은 그 이듬해에 서울로 올라와 처가의 친척 집에 기숙하면서 여러 가지 일을 하다가 1918년 4월 휘문고등보통학교에 입학하였다. 원하던 상급학교에 진학을 했으니 공부에 불이 붙지 않을 리가 없다. 1학년 11개 과목 중 8개 과목에서 만점을 얻어 평균 9.5로 수석을 하였다. 입학 3개월 후부터 교내 장학금을 받았으며 이 장학금은 졸업할 때까지 지속되었다.

휘문에 입학하자마자 문재를 발휘하여 1학년 때부터 『요람』이라는 등사판 동인지를 내는 데 참여하여 작품을 발표하였고 선후배들이 함께 참여하는 '문우회' 활동에 동참하여 문학에 대한 자극을 얻었다. 그는 이러한 문학적 분위기를 최대로 흡수하면서 시인으로의 자기 성장을 도모했다.

1923년에 휘문고보를 졸업하고 졸업생 장학금을 받아 일본 경도의 동지사대학으로 입학하게 되었다. 이때 그는 우리가 잘 아는 시 「향수」를 썼다. 남들이 부러워하는 일본 유학길에 오를 젊은이가 고향에 대한 그리움이 가득 찬 작품을 쓴 것이다. 꿈에도 잊을 수 없다고 되뇐 고향의 정경을 뒤로 한 채 다시 바다를 건너 경도로 향하였다.

그는 1923년 5월부터 1929년 6월까지 경도에서 유학하게 되는데 영문학과에 재학 중이던 1926년 6월 경도 유학생들의 학회지인 『학조』 창간호에 시조 9수, 동요 형식의 시 6편, 현대적 감각의 시 3편 등 많은 작품을 한꺼번에 발표함으로써 정지용은 명실상부한 시인의 자리에 서게 되었다. 지용은 이 시기에 다양한 문학 체험을 얻고 작품 발표의 기회도 얻어 시인으로서 이름을 세상에 알린 반면, 개인적으로는 혈육의 죽음이라는 불행을 겪었다. 이 시기에 이태규 박사를 만나 천주교를 믿으라는 설득을 받고 1928년 6월경에 입교하게 된다. 얼마 전 그의 딸아이를 잃은 일도 있고 아들 구관이 태어나자 마음의 다짐을 새롭게 한다는 의미에서 가톨릭에 입교했던 것 같다.

그는 동지사대학을 졸업하고 1929년 9월 1일자로 모교인 휘문고보의 영어교사로 부임하게 되었다. 그의 수업은 학생들에게 상당히 인기가 있었다고 한다. 정규대학 영문학과를 졸업한 실력 있는 영어 교사였고 학생들의 선배였으며 무엇보다도 시인이라는 점이 학생들에게 어필했을 것이다. 그는 가족들을 이끌고 옥천에서 서울로 이사하여 종로구 효자동에 거처를 마련하였다.

1930년 이후 정지용은 국내 문인들과 교류하면서 문단 활동을 본격적으로 전개하였다. 『시문학』 동인들과도 어울리고 문학 좌담회에도 참석하면서 그 특유의 재치 있는 언변을 휘날렸다. 160cm정도의 작은 키에 두꺼운 안경을 끼고 약간 앞니가 버드러진 입으로 독설과 야유를 총알처럼 날렸다. 그의 음성은 가늘게 떨리는 듯한 낭랑한 음조로 시 낭송에 적합하여 그가 시를 읊으면 좌중이 모두 매료되었다고 한다.

1935년 10월에는 시문학사에서 『정지용시집』이 간행되었다. 일찍이 『시문학』에 시를 내준 인연을 소중히 여긴 박용철이 정성을 다하여 호화로운 한 권의 시집을 엮어낸 것이다. 지용의 시집이 간행되자 많은 사람들의 찬사가 쏟아져 나왔다. 문단의 시선은 온통 정지용에게 집중되며 정지용은 명실공히 30년대 최고의 시인으로 부상하게 된다.

1939년 2월에는 일제강점기에 발간된 잡지 중 가장 격조 높은 문예지로 평가되는 『문장』이 발간되는데 정지용은 이 잡지의 시 부문 추천위원을 맡게 된다. 그는 될 수 있는 한 객관적인 시각을 유지하고 공정하게 신인을 추천하였다. 그의 추천을 받고 나온 박목월, 조지훈, 박두진, 박남수 등의 시인들은 해방 후 한국 시단의 중추적 역할을 했다. 이것은 시를 보는 지용의 안목이 정확했다는 사실을 방증한다.

이 시기에 발표한 그의 작품은 산을 소재로 하여 정신의 순결성을 추구하는 것들이다. 그가 산의 세계에 관심을 가진 것은 가톨릭에 몰입하면서 세속적인 것을 거부하고 신성한 것을 추구하는 자세를 갖게 된 데서 연유한다. 세속적인 세계와 단절된 순결한 세계의 속성을 그는 산에서 찾은 것이다. 일제 말 문학 정신의 마지막 기둥 노릇을 했던 『문장』은 1941년 4월 총 25호를 종간호로 내고 폐간된다. 그것은 문학지를 하나로 통합하여 일본어로만 간행하겠다는 총독부의 압력에 의한 것이었다. 폐간의 아쉬움을 시집 간행으로 메우려는 듯 그는 1941년 9월 두 번째 시집 『백록담』을 간행하였다. 시작품은 25 편밖에 되지 않아서 시집 한 권의 분량으로는 조금 부족했지만 시간이 더 흐르면 한글로 작품을 발표하는 것이 불가능하

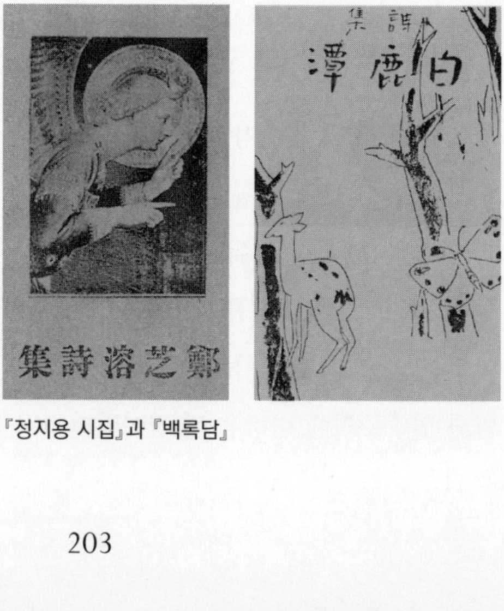

『정지용 시집』과 『백록담』

리라는 예감 때문에 시집 간행을 서둘렀을 것이다.

일제의 강압에 의해 조선어 사용이 금지된 이후 그는 단 한 편의 글도 일본어로 쓰지 않았고 발표하지도 않았다. 글 쓰는 사람에게는 절필이 무엇보다도 고통스러운 일일 터인데 그는 일제 말 암흑의 3년을 침묵으로 견뎌냈다. 1943년 폭격에 대비한 서울 소개령으로 그는 경기도 부천군 소사읍으로 이주하게 되었다. 평일에는 기차를 타고 서울의 휘문고보까지 출퇴근을 하고 일요일에는 집 바로 옆에 있는 소사 공소(예배소)에서 예배를 했다. 여유가 있는 때에는 가족과 함께 기차를 타고 인천까지 나와 인천 답동성당의 미사에 참례하였다. 서울로 다시 이사하기 전까지 그는 소사 공소를 위해 많은 노력을 기울였다.

해방이 되자 정지용은 16년간 근무하던 휘문고보를 떠나 이화여자전문학교 교수로 부임하였는데 여전히 학생들에게 인기가 있었다고 한다. 좌파 문학단체인 조선문학가동맹에 정지용의 이름이 아동문학 분과위원장으로 올라 있었으나 그는 이 단체가 주관하는 행사에 참여하지 않았다. 그들 단체의 위상을 높이기 위해 정지용의 이름이 필요했던 것이다.

1946년 10월 정지용은 『경향신문』의 주간으로 취임하게 된다. 『경향신문』은 가톨릭 계통에서 설립한 신문사인데 그가 천주교 신자이고 과거에 『가톨릭청년』이나 『경향잡지』의 편집을 맡은 경력이 있기 때문에 천거된 것이다. 주간으로 있으면서 그는 사설란 등에 많은 글을 집필하였는데, 그의 사회 현실에 대한 시각은 좌파적이라기보다는 평범한 민족주의에 바탕을 둔 것이었다. 다만 한민당에 대해서는 부정적

시각을 뚜렷이 드러냈다. 그가 쓴 논설문이 극우계의 가톨릭 신자들에게 반발을 사게 된 것도 한민당에 대한 부정적 시각에 기인한 것이다. 당시의 경직된 풍토는 그의 현실 비판적 태도를 좌경적 태도로 오인케 했고 결국 그는 좌익이라는 부당한 투서를 받게 되었다.

이런 문제 때문에 그는 1947년 8월 경향신문사 주간직을 사임하고 그 이듬해에는 집도 돈암동에서 녹번리의 초당으로 옮기게 된다. 겉으로는 한가한 전원생활을 하는 것 같았지만 그의 내면은 허탈감과 번민에 가득 차 있었다. 윤동주의 시집 『하늘과 바람과 별과 시』(1948.1)의 서문에서 그는 "재조도 탕진하고 용기도 상실하고 8·15 이후에 나는 부당하게도 늙어간다"고 탄식하였다. 일제강점기에 친일도 배일도 하지 않았던 그는 이 시기에는 우익도 좌익도 아닌 중도파 지식인으로서 고뇌를 거듭하고 있었던 것이다.

대한민국 정부가 수립되자 좌익세력에 대한 전반적인 조사가 행해졌다. 한때 본의 아니게 조선문학가동맹에 이름이 등재된 것, 경향신문 주간으로 있을 때 한민당에 대한 비판적 논설로 좌경인물로 몰린 것, 가까이 지내던 문인들이 월북해 버린 것 때문에 그도 몇 차례의 조사를 받았을 것이다. 결국 그는 좌익 경력 인사들의 사상적 선도를 명분으로 내세우고 결성된 '국민보도연맹'에 가입하지 않을 수 없었다. 이 모두가 민족의 분단이라는 모순된 현실이 빚어낸 개인적 진실의 왜곡이며 굴절인 것이다.

이런 상황 속에서도 『지용문학독본』과 『산문』이 간행되고 1950년 3월에는 『백록담』의 3판이 간행되었다. 어수선한 상황 속에서도 그의 문학은 여전히 인기가 있었다. 그로부터 몇 달 후 6·25가 발생하고 한국 민족은 또다시 시련과 고통의 늪 속으로 빠져들고 만다.

서울이 점령당했을 때 정지용은 피난을 가지 못하고 녹번리 초당에 머물고 있었다. 7월 어느 날 안면 있는 젊은이 몇 명이 찾아와 대화를 나누다가 그들과 함께 나간 후 그는 돌아오지 못했다. 그 이후의 행적에 대해서는 여러 사람들의 의견이 어지럽게 엇갈려 있다. 그러나 그것들은 실제로 자신이 목격한 사실을 말한 것이 아니라 누군가에게 들은 내용을 옮긴 것들이어서 신빙성이 없다.

우리에게 가장 확실한 것은 그가 6·25 때 행방불명되었다는 사실이며 더욱 중요한 것은 행방불명의 그 순간까지 우리 시단에 가장 영향력 있는 시인으로 남아 있었다는 사실이다. 우리가 이 뛰어난 시인을 잃은 것은 말할 것도 없이 민족 분단의 비극 때문이다. 따라서 그의 실종과 희생은 그 시대를 살았던 우리 민족 모두의 책임으로 돌려야 한다. 우리는 이 엄연한 사실 앞에 머리 숙이고 숙연해져야 할 것이다. 민족 비극의 포연 속에 그의 삶은 실종되고 말았지만 그의 시가 주는 감동은 먼 훗날까지 유구하게 전해질 것이라는 점을 하나의 위안으로 삼으면서.

영원의 사랑

클레오파트라의 코가 한 치만 낮았더라면 인간 역사가 달라졌을 것이라는 말이 있다. 이 말이 암시하는 것처럼 남녀 간의 사랑은 인간 역사에 큰 변화를 가져올 정도로 인간사의 중요한 자리를 차지하고 있다. 그래서 예로부터 사랑을 주제로 한 많은 글이 쓰여 왔고 앞으로도 수다한 글이 나올 것이다. 시는 인간의 감정을 표현하기 때문에 사랑을 노래한 작품들이 아주 많아서 연시戀詩의 전통이 수립되어 있을 정도이다. 인류 역사에 존재하는 많은 시인 중 사랑에 대한 시를 한 편도 쓰지 않은 사람은 아마도 없을 것이다.

한국 현대시사의 뚜렷한 산맥을 이룬 서정주 시인도 그의 초기 시에서부터 남녀의 사랑을 소재로 한 시를 많이 써 왔다. 60년이 넘는 그의 시작 과정을 통해 사랑의 의미와 태도, 표현 방법 등은 많은 변화를 보여 왔지만 사랑에 대한 관심은 노년의 작품에까지 지속되었다.

그의 초기 시에 나타난 사랑은 대체로 관능적이고 육체적인 사랑의 모습을 보여준다. 『화사집』을 낼 당시 젊음의 절정에 선 20대의 시인은 삶의 고뇌와 청춘의 몸부림을 서구적 이미지로 드러내면서 그것과 부합하는 관능적, 육체적 사랑의 양상을 표현하였던 것이다. 그의 초기 시 중 「대낮」을 보면 첫 연이 "따서 먹으면 자는 듯이 죽는다는/붉은 꽃밭 사이 길이 있어"로 시작된다. 여기서의 붉은 꽃밭은 아름다움과 죽음이라는 이중적 의미를 지닌다. 이것은 성서에 나오는 금단의 열매를 연상시킨다. 무엇을 하지 말라는 금지의 명령은 그것을 해 보고 싶은 충동을 불러일으킨다. 어떤 것을 금기의 대상으로 삼으면 그것은 매혹의 대상이 되어 사람을 유인하는 힘을 지닌다. 그렇기 때문에 금기는 더 큰 욕망을 불러일으킨다. 그리고 금기의 파괴는 추방, 육체적 구속, 죽음 등의 형벌로 이어진다.

서정주 초기 시의 사랑의 유혹은 금기가 욕망의 이중성을 드러낸다. 사랑은 흔히 금기를 동반한다. 가령 귀족의 딸을 평민의 아들이 사랑해서는 안 된다든가, 미혼 남녀 사이의 육체적 접촉은 불결한 것으로 금한다든가, 기혼 남녀의 사랑은 부정한 것으로 통제한다든가 하는 것이 그것이다. 그런데 불처럼 타오르는 사랑의 충동은 금기를 깨뜨리게 되고 금기의 파괴로 인해 인간은 고통을 받게 된다. 1930년대 후반의 봉건적 사회 환경 속에서 젊은 남녀의 자유로운 육체적 사랑은 당연히 이단시되고 금기시되었을 것이다. 따라서 육체적 사랑의 길이 '따서 먹으면 죽는다는 붉은 꽃밭 사이 길'로 묘사된 것은 당연한 일이다. 그러나 이 시의 화자는 죽음의 두려움을 넘어서서 관능과 도취의 세계로 달려간다.

이러한 육체적 사랑의 욕망은 당시 서정주가 심취했던 보들레르의 시에 영향을 받은 것이다. 그러나 그는 여기 머물지 않고 동양적 정한의 사랑으로 자기 시의 정조를 개척해 갔다. 해방 이후의 시편들은 정신적 사랑에 관심을 보이고 마음에서 마음으로 은은히 이어지는 안타까운 사랑에 깊은 눈길을 보내게 된다. 예컨대 진정한 사랑의 만남을 위해서는 푸른 은하물의 거리를 둔 이별의 시간과 간절한 기다림의 나날이 있어야 한다는 「견우의 노래」라든가, 남에게 이야기하지 못할 혼자만의 비밀스러운 사랑을 가졌다고 고백하는 「신록」 그것이다. 이 당시 그가 지닌 사랑의 내면성을 단순하면서도 아름답게 표현한 작품이 바로 「푸르른 날」이다.

> 눈이 부시게 푸르른 날은
> 그리운 사람을 그리워하자
>
> 저기 저기 저, 가을 꽃 자리
> 초록이 지쳐 단풍 드는데
>
> 눈이 내리면 어이 하리야
> 봄이 또 오면 어이 하리야
>
> 내가 죽고서 네가 산다면!
> 네가 죽고서 내가 산다면!

눈이 부시게 푸르른 날은

그리운 사람을 그리워하자

서정주, 「푸르른 날」 전문

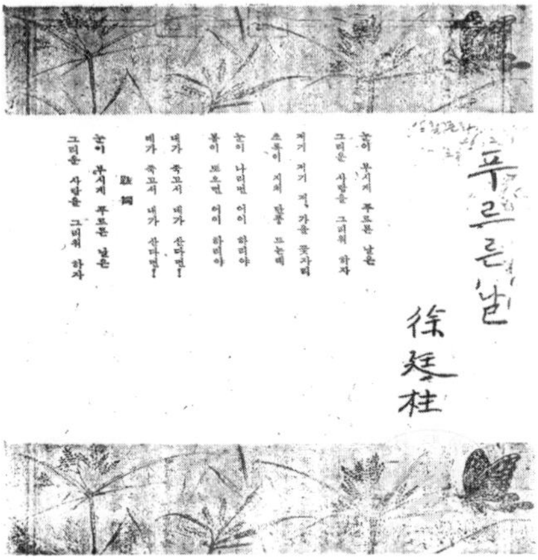

『생활문화』(1946. 2)에 실린 「푸르른 날」

이 시는 ㄹ, ㄴ, ㅇ 등의 유성음이 반복되면서 부드럽고 유장한 운율미를 만들어 내는데 그 운율미는 사랑의 마음이 굽이쳐 흐르는 양태를 그대로 형상화한다. 따라서 이 시를 몇 번 낭독하면 그 아름다운 운율미에 사랑을 생각하지 않았던 사람조차 사랑의 감정을 느낄 정도이다. 시인은 아름다운 운율의 해조를 바탕으로 순연하면서도 애틋한 사랑의 감정을 펼쳐낸다. 눈이 부시게 푸르른 날, 잡티라고는 하나 없는 그 순수하고 드맑은 날, 소금과 장작을 걱정한다든가 출세의 권좌를 꿈꾸는 것은 어울리지 않는 일이다. 그 순연한 하늘의 모습에 가장 잘 부응하는 일은 그리운 사람을 그리워하는 일이다. 사랑이란 그만큼 아름답고 순수한 상태에서 자연스럽게 우러나는 감정이다. 눈이 부시게 푸르른 날 하늘을 우러르면 사랑하는 사람이 만나고 싶고 사랑하는 사람이 없는 사람도 새로 사랑하고 싶은 충동이 이는 것이 사실이다.

그러면 그다음에 이어지는 2, 3, 4연의 내용은 무엇인가? 저기 가을꽃이 피었던 자리는 어느덧 꽃이 떨어지고 빛나던 초록이 사라지면서 단풍이 물든다. 시간은 이렇게 계속 흘러간다. 오늘의 이 푸르른 날도 내일 어떻게 변할지 알 수 없다. 지금은 초록이 지쳐 단풍 들지만 단풍 든 다음에는 눈이 내리고 눈이 그치면 봄이 올 것이다. 세월은 이렇게 덧없이 흘러간다. 그러한 세월의 흐름 속에 나나 네가 먼저 죽을 수도 있을 터인데 그것은 상상하기조차 싫은 일이다. 이렇게 세월의 흐름이 무상하므로 오늘처럼 하늘이 푸르른 날은 그리운 사람을 그리워할 수밖에 없는 것이다.

그런데 여기에는 세월의 무상함을 사랑의 마음으로 넘어서 보고자 하는 뜻도 내포되어 있는 듯하다. 세월의 무상한 흐름 속에 그리운 사람을 그리워한다면 그것이 하늘이 푸르른 날에만 행해질 이치가 없다. 단풍이 눈부시게 물든 날, 눈이 새하얗게 내린 날, 봄빛이 피어오는 날, 그 어느 날에도 그리운 사람을 그리워하는 마음은 솟아오를 것이다. 세월의 무량한 흐름 속에 그리움과 사랑은 계속 이어갈 것이니 사랑은 영원하다는 뜻이 여기 내포되어 있는 것이고 그 사랑의 영원함은 시간의 덧없음을 초월하게 하는 동력이 될 것이다.

서정주 시의 사랑은 여기서부터 영원함을 추구하게 된다. 그 사랑의 영원함에 정서적 토대를 마련해 준 것은 처음에는 동양적 정한의 세계관이었지만 그것은 나중에 불교적 세계관을 수용함으로써 더욱 의젓한 풍모를 갖추게 된다. 예를 들어 「쑥국새 타령」의 경우 이것은 민속설화에 바탕을 둔 것이므로 정한의 영원함이 정조의 기반을 이룬다.

이 시는 나무꾼과 선녀 설화에서 취재한 것이다. 이 시의 화자는 아내를 잃어버린 남자인데 그는 아이를 데리고 하늘로 달아난 아내를 생각하며 울다가 결국엔 딸꾹질로 바스러져 가루가 될 것이라고 말한다. 그렇게 가루가 되어 날다가 네가 목욕하는 곳에까지 날아가 벗어놓은 옷에 달라붙게 될 것이다. 그러니 너는 옛 살던 정분을 생각해서 옷을 너무 털지 말고 입어서 그저 네 옷의 어디쯤에 붙어 있게나 해달라고 호소하고 있다. 죽어서 가루가 되어서라도 사랑하는 사람 가까이 존재하고 싶다는 처절한 사랑의 발원에는 정한의 정조가 짙게 물들어 있다.

이 정한의 정조에 불교적 세계관, 그중에서도 윤회의 이법이 발을 들여놓게 되면서 사랑의 영원함은 더욱 뚜렷한 윤곽과 든든한 터전을 마련하게 된다. 윤회전생과 관련된 재생의 장면은 『화사집』에 실린 그의 초기 시 「부활」에 벌써 나타나고 있다. 이 시의 화자는 '순아'라는 여자를 찾아왔는데 종로 거리를 오니 사방에서 네가 웃고 온다고 말한다. 시의 문맥에 의하면 꽃상여가 산 너머로 간 다음에는 그녀를 볼 수 없었고 몇 만 시간이 지난 다음 지금에야 볼 수 있게 되었다고 한 것으로 보아 그녀는 죽은 여자이고 죽은 여자의 환상을 지금 종로 거리를 걷는 내가 보고 있는 것이다. 물론 여기서의 부활이 불교의 윤회사상에 바탕을 둔 전생轉生의 이미지는 아니지만 과거의 죽은 여자가 현재의 상황 속에 나타난다는 점에서 사랑이 영원히 이어지는 것을 상정한 것은 확인할 수 있다.

불교적 세계관에 바탕을 둔 사랑의 영원함이 뚜렷한 윤곽으로 형상화된 것은 「춘향 유문」이다. 거기서 죽음의 세계로 떠나는 춘향은 도련님에게 작별의 인사말을 한다. 도련님은 이 작별이 죽음과 삶의 세계로 완전히 단절된다고 생각하는 데 비해 춘향은 죽음을 넘어선 존재의 영속성과 사랑의 면면함을 이야기한다. "저승이 어딘지는 똑똑히 모르지만/춘향의 사랑보다 오히려 더 먼/딴 나라는 아마 아닐 것"이라고 춘향은 분명히 말하고 있다. 요컨대 춘향의 사랑은 아무리 먼 저승이라도 그것을 넘어서는 시간적 공간적 무한성을 지니고 있다는 뜻이다.

이렇게 단적으로 사랑의 무한함을 표명한 춘향은 물의 상상력을 통하여 자신이 지닌 사고의 내용을 펼쳐 보인다. 물론 이 상상적 표현은 시인 서정주에 의해 창조된 것이다. 사람이 죽어 흙에 묻히면 육체의 상당 부분은 수분으로 빠져나간다. 그 수분은 땅 밑으로 스며들어 지하수가 되어 그야말로 '검은 물'로 흐를 것이다. 지하수가 지표에 드러나 강물로 합수되면 그것은 태양 광선에 의해 증발되어 하늘로 올라간다. 하늘로 올라간 물의 분자는 자기들끼리 응집하여 구름이 된다. 그리고 구름끼리 부딪쳐 전기 충돌을 일으키면 구름은 비를 뿌리게 된다. 지상에 내린 비는 강물과 수증기와 구름과 비의 윤회를 거듭하게 된다. 이처럼 춘향의 사랑도 결국은 이 우주의 테두리 안에 계속 윤회하며 머물러 있을 터이니 춘향은 도련님 곁을 아주 떠나는 것이 아니라 결국은 도련님 곁에 영원히 머물게 된다는 것이 이 시가 지닌 의미의 요체다.

지상의 삶을 초월한 영원한 사랑을 수용하기 위해서는 현세의 사랑에 집착해서는 안 된다. 즉 상대가 죽은 다음에 젊은 여자들의 모습에서 그대의 환영을 보거나 이승의 사랑을 거두고 검은 땅 밑과 도솔천의 하늘에 이르는 우주적 사랑을 체험하기 위해서는 지상의 삶에만 집착하는 편협한 시야에서 벗어나야 한다. 우주 전체의 윤회 속에 인간의 삶을 성찰하면서 마음의 유구함을 깨닫고 사랑의 영원함을 인지해야 하는 것이다. 그러기 위해서는 현세적 욕망의 집착에서 벗어나야 한다.

이러한 만남의 과정은 일견 환상적인 비현실성을 드러낸다. 그러나 인간과 자연 현상 전체를 이러한 눈으로 바라보면 우리는 아주 커다란 사랑의 마음을 얻게 된다. 산에 핀 꽃은 물론 길에 굴러다니는 돌멩이 하나도 나와 소중한 인연을 맺은 존재로 다가오는 것이며 지금 내가 맺은 사람과의 인연도 세세생생에 이어질 끊을 수 없는 관계로 인식되는 것이다. 사람과의 사소한 만남이 이런 정도라면 사랑하는 사람과의 만남은 상상을 초월한 인연으로 결속되어 있을 것이다. 지금 사랑하는 사람과 설사 헤어지게 된다 하더라도 그 인연이 보통이 아니므로 세세생생 어떤 형태로든 그 사람과 나는 다시 만나게 되어 있다. 억지로 사랑하려고 애쓰지 않아도 자연스럽게 사랑하는 관계로 다시 만나게 되는 것이다. 따라서 우리는 지금의 상황에 집착하여 사랑 때문에 울고 웃으며 몸부림을 칠 필요가 없다. 저 아득한 과거와 아득한 미래를 포섭하는 시각으로 현세의 사랑을 여유 있게 바라볼 필요가 있는 것이다.

「임은 주무시고」라든가 「우리 데이트는」 등의 시를 보면 집착을 버린 영원한 사랑이 잘 형상화되어 있는 것을 알 수 있다. 사랑하는 그대와 나 사이에 시원한 바다를 하나 두고 은근한 사랑의 불씨를 지속해 갈 때 영원한 사랑의 공간이 마련된다. 부활과 재생이 현세에서의 육신적 재생으로 나타나는 것이 아니라 우주 공간의 영원한 윤회전생 속에 마음의 이어짐으로 나타난다는 생각은 지금과 같은 초고속 첨단과학의 시대에 지극히 고루한 것으로 비칠지 모른다. 그러나 바로 이러한 동양적 사랑의 정신이 우리 시대가 직면한 비인간화의 위험성을 방어해주고 완충해 줄 중요한 동력으로 작용할 수 있다. 현세적 안일에만 집착하는 과학적, 경제적, 수치적 사고에서 벗어나 비과학적이고 비경제적인 마음의 영원성에 눈을 돌릴 필요가 있는 것이다. 누구도 예측할 수 없는 21세기의 변화 속에서 우리가 어떤 위기를 맞이했을 때 그것을 돌파할 수 있는 예지가 거기서 발현될 것이라는 예감을 우리는 갖고 있다.

문학적 재능과 정치권력

문학인[*]이 국회의원이나 장관 같은 정치권력의 중심 직책을 맡는 것이 바람직한가라는 질문에 대해 내 의견을 밝히는 것이 목적이다. 만약 이 질문을 추상화시켜서 문학인이 정치를 하는 것에 대해 어떻게 생각하느냐고 묻는다면, 상당수의 사람들이 부정적인 대답을 할 것이다. 문학과 정치는 전혀 다른 것이고, 문학인은 순수하게 창작을 하는 사람인데, 어떻게 현실적 이해관계가 복잡하게 얽힌 정치를 할 수 있겠냐고 당장 반문할 것이다. 그런데 질문을 조금 바꾸어서 국회의원이나 장관의 일 가운데 문학적 경륜이 필요한 부문이 있을 터이니 그런 자리를 문학인이 맡을 수 있지 않겠느냐고 하면, 상당수의 사람들이 그럴 수 있으리라고 고개를 끄덕일 것이다. 그러나 나는 그런 경우에도 문학인은 문학인의 자리에 머무르는 것이 좋다고 생각하는 사람이

* 여기에 대해서 약간의 해명이 있어야겠다. 문학인만이 아니라 예술가의 정치 참여도 유사한 맥락에서 고려의 대상이 될 수 있다. 그러나 이 둘을 포괄하는 용어로 '문화인'이라는 말을 쓰면 지나치게 그 내포가 확대되어 버린다. '문학인'이라는 말 속에 예술가의 의미도 포함된다고 생각하면 좋을 것이다.

다. 처음부터 결론을 다 얘기해 버렸으니 이제 내 생각의 근거를 제시하는 일만 남았다.

내가 문학에 처음 관심을 갖게 된 것은 중학교 일학년 때다. 그때 『학원』지의 부록으로 나온 '『청소년을 위한 한국현대명시선』'을 읽으며 시라는 존재에 대해 경이 어린 충격과 감동의 파문을 느꼈다. 어떻게 보면 사춘기적 감상에서 출발했을지 모르는 그 시점으로부터 나이 오십을 바라보는 지금에 이르기까지 문학이 현실의 삶에 바탕을 둔 것이라는 생각을 단 한 번도 버린 적이 없다. 내가 그 시집에서 접한 것이 삶의 과정 속에 우러난 다양한 감정의 토로였고, 그 이후 내가 읽은 많은 문학 작품들이 모두 삶의 이야기였기 때문이다. 현실의 목록 중 인간의 이해관계와 가장 첨예하게 얽혀 있는 것이 정치 현실이니 문학이 정치적 문제를 다루는 것은 전혀 이상한 일이 아니다. 인간의 사회적 관계를 중시하는 소설이 정치 현실에 관심을 기울이는 것도 매우 당연한 현상이다. 지금까지 내가 주로 연구해 온 일제 강점기의 시들도 상당수의 작품이 당대의 사회 현실과 밀접한 관련을 맺고 있는 것들이다.

이렇게 문학과 현실이 밀접한 관련을 맺고 있으니 현실 문제에 관심을 가진 문학인들이 현실에 직접 참여하는 것도 충분히 있을 수 있는 일이다. 자유로운 의사 표현의 통로가 철저히 차단되었던 유신정권 시절, 몇몇 문인들이 정치적 억압에 항의하다가 투옥되고 뜻있는 문인들이 단체를 만들어 비민주적 정치 현실에 대항해 가는 장면을 보면서, 그들의 의거에 말할 수 없는 감동을 느끼며 스스로의 나약함에 혼자서

울분을 삼키기도 하였다. 유신정권의 대를 이은 5공 정권 때도 문인들의 정치 참여는 두드러진 양상으로 나타났다. 그 참여 행위의 세부적 단면에는 70년대와는 달리 이데올로기적 성향이 강하게 스며있다. 그러나 그것도 한국사회의 구조적 모순이 불러낸 당연한 결과라고 생각하고 조금도 개의하지 않았다. 오히려 이러한 발언과 행동을 통해 한국사회도 내부의 힘에 의해 점차 변해가는 것이라고 긍정적으로 생각했다. 나는 80년대에 서른 전후의 나이로 지방 국립대학의 교수 노릇을 했는데, 대학생 때나 마찬가지로 울분과 자괴의 나날을 보냈을 뿐 문인이나 교수로 정치 현실에 참여하는 일은 하지 않았다. 다만 민주화를 요구하는 교수시국선언이 전국으로 확산될 때 젊은 동료 교수들과 더불어 몇 차례 선언에 참여한 바 있었는데, 그것이 정치 현실에 참여한 내 이력의 전부일 것이다. 여하튼 70년대와 80년대를 정치 현실에서 우회하여 지내온 나는 그 폭압의 시대를 정면 돌파하려 한 정치적 운동가들에게 적지 않은 빚을 졌다고 생각하고 있다.

인류 문화사에서 문학인의 존재 근거에 대해 근본적인 회의를 표명한 최초의 인물은 플라톤일 것이다. 그는 이데아의 세계를 모방한 현상계는 본질이 아닌 가상이며 그 가상의 세계를 다시 모방한 문학은 본질의 세계에서 더 멀리 떨어진 거짓의 세계라고 생각했다. 그뿐 아니라 문학은 인간의 감정을 흥분시키기 때문에 이성적 판단을 흐리게 하여 도덕 생활에 방해가 된다고 생각했다. 이런 이유에 의해 훌륭한 통치를 원하는 나라에서는 문학인을 받아들이지 않는 것이 온당하다고 했다. 강한 도덕성에 바탕을 둔 엘리트 정치를 꿈꾸었던 플라톤에게는 문학의 허구성과 선정성이 대단히 못마땅하게 생각되었던 것이다. 이러한 플라톤의 정치철학에 대해 칼 포퍼는 유토피아적 환상에 바탕을 둔 전체주의적 사고라고 비판을 가하였다. 역사적으로 전체주의적 정치체제가 지배했을 때 문학인은 권력의 중심으로부터 소외되고 탄압을 받았는데, 그것은 전체주의 정치철학이 지향하는 획일적 사고와 문학 자체가 안고 있는 다양하고 개방적인 사유의 흐름이 충돌하기 때문이다. 요컨대 문학은 늘 다성적 카니발의 상태를 지향하고 정치는 단성적 규범의 상태를 지향하기 때문에 화합을 이루기가 어려운 것이다.

예로부터 중국과 한국에서는 과거 제도가 시행되면서 글 잘 하는 사람이 정사를 맡는 것이 하나의 전통으로 이어져 왔다. 이런 까닭에 과거를 통해 관직에 나간 사람들은 대부분 시문을 즐겨 지었고 우리가 문학인으로 알고 있는 사람들 대부분이 사실은 관직에 나가 정치를 한 사람이다. 말하자면 문학의 인식적 기능과 상상적 기능이 미분화된 상태에서 당시의 선비들은 문학인과 정치인의 역할을 공유했고, 그들 스스로도 시詩와 문文이라는 이중적인 글쓰기를 통해 내면의 갈등을 정서적으로 표현하려는 욕구와 사회적 자아에 충실하려는 욕구를 동시에 충족시켰던 것이다. 그러나 허용된 규범의 벽을 넘어 사회의 기강을 어지럽히는 방일한 글에 대해서는 사문난적斯文亂賊이라 하여 가혹한 정치적 제재를 가하였다. 요컨대 상상적 기능이 우위를 보이는 글에 대해서는 정상의 울타리 밖으로 내모는 징벌을 가한 것이다.

이렇게 보면 문학과 정치의 갈등은 동서고금에 약간의 차이를 보이기는 하지만 지속적이고 반복적인 양태로 노출되어 왔음을 알 수 있다. 문학인이 추구하는 자유롭고 기발한 상상의 확대와 정치인이 요구하는 안정되고 균형 있는 제도의 정착은, 어느 순간 상보적인 관계를 맺다가도 본질적으로는 충동할 수밖에 없는 운명을 지니고 있다. 현재의 정치 상황에서 국가 운영의 다양성을 과시하기 위해, 혹은 각계각층을 향해 열려 있는 정부라는 대중적 인식을 심어주기 위해 문학인을 고위 관료로 임명하는 경우도 있지만, 문학인이 자신의 문학적 진정성을 발휘하고자 하면 할수록 정치적 회로와의 충돌은 불가피해 질 것이다. 위정자의 입장에서는 문학인의 창의적 아이디어가 필요한 경우 굳이 고위 관료로 임명하지 않더라도 자문 위원이나 전문 위원 제도를 통해 얼마든지 그의 아이디어를 취택할 수 있다.

문학인의 정치 참여를 이야기할 때마다 거론되는 인물이 바로 불란서의 앙드레 말로다. 앙드레 말로는 문학인으로 정치권력의 중심인물이 되고 그 나름의 의미 있는 평가를 받은 대표적인 인물이다. 그러나 그가 정치인으로 성공한 데에는 그의 남다른 개성과 세계관이 작용했다는 사실을 몰각해서는 안 된다.

그는 20대 시절부터 인도차이나, 중국 내륙, 스페인 등지로 돌아다니며 다양한 체험을 축적하고 자신의 이념을 행동으로 실천한 특이한 인물이다. 그의 작품은 그의 실제적 행동에서 자연스럽게 우러난 것이다. 소설의 중심 스토리는 항상 정치적 사건을 축으로 하여 펼쳐지고 주인공도 정치적 성향이 농후한 인물이 등장한다. 말하자면 그는 우리들이 평범하게 생각하는 글쟁이 문학인이 아니라 행동으로 청춘과 신념을 불태운 시대의 반항아였다. 반파시스트운동의 전위에 선 그는 2차세계대전에 참전하여 알자스 전투에서 드골 장군을 만나게 되고, 그 이후 두 사람은 동지적 연대감으로 결속한다. 전쟁이 끝나고 드골이 해방정부의 수상을 맡게 되자 그는 공보장관에 임명되었다. 그 후 드골이 은퇴하자 따라서 은퇴했다가 1959년 드골이 대통령에 취임하면서 그는 드골 정권의 초대 문화 장관을 맡아 드골이 은퇴할 때까지 10년간 각료 생활을 했다. 이로 보면 그는 단순한 문필가가 아니라 정치적 행동인으로 평생을 산 것이며 드골과의 동지의식으로 정치에 참여했음을 알 수 있다. 그러니까 우리들이 평범하게 생각하는 문학인의 정치권력 참여와는 상당히 다른 국면에 그의 생애가 놓여 있었다.

그러면 이제 문학인이 장관이나 정부 요직을 맡는 것에 대해 생각해보자. 어떤 문학인이 지니고 있는 문학적 명성 때문에 공직을 맡는 경우에도, 오랫동안 현실에 관심을 가져온 사람이 장관으로 발탁되는 경우와 현실에 전혀 관심이 없던 사람이 어느 날 갑자기 요직에 발탁되는 경우가 있다. 예를 들어 5공화국 때 어느 유명 시인이 전국구 국회의원으로 추천되어 의원직을 지낸 적이 있었다. 그 일에 대해 시인 자신도 어떻게 해서 그렇게 된 것인지 배경과 동기를 알 수 없다고 말한다. 국회의원 중에 문화예술계 인사도 필요하니 구색을 맞추기 위해서 시인을 국회의원으로 영입했을 수 있다. 만일 그렇다면 이런 사례야말로 가장 나쁜 사안에 속한다. 문학인을 정부 조직이나 국회 구성의 장식물 정도로 대접한 것이니 그런 인사라면 어떤 이유를 들어서도 그것에 응하지 말았어야 옳았을 것이다.

여기에 대해 그것은 구색 맞추기가 아니라 문화예술인이 맡아야 할 뚜렷한 이유가 있는 것이라고 한다면 그 이유는 무엇일까? 현실 문제에 관심을 가진 적은 별로 없지만 뛰어난 문학인이기 때문에 국회의원이나 장관으로 발탁되는 경우에 그 사람을 등용하는 쪽의 논리는 무엇이란 말인가? 문학인으로서 이러저러한 문학적 창조를 벌였으니 장관의 업무에서도 뛰어난 창조력을 보일 것이라는 생각이 그러한 판단의 근거로 작용했다면, 이것은 논리학에서 말하는 유추의 오류에 해당한다. 문학인의 문학적 창조행위와 장관으로서의 행정가적 통치행위는 전혀 다른 차원의 것인데, 그 둘의 부분적 유사성에 의해 한쪽의 능력이 다른 한쪽에서도 발휘될 것이라는 논리의 비약을 범한 것이다. 가령 영화감독으로 배우와 제작진을 지휘하여 좋은 영화를 만들었으니 문화와 관련된 행정사업도 잘 처리할 수 있을 것이라는 생각도 영화판과 문화관광부라는 매우 이질적인 두 분야를 유사한 것으로 몰아간 유추의 오류다. 동시에 그것은 영화제작과 행정업무라는 이질적인 범주를 혼동한 범주 오류의 사례이기도 하다.

여기서 현실 문제에 깊은 관심을 보이고 정치 현실에도 참여한 경력이 있는 문학인의 경우라면 이야기가 달라지지 않겠느냐는 질문이 제기될 수 있다. 이 문제에 대해 우리는 좀 더 냉정한 시각을 가질 필요가 있다. 한 문학인의 정치 현실 참여는 자신의 문학적(혹은 인간적) 신념에 의해 선택된 행위다. 그 참여적 행동은 정치적 신념보다는 문학인으로서의(혹은 인간으로서의) 양심적 고민의 소산일 가능성이 많다. 따라서 그의 정치 현실 참여는 문학인의 자리에서 크게 벗어난 것이 아니다. 그가 추구하는 이념 역시 많은 문학인이 공유하고 있는 인간다운 삶에 대한 열망이라는 큰 테두리에 무리 없이 포함될 것이다. 그렇기 때문에 정치 현실과 관련된 그의 말과 행동이 논리에 어긋난 구석이 있다 하더라도 그것은 인간다운 삶을 이루기 위한 열망에서 비롯된 선의의 실수로 얼마든지 이해되고 용납된다. 이런 점에서 그의 정치 현실 참여는 문학적 실천의 일부라고 할 수 있다. 그가 반전시위에 참여했다든가 반전을 주제로 한 시를 낭독했다 하더라도 그 모든 것은 문학적 실천이라는 동심원에 충분히 포섭되는 것이다.

그러나 장관이 된다는 것은 이것과는 맥락을 달리하는 일이다. 그것은 일정한 정치권력의 수장이 되어서 한 행정부서를 운영하는 일이다. 거기에는 문학적 감성이 필요한 부분도 일정 부분 있겠지만, 사실은 조직을 유지하기 위한 고도의 행정능력이 더 많이 요구된다. 권력을 잡는 것은 모든 사람이 원하는 바이지만 권력의 중심에 도달하는 사람은 언제나 소수다. 바로 그렇기 때문에 권력은 억압을 전제로 한다. 사회주의 이념도 이념 그 자체로 본다면 이상적이다. 그러나 그 이념이 제도화되고 정치권력에 의해 시행되면 인간을 억압하는 기제로 변질되어 버린다. 아무리 좋은 이념에 바탕을 둔 권력이라 하더라도 권력은 타인을 통제·지배하는 것이고 바로 그것 때문에 불가피하게 억압의 요소가 따라붙기 마련이다. 모든 문화예술인은 억압을 거부하고 자유를 추구한다. 그렇기 때문에 예술가는 본질적인 의미에서 무정부주의자라는 말도 나오게 된다. 진정한 문학인이라면, 그가 원하는 정치체제가 성립되고 그것이 하나의 권력의 형태로 대중에게 다가올 때,

그 체제가 권력의 속성상 행사하게 될 억압을 주시하고 고발하고 비판하는 자리에 서야 할 것이다. 그 자리를 떠나 권력의 일부로 자신이 편입되어 버리면 정치권력의 회로 속에 휘말려 자신이 타인을 억압하는 자리에 있다는 사실조차 자각하지 못하게 된다.

진실로 내가 안타까워하는 것은, 그의 문학적 재능이 장관의 자리에서 발휘되지 못한다는 사실이 아니라, 장관으로서의 공무에 매달리다 보면 아무리 뛰어난 문학적 재능이라 하더라도 날이 갈수록 퇴보되고 위축될 것이라는 사실이다. 그뿐 아니라 정치권력의 수장 자리에 길들여져 권력을 계속 유지하려는 욕망이 자신도 모르게 형성된다면 그것보다 불행한 일은 다시없을 것이다. 결론적으로 말해서 탁월한 문학인이 그 문학적 재능 때문에 공직을 맡게 되면 공무도 충실히 수행하기 어렵고 그의 문학적 재능마저 탕진하게 된다.

그런 점에서 문학인은 철저한 장인 정신을 가지고 자신의 길을 굳건히 가는 것이 가장 바람직하다. 문화예술을 아는 사람이 장관을 맡아야 한다고 주위에서 아무리 권해도 그것은 행정의 달인이 맡아야 할 일이라고 명확히 말해 주고, 다만 문화예술 방면에 대한 자문이 필요하다면 문화예술의 발전을 위하여 언제든 기꺼이 응하겠다는 말을 곁들이면 된다. 몇 년 전 임권택 감독이 칸 영화제 감독상을 받았을 때 어느 대담 프로에 출연한 적이 있다. 이런저런 이야기를 나누다가 사회자가 앞으로의 계획을 묻자 임권택 감독은 특유의 어눌한 어법으로 다음과 같이 대답하였다.

"내가 할 줄 아는 것은 영화밖에 없으니께, 이제 또 영화를 해야겠죠."

우리 문화예술을 살리는 것은 바로 이러한 철저한 장인 정신이 아닐까? 여러 가지 새로운 소식이 전해지는 계절에 그의 말이 새삼 신선하게 떠오른다.

가슴으로 읽는 교과서 시

우리는 초등학교 때부터 많은 시를 읽어 왔다. 그렇지만 학교 과정을 마치고 나면 그 시는 기억에서 아득히 사라져 버린다. 그냥 한 편의 시를 읽으면 아름답고 감동적인데, 교과서에 나온 시는 왜 기억에 남지 않고 사라지는 것일까? 그것은 시를 학습의 대상, 평가의 대상으로 대했기 때문이다. 시를 어렵게 생각하지 말고 시인이 자신의 생각을 조금 색다른 언어로 나타낸 것이라고 받아들이면 시 읽기가 훨씬 편해진다. 시인이 이 시에서 무엇을 나타내려 했는가를 알면 시를 사랑하게 된다. 사랑에 필요한 것은 상대방에 대한 이해다. 상대방을 잘 알아야 사랑할 수 있다. 이해하지 않고 무작정 사랑한다면 그 사랑은 실패하기 마련이다.

다음의 시는 고등학교 국어 교과서에 실려 전국의 학생들이 다 읽었고, 수학능력시험에도 여러 번 출제된 작품이다. 어떻게 하면 이 시를 사랑할 수 있을까?

유리에 차고 슬픈 것이 어른거린다.
열없이 붙어 서서 입김을 흐리우니
길들은 양 언 날개를 파다거린다.
지우고 보고 지우고 보아도
새까만 밤이 밀려 나가고 밀려와 부딪치고,
물 먹은 별이, 반짝, 보석처럼 박힌다.
밤에 홀로 유리를 닦는 것은
외로운 황홀한 심사이어니,
고운 폐혈관이 찢어진 채로
아아, 늬는 산새처럼 날아갔구나!

정지용, 「유리창」 전문

이 시는 시인이 어린 아들을 잃고 쓴 시라고 한다. 아이를 잃은 슬픔을 표현하되 감정을 직접 토로하지 않고 여러 가지 비유를 통해 우회적으로 표현했다. 왜 그랬을까? 자식을 잃은 아버지의 심정이 너무도 착잡해서 간단히 한 마디로 말할 수 없었기 때문이다. 아버지는 창밖에 무언가 어른거리는 것을 보고 혹시 죽은 아이가 창밖에 찾아와 새처럼 날개를 파닥거리는 것이 아닌가 하는 생각이 들었다. 입김으로 성에를 지우고 창밖을 보아도 밀려오는 것은 새까만 밤뿐이다. 다시 또 유리창을 내다보니 밤하늘의 별이 눈에 들어온다.

아버지는 잠시 환각에 빠져 그 별이 죽은 아이의 환생이라고 생각한다. 그 순간 밤하늘의 별은 유리창을 넘어 아버지의 가슴에 빛나는 보석처럼 박히는 것이다. 그러나 아무리 애를 써도 아이의 모습은 찾을 수 없다. 이 사실을 자각한 아버지는 형언할 수 없는 슬픔과 절망을 느끼며 마지막 탄식을 발한다. "아아, 늬는 산새처럼 날아갔구나!"라고. 여기서 독자들은 화자의 안타까운 심정을 이해하게 되면서 공감의 파문이 일고 시 사랑의 마음이 열리게 된다.

> 죽는 날까지 하늘을 우러러
> 한 점 부끄럼이 없기를
> 잎새에 이는 바람에도
> 나는 괴로워했다.
> 별을 노래하는 마음으로
> 모든 죽어가는 것을 사랑해야지.
> 그리고 나한테 주어진 길을
> 걸어가야겠다.
> 오늘밤에도 별이 바람에 스치운다.

윤동주, 「서시」 전문

이 시는 중·고등학교 국어 및 문학 교과서에 오래전부터 실려 온 국민 애송시의 하나다. 윤동주가 연희전문학교에 다니던 1941년 11월 20일에 쓴 시다. 졸업하기 전에 시집을 낼 생각으로 원고를 정리하면서 시집 첫머리에 실으려고 「서시」라는 제목을 붙였다. 시인은 죽는 날까지 한 점 부끄러움 없이 살겠다고 당당히 선언하지 않고 그렇게 살기를 바라며 그것에 대해 괴로워하겠다고 했다. 그 의미는 무엇일까?

사람이 평생 아무 죄도 짓지 않고 살기는 어렵다. 바로 살겠다는 선언보다 중요한 것은 바로 살기 위해 끝없이 노력하는 일이다. 떳떳하게 살려고 노력하면서 자신의 행동을 늘 반성해 보는 자세를 윤동주는 '괴로워했다'고 표현한 것이다. 미미한 바람이 불어 풀잎을 흔들 때에도 내가 잘못한 일이 없는가를 반성해 보겠다는 철저한 자기 응시의 자세를 조용한 어조로 속삭이듯 말했다. 영원한 빛의 상징인 '별'을 노래하는 마음으로 시간의 한계 속에 소멸되어 가는 존재에 대한 사랑을 노래하겠다는 뜻도 밝혔다.

이렇게 순수하고 정직한 자세를 가진 식민지 지식인 윤동주에게 찾아온 것은 체포와 투옥과 옥사라는 가혹한 운명이었다. 시인이 살았던 험악한 시대는 순결한 영혼이 그 순결성을 유지할 수 없도록 생명을 차단한 것이다. 그러나 윤동주의 시는 여전히 살아서 그 시대에 순수한 시인이 있었음을 오늘도 증명하고 있다.

중학교 국어 교과서에 실려 있는 정호승의 「내가 사랑하는 사람」은 순수한 마음에서 우러나는 사랑이 어떤 것인가를 잘 보여준다.

> 나는 그늘이 없는 사람을 사랑하지 않는다
> 나는 그늘을 사랑하지 않는 사람을 사랑하지 않는다
> 나는 한 그루 나무의 그늘이 된 사람을 사랑한다
> 햇빛도 그늘이 있어야 맑고 눈이 부시다

나무 그늘에 앉아
나뭇잎 사이로 반짝이는 햇살을 바라보면
세상은 그 얼마나 아름다운가

정호승, 「내가 사랑하는 사람」 부분

우리는 보통 밝고 건강한 모습을 애호한다. 그러나 가만히 생각해 보면 이 세상 모든 사람들은 그늘과 상처를 지니고 있다. 사람들은 저마다 말 못할 슬픔을 간직하고 있는 것이다. 이 시는 부정어의 연속으로 되어 있는데 그것을 긍정으로 뒤집으면, 시인은 그늘이 있는 사람을 사랑하며, 그늘을 사랑하는 사람을 사랑하며, 어떤 존재의 그늘이 된 사람을 사랑한다는 뜻이 된다. 다른 사람의 슬픔과 상처를 이해하고 마음으로 끌어안을 때 세상은 아름다워진다. 진정한 사랑은 남들이 쉽게 하지 못하는 것을 사랑하는 것이다. 모든 사람이 행운과 건강과 부귀를 지향할 때 그늘과 슬픔과 가난을 사랑하는 사람이 있다면 그 사람은 의로운 사람이다. 윤동주가 말한 '잎새에 이는 바람에도 괴로워하는' 사람이 바로 그 사람이다.

열무 삼십 단을 이고
시장에 간 우리 엄마
안 오시네, 해는 시든 지 오래
나는 찬밥처럼 방에 담겨
아무리 천천히 숙제를 해도

엄마 안 오시네, 배춧잎 같은 발소리 타박타박
안 들리네. 어둡고 무서워
금간 창틈으로 고요한 빗소리
빈 방에 혼자 엎드려 훌쩍거리던

아주 먼 옛날
지금도 내 눈시울을 뜨겁게 하는
그 시절, 내 유년의 윗목

기형도, 「엄마 걱정」 전문

이 시는 중학교 1학년 국어 교과서에 실려 있는데, 중학생에게는 조금 어려운 작품이다. 기형도는 1985년에 신춘문예로 등단하여 작품 활동을 하다가 1989년 29세의 젊은 나이로 안타깝게 세상을 떠났다. 그가 타계한 후 그의 시는 오히려 대중들에게 더 많이 읽히고 사랑을 받았다. 그것은 그의 시에 담긴 우울과 비탄의 정조가 그의 죽음과 맞물려 독자들의 가슴을 크게 흔들었기 때문이다. 도입부의 화자인 어린아이는 어머니를 기다리며 어둡고 무서운 방에서 혼자 숙제를 하다가 훌쩍거린다. 배춧잎같이 희미한 어머니의 발소리가 들리기만을 바라고 있다. 그 쓸쓸한 슬픔이 가슴을 찡하게 울린다. 그 아이는 어른이 되어서도 고독의 운명을 벗어나지 못하고 우울한 시를 쓰고 있다. 그런 그가 스물아홉의 젊은 나이에 죽었다는 것을 생각하면 가슴이 저릿해진다. 그러면서 자신도 모르게 어떤 슬픔의 위안 같은 것을 느끼게 된다. 이처럼 시는 슬픔으로 슬픔을 달래 주는 독특한 기능도 갖고 있다.

시와 나무

여기 한 그루의 나무가 있다. 특정한 명칭을 부여하지 않고 그냥 나무라고 했을 때 머리에 떠오르는 것은 무엇인가? 그것은 나무의 모양, 한자어로는 수형樹形이라고 하는 것이다. 어린아이들에게 나무를 그리라고 하면 누구나 같은 모습으로 그리게 되는 그것, 땅에 박힌 뿌리와 목질의 줄기와 가지와 잎으로 이어진 모습이 그것이다. 삼각형의 안정된 형태를 이룬 나무의 모습은 그 형상 자체로 우리에게 안정감을 준다. 대지에 박힌 든든한 뿌리는 변함없는 기상을 전해주고, 무성한 가지와 푸른 잎은 넓은 그늘을 만들어 안식처를 제공하고, 꽃과 열매는 아름다움과 풍요로움을 함께 선사한다. 여러 나무가 군집을 이룬 숲은 모든 생물의 서식지이며 인간 생활의 중요한 재원財源이 된다.

나무의 잎과 꽃과 열매는 다양한 생물의 먹이가 된다. 나무의 뿌리는 토양을 단단히 유지하고 빗물을 흡수했다가 조금씩 흘려보내 산사태와 홍수를 막아준다. 거센 바람을 막아주고 토양이 사막화되는 것을 막아준다. 그뿐 아니라 나무는 탄소동화작용을 하여 이산화탄소를 흡수하고 산소를 배출함으로써 지구 동물의 가장 기본적인 생존조건인 산소를 공급해준다. 나무는 목재로 다듬어져 건축자재와 선박자재로 활용되고, 펄프로 가공되어 종이의 원료가 되며, 석탄연료가 개발되기 전에는 무공해 자연연료로 사용되었다. 그러므로 우리의 자연환경 중에 가장 긴요한 것은 땅과 물과 공기요, 그 다음 중요한 하나를 고르라면 두 말할 것 없이 나무를 고를 것이다.

우리 신문학 초창기 이후 나무를 제재로 한 시를 말하라고 할 때, 가장 먼저 떠오르는 시는 정지용의 「나무」요, 두 번째로 떠오르는 시가 이육사의 「교목」이다. 거기에는 그럴 만한 이유가 있다. 이 두 작품은 나무의 형상과 속성에 의해 자신의 정신적 지향을 표현한 작품이다. 요즘과 같은 나무에 대한 생태학적 지식의 배경 없이 자신의 관점에서 나무를 보고 자신이 추구하는 정신의 경지를 표현한 것이다. 정지용의 시는 가톨릭 신앙의 표본으로 나무를 설정했고, 이육사의 시는 유가적 지사의 태도를 나무에 투영하였다. 그런 점에서 두 편 다 고전적인 규범성을 지니고 있다. 그러나 그 규범이 관습의 틀로 정해지기 전에 자신의 독창적인 상상력에 의해 나무를 형상화한 것이기 때문에 지금도 창조의 공력을 높이 인정받을 만하다. 그러면서도 그 두 작품은 만인이 공감할 의미의 보편성도 지니고 있다. 그래서 그 두 작품은 언제 읽어도 좋다.

> 얼굴이 바로 푸른 하늘을 우러렀기에
> 발이 항시 검은 흙을 향하기 욕되지 않도다.

곡식알이 거꾸로 떨어져도 싹은 반드시 위로!
어느 모양으로 심기어졌더뇨? 이상스런 나무 나의 몸이여!

오오 알맞은 위치! 좋은 위 아래!
아담의 슬픈 유산도 그대로 받았노라.

나의 적은 연륜으로 이스라엘의 이천 년을 헤었노라.
나의 존재는 우주의 한낱 초조한 오점이었도다.

목마른 사슴이 샘을 찾아 입을 잠그듯이
이제 그리스도의 못 박히신 발의 성혈에 이마를 적시며—

오오! 신약의 태양을 한 아름 안다.

정지용, 「나무」 전문

이 시에서 나무는 인간의 몸을 함께 나타낸다. 나무는 흙에 뿌리를 박고 가지를 하늘로 뻗고 있는데 가톨릭 신앙을 실천하는 인간 역시 발을 땅에 디디고 정신은 천상의 진리를 따라고 있으니 나무의 자세와 유사하다. 욕된 현실에 발을 붙이고는 있지만 거기서 벗어나 신성한 세계를 추구하는 것이 가톨릭 신앙인의 자세다. 어떤 모양으로 심어지건 자라는 것은 반드시 위를 향해 자라게 된다는 것도 인간과 나무가 흡사하다. 그래서 시인은 "오오 알맞은 위치! 좋은 위 아래!"라고 감탄하였다. 나무만큼 자신의 신앙을 잘 표상해 주는 존재가 없다는 것이다. 그래서 이양하도 수필 「나무」에서, 나무가 늘 하늘을 향해 손을 쳐들고 있는 모습에 대해, "하늘을 우러러 항상 감사하고 찬송하고 묵도하는 것으로 일삼는다"고 했다. 나무와 같은 자세를 취하는 인간도 신앙에 적합한 알맞은 존재이다. 인간이란 현실을 떠나지 못하지만 그래도 천상의 신성한 세계를 추구할 수 있는 능력과 소질을 지녔다. 이처럼 정지용의 시에서 나무는 가톨릭 신앙의 표본이자 상징으로 제시된다.

푸른 하늘에 닿을 듯이
세월에 불타고 우뚝 남아 서서
차라리 봄도 꽃피진 말아라.

낡은 거미집 휘두르고
끝없는 꿈길에 혼자 설레이는
마음은 아예 뉘우침 아니리

검은 그림자 쓸쓸하면
마침내 호수 속 깊이 거꾸러져
차마 바람도 흔들진 못해라.

이육사, 「교목」 전문

이 시의 나무도 시인의 내면적 지향을 드러내고는 있으나 정지용 시의 나무처럼 긍정적인 상태는 아니다. 정지용의 나무보다 훨씬 굳건한 형상을 하고 있으나 "세월에 불타고", "낡은 거미집 휘두르고", "검은 그림자 쓸쓸하면", "호수 속 깊이 거꾸러져" 등의 시어는 이 나무의 형세와 진로가 순탄치 않음을 알려준다.

1연은 교목의 우뚝하고 의연한 모습을 나타냈다. 푸른 하늘에 닿을 것처럼 나무가 우뚝 솟아 있는데 그것은 그냥 평범하게 서 있는 것이 아니라 세월에 불탄 형상으로 서 있다. 시련과 고난의 세월을 거쳐 왔지만 모든 고통을 속으로 끌어안은 듯 나무는 아무 말 없이 의연하게 솟아 있다. 커다란 교목은 관목이나 화훼류와는 달라서 봄에도 화려한 꽃을 피우지 않는 종류가 많다. 그런데 이육사는 당연한 현상에 대해 차라리 봄도 꽃피지 말라고 명령하듯 말했다. 이 명령형에는 육사의 의지가 개입되어 있다. 이 의지는 어떤 고난 앞에서도 나라와 운명을 같이하겠다는 지사의 정신에서 나온 것이다. 봄이 왔다고 해서 화려하게 꽃을 피우고 부화뇌동하는 것은 나라를 걱정하는 지사가 할 일이 아니다. 그러므로 이 시에서 꽃의 거부는 화려한 외형의 거부, 비타협의 강인한 의지를 나타낸다.

2연의 "낡은 거미집"은 자아를 둘러싸고 있는 현실적 조건을, "끝없는 꿈길"은 새로운 세계를 희구하는 마음 상태를 나타낸다. "혼자 설레이는"은 그 두 측면 사이의 심각한 갈등과 동요를 표현한다. 3행에서 마음은 아예 뉘우침이 아니라고 말했지만 그것도 사실은 마음의 번민과 갈등을 역으로 드러내는 표현이다. 번민과 갈등이 없다면 "뉘우침"이라는 말도 나올 필요가 없었을 것이다. 아무런 두려움이나 갈등 없이 외부의 강압에 맞설 수 있는 존재는 없다. 내면적 갈등과 번민이 생길 때마다 그것을 떨쳐내려 애쓰고 뉘우치지 않겠다는 정신의 자세를 다시금 가다듬는 것이 더욱 인간적인 것이며 두려움과 뉘우침의 감정을 뚫고 솟아나는 의지야말로 참다운 의지다. 2연은 이러한 내면의 갈등과 마음의 다짐을 표현한 것이다.

3연은 다시 부동의 정신자세를 드러냈다. 1행과 2행의 어두운 음영은 죽음을 연상시킨다. 3행은 죽음이 찾아와도 자신의 정신은 흔들리지 않을 것이라는 결의를 나타냈다. 이 의지는 2연의 정직한 자기 갈등을 거쳐 얻어진 것이기에 바람도 흔들지 못한다. 바람도 흔들지 못한다고 단언한 이상 더 이상의 군말은 필요가 없다. 푸른 하늘에 닿을 듯이 우뚝 솟아 있는 교목의 모습을 보여주는 것으로 충분하다. 그래서 이 시의 3연은 1연으로 다시 이어지는 순환의 구조를 갖는다. 한국 근대시에서 나무의 형상에 자신의 정신세계를 투영하여 이렇게 완벽한 구조로 표현한 예는 찾기 힘들다. 이러한 구조적 완결성의 성취 역시 이육사의 정신력의 소산일 것이다.

이 두 편의 작품은 둘 다 나무를 소재로 삼았으나 어법과 내면의 자세가 사뭇 다르다. 그것은 시인의 정신만이 아니라 삶의 자세의 차이까지도 함께 드러낸다. 정지용의 시에는 "알맞은 위치! 좋은 위 아래!"라는 단정함이 있으며, 이육사의 시에는 "차라리 봄도 꽃피진 말아라", "차마 바람도 흔들진 못해라"의 가혹함이 있다. 시인이 나무를 어떻게 보느냐 하는 데에는 시인이 세상을 어떻게 살아가느냐는 문제가 얽혀 있다. 시인이 세상을 파란 많은 시련의 과정으로 볼 때 나무는 시인을 이끄는 이념의 표상이 된다. 시인이 자연을 편안한 순리의 공간으로 볼 때 나무는 시인과 화합하는 동일화의 대상이 된다. 이육사의 「교목」은 전자에 속하고, 정지용의 「나무」는 후자에 속한다. 이처럼 나무는 시인의 의도와 주제에 따라 다른 의미로 제시된다.

토론 문화의 정착을 위하여*

내가 정지용의 이름을 처음 들은 것은 지금부터 32년 전인 1967년 휘문중학교에 입학했을 때였다. 머리를 박박 깎고 검은 교복을 입고 앉아 있는 우리에게 국어선생님께서는 휘문에서 배출된 여러 문인의 이름을 열거하시다가 잠시 뜸을 들인 후 1930년대 시단의 거장이었던 '정 모'라는 시인도 휘문 출신이라는 말씀을 덧붙이셨다. 그러니까 그때 나는 정지용의 이름을 들은 것이 아니라 정 모라는 이름을 들은 것이다. 중학교에 입학해서 모든 것이 낯설었던 우리는 그 정 모가 도대체 누구인지 그렇게 유명한 시인이면 이름을 밝히지 않고 왜 정 모라고 하는지 아무도 묻지 못했다.

세월은 그냥 흘렀고 의아심은 추억 속에 묻힌 채 나는 대학생이 되었다. 대학교에 들어와서야 그 정 모라는 시인이 정지용임을 알게 되었고 고등학교 때 줄 쳐가며 외웠던 30년대의 시문학파 시인 김영랑이나 모더니즘 시인 김광균보다 훨씬 윗길에 오른 시인이라는 것도 알

* 이 글은 『정지용 시의 심층적 탐구』(1999. 5)의 서문이다.

게 되었다. 그 후 대학원에 진학하여 석사 논문으로 정지용을 택했을 때 어린 날의 그 기억이 되살아났다. 그때 나에게는 정지용과의 만남이 하나의 운명과도 같은 것이 아닌가 하는 생각까지 들었다. 석사 논문으로 정지용론을 쓴 지 정확히 이십 년 만에 정지용에 대한 단행본을 내게 되어 감회가 더욱 새롭다.

지금까지 몇 권의 책을 냈지만 그 책들은 여러 곳에 발표했던 글을 모은 것이 대부분이었다. 단일한 대상을 주제로 잡고 단기간에 집중적인 작업을 벌여 책을 내는 것은 이것이 처음이다. 소설로 말하면 단편집만 내다가 이제 비로소 전작 장편을 내게 된 것이다. 이렇게 정지용에 대한 단행본을 내야겠다고 마음먹은 것은 정지용 시를 둘러싼 해석상의 난점과 그것에 기인한 해석상의 오류를 극복해 보아야겠다는 생각 때문이다. 주지하다시피 정지용의 시에는 독특한 방언과 고어가 많이 들어 있다. 그런가 하면 정지용 자신이 새롭고 독특한 시를 써야겠다는 열망에 사로잡혀 있었기 때문에 자신만이 이해할 수 있는 난해한 표현을 구사하기도 했다. 바로 이런 점 때문에 정지용의 시는 해석하기에 곤란한 구석을 많이 지니고 있다.

지금까지 정지용 시 연구는 여러 가지 각도에서 이루어졌고 그 나름의 많은 성과를 거두었다. 그런데 그 연구의 내용을 검토해 보면 정지용의 시를 몇 가지로 묶어서 흐름을 정리한다거나 작품 몇 편을 예로 들어 지용 시의 예각적 특징을 논술하는 것에 한정되어 있다. 그런 경우 연구자들은 넓은 시각으로 정지용의 시를 조망하기 때문에 작품 자체에 대한 미시적 분석은 생략하고 넘어가는 경향이 있다. 작품을 예로 들 때도 자신들이 이해할 수 있는 작품만 제시하고 난해한 작품이나 난해한 구절에 대해서는 추상적이고 요약적인 설명을 덧붙이고 만다. 정지용 시 연구에서 정말 필요한 것은 작품 한편 한편을 꼼꼼하게 읽고 그 의미를 분석하는 작업이다.

사람은 아는 것보다 모르는 것이 더 많으며, 공부하는 사람은 모르는 것을 알기 위해 자신의 일에 매달리는 법이다. 따라서 공부하는 사람은 모르는 것은 모른다고 분명히 말해야 하고, 조사하고 탐구해서 알아낸 내용에 대해서는 그 경위를 조리 있게 밝혀야 한다. 이것이 공부하는 사람이 지녀야 할 기본적인 양심이고 도리다. 그런데 우리나라의 문학 연구자, 그중에서도 시 전공 연구자 중에는 이런 방면의 정직성이 결여된 사람이 더러 있는 것 같다. 자기가 스스로 조사하고 탐구해서 뜻을 밝히려 하지 않고 남의 견해에 의존하려는 경향이 있는가 하면 남의 견해를 참조해서 뜻을 이해하고서도 자신이 스스로 알아낸 것인 양 사태를 호도하는 사람도 있다. 이렇게 해서는 주체적인 시 이해에 도달할 수 없고 시에 관한 학문의 발전을 기대할 수도 없다. 최악의 경우, 시에 대한 연구는 원본과 사본을 구분하기 어렵다는 말이 나오는가 하면, 어차피 시 연구는 진정한 학문이 아니라 구름 잡는 일이니 그것은 당연한 일 아니냐고 빈정대는 말까지 나온다.

정지용 자신이 시에서는 말 하나, 글자 하나 밉게 놓이는 것도 용서할 수 없다는 말을 한 바 있다. 시가 그런 것처럼 시의 해석 역시 말 하나, 글자 하나 잘못 해석하면 아주 엉뚱한 방향으로 번져나가게 된다. 시를 제대로 연구하려면 시 해석이 언제나 근본이 되어야 한다. 한 시인의 시작품을 이해하지 못하고서 어떻게 그 시인의 시 세계를 정리할 수 있단 말인가. 그러므로 시를 공부하려고 하는 사람들은 시의 이론부터 배우려고 하지 말고 시를 읽는 기초훈련부터 쌓아가야 한다. 그리고 무엇보다도 마음의 정직성을 유지해야 한다. 자기가 이해하지 못한 작품이나 구절이 있으면 그것을 솔직히 털어놓고 주위의 동료들에게 도움을 요청한다든가 공개 토론을 벌여 해석적 탐구를 진행해야 한다. 나의 책은 바로 그런 토론 마당을 겨냥한 것이다.

전에 발표한 어느 글에서 나는 정지용이 남긴 시 전편을 상세히 해석 · 감상하는 한 권의 책이 나와야 한다고 말하고 그것이 황무지와 같은 불모의 상황 속에서 일급의 시를 창조한 천재 시인에게 표명하는 최소한의 예의라는 발언을 한 바 있다. 이 책은 그 발언의 일차적 결실이다. 사실은 '정지용 시 전편 해설'을 책으로 내고 싶었으나 그렇게 되면 저작권 문제에 걸리고 '정지용 시에 대한 공개 토론'이라고 하면 출판계의 관례에 어긋나기 때문에 학술지의 전통적 명분에 따라 '정지용 시의 심층적 탐구'라고 제목을 달았다. 그러나 나의 의도는 정지용 시의 올바른 해석 문제에 닿아 있음을 분명히 밝히고 싶다.

나는 많은 자료 탐색과 사색과 음미의 과정을 거쳐 정지용 시를 해석하였다. 그러나 여기 제시된 작품 해석이 완전한 것이라고는 꿈에도 생각해 본 적이 없다. 앞에서 말한 대로 나는 공개 토론의 자료로 하나의 작품 해석을 제시할 따름이다. 이 방면에 관심이 있는 연구자들은 이 책의 작품 해석을 읽고 동의를 표시하거나 이의를 제기하거나 새로운 견해를 밝히거나 해야 할 것이다. 그러한 반응을 통하여 나는 나의 견해를 얼마든지 수정하고 새로운 해석을 찾아갈 마음의 준비가 되어 있다.

과학은 엄격한 객관성과 실증성에 의해 결론이 도출되고 결론은 다시 검증의 과정을 거치기 때문에 맞고 틀린 것이 언제나 분명하게 드러난다. 그러나 인문학은 단기간에 그러한 검증의 과정을 거칠 수 없기 때문에 과학과 같은 진부眞否의 엄정성을 기대하기 어렵다. 인문학의 정당성은 오랜 시간이 경과한 다음 입증되는 경우가 허다하다. 따라서 인문학이 제대로 발전하려면 토론 문화가 정착되어야 한다. 토론은 오랜 기간에 걸쳐 자연스럽게 드러날 인문학적 진실을 비교적 빨리 드러나게 하는 장점을 지닌다. 그런데 우리 사회는 불행하게도 토론 문화보다 정치 문화의 지배를 받고 있다. 자유롭게 의사 교환을 하고 대립적인 의견의 충돌과 길항 속에서 최선의 방안을 도출하는 것이 아니라 권위와 배경의 압력에 의해 어떤 정해진 방향으로 의사가 수렴되는 경향을 보인다. 이런 경직된 풍토에서 벗어나지 않으면 인문학의 발전을 기대하기가 어렵다.

정지용의 각 시편에 대한 구체적 분석을 수행하면서, 어떤 경우는 다른 연구자가 풀이한 내용의 도움을 받아서, 어떤 경우에는 사전 및 기타 문헌류를 조사 검토해서, 어떤 경우는 타인의 견해에 대한 비판을 통해서 내 나름의 견해를 제시하였다. 그런 과정에서 기존의 연구 성과에 대한 긍정과 부정의 반응을 표시하였다. 이것은 어디까지나 학문적 반응의 표시지 인간적 애증의 반응 표시가 아니다. 이 얘기를 굳이 밝히는 것은 지금까지 우리 학계의 논쟁이 학문적 정당성보다는 감정상의 갈등으로 번져간 사례가 많았기 때문이다. 이 모든 것이 인문학의 발전을 위한 것임을 이해하고 이 일에 관련된 사람들이 정지용 시와 관련된 토론 마당에 기쁜 마음으로 동참할 것을 기대한다. 이것이 암흑의 불모지에서 현대시의 새 길을 개척한 이 천재 시인에게 표하는 우리의 예의가 아닐 것인가.

출판계의 불황에도 불구하고 출판을 수락해 준 태학사의 지현구 사장님께 감사드리며, 편집과 교정에 애를 쓴 직원 여러분께도 감사드린다. 이 책을 읽어준 분들, 읽어줄 분들께도 감사드린다. 그리고 무엇보다도 현대시의 출발기에 좋은 시를 써서 이러한 작업이 나올 수 있는 기틀을 마련해 준 정지용 시인에게 감사드린다.

1999년 4월 26일

문학의 힘에 기대어*

학교 행정부서의 일을 맡아 연구실을 떠난 지가 오래되었다. 낯선 일에 매달리다 보니 자연히 책 읽는 시간이 줄어들었고 글을 쓰기 위해 집중하던 버릇도 무디어져 갔다. 30년 동안 이어져 오던 생활의 리듬이 깨진 것이다. 책 읽고 글 쓰는 일에서 멀어질수록 나의 내면은 불안해졌고 어떤 때에는 백수건달이 되어간다는 허탈감이 들었다. 비평이라는 이차적인 글쓰기를 하는데도 문학이 나의 삶에 이렇게 큰 부분을 차지하고 있었던가 새삼 놀랍고 당황스러웠다. 문학은 나의 육체와 영혼의 가장 중요한 자리를 차지하고 있음에 틀림없다. 새로운 글을 쓰지 않을 때 내가 한 일은 과거에 내가 쓴 글과 그 글의 대상이 된 작품을 되풀이하여 꼼꼼히 읽는 일이었으니까. 내가 쓴 글을 읽으며 버릴 것은 버리고 고칠 것은 고쳐 모아 보니 책 한 권 분량이 되었다. 다시 문학의 자리로 돌아가기 위해 어지러운 책상을 정돈하는 마음으로 비평집 『감성의 파문』을 세상에 내놓는다.

* 이 글은 『감성의 파문』(2006. 4)의 서문이다.

도대체 문학이 무엇이기에 이렇게 나를 사로잡고 있는가. 가까운 것도 돋보기를 써야 보이는 나이가 되었지만, 내가 문학에 빠져들게 된 사연은 어제 일처럼 선명하게 눈앞에 떠오른다. 초등학교 6학년 겨울 눈 오던 날 밤 책을 읽다가 옆에 있는 난로에 눈길을 돌렸을 때 문득 이 세상 망망대해에 나 혼자라는 느낌이 들며 눈물이 핑 돌았던 그 순간을 잊을 수 없다. 그 책의 내용이 무엇인지, 왜 그런 느낌이 들었는지 지금은 알 수 없지만, 어린 나는 아무 근거도 없이, 내가 느낀 외로움이나 슬픔도 결국은 책을 통해 해소될 수 있으리라는 생각을 갖게 되었으니, 그것을 운명과의 만남이라고 해야 할지.

그 운명적 암시가 어떻게 어린 내 마음에 찾아온 것인지 알 수 없지만, 불세출의 영국 시인 윌리엄 워즈워스가 「어린 시절의 회상을 통해 불멸의 암시를 얻음」(Ode: Intimations of Immortality from Recollections of Early Childhood)이라는 시에서 다음과 같이 노래한 것을 보면, 문학의 숙명을 지닌 사람에게는 그런 암시의 순간이 자기도 모르게 다가오는 것이 아닌가 곰곰 생각해 볼 따름이다. 이 구절은 엘리아 카잔 감독의 '초원의 빛'(1961)과 로버트 레드포드가 감독한 '흐르는 강물처럼'(1972)에 영화 속의 낭송으로 등장했을 만큼 널리 알려진 대목이다. 대의를 의역하여 인용한다.

> 한때 그렇게 빛났던 찬란한 광휘가 나의 시야로부터 영원히 사라져 버린다 하더라도
>
> 그리하여 초원의 광채의 시간과 꽃의 영광의 시간이 다시는 돌아오

지 않는다 하더라도

우리는 마음 아파하지 말고, 뒤에 남아있는 것 속에서 극복의 힘을 찾아내야 하리.

지금까지 있어 왔고 앞으로도 언제나 있을, 자연과의 원초적 공감 속에서,

인간의 고통으로부터 솟아나 우리를 위무하는 사상 속에서,

죽음 너머까지 통찰하는 신앙심 속에서,

지혜로운 마음을 가져다주는 세월 속에서,

극복과 위안의 힘을 찾아야 하리.

세월의 흐름은 참으로 속절없다. 시집을 코에 박고 북받치는 감정을 달래던 소년은 어느덧 귀밑머리 희끗한 중년의 문학 교수가 되었다. 쉬지 않고 흘러 한 번도 끊어진 적 없는 시간의 구절양장은 우리 마음에 여러 가지 파문을 일으킨다. 삼십 년 전 피가 뜨거웠던 청춘 시대, 태양과 장미만을 구가하던 그 시절에 바람 자국 황량하게 갈라지는 메마른 모래벌판을 꿈꾸기나 했으랴. 그러나 문학에 뜻을 둔 사람은 기이하기 짝이 없는 선험적 직관으로 미래의 사막을 예감하며 번져오는 슬픔을 미리 맛본다. 가슴에 스며드는 감성의 파문이 문학으로 하여 생겨나지만, 그 파문은 놀랍게도 세월의 덧없음을 이겨내는 힘도 갖게 해 준다. 이러한 이중적 아이러니의 힘을 문학은 지니고 있다. 워즈워스의 시구대로 문학은, 우리를 위무하는 사상이 언제나 고통 속에 싹튼다는 사실을 깨닫게 한다.

이 책은 3부로 구성되어 있는데 현장 비평의 핵심에 속하는 글을 1부에 실었다. 내가 생각하는 비평은, 이론을 정립하는 것도 아니요 문학적 사실을 정리하는 것도 아니요, 작품에 대해 자신의 의견을 말하는 행위다. 춤꾼이 음악이 있어야 춤을 추듯이 비평가는 작품이 있어야 신명이 난다. 내가 세운 감성의 촉수에 파문을 일으킨 작품에 대해 감성적인 방식으로 반응한 글을 1부에 실었다. 2부의 글은 1부에 비해 논리적인 층위가 높은 글들이다. 논문에 가까운 글도 있고 서평에 속하는 글도 있다. 그러나 가능한 한 어깨의 힘을 빼고 논리의 틀에 얽매이지 않도록 내 나름의 노력을 기울였다. 3부의 글은 논리의 틀에서 더 벗어나 감성과 상상의 자유를 실현하려 한 글이다. 두 시인의 추도문에 해당하는 글에는 지극히 개인적인 목소리가 여과 없이 드러나 있다. 그러나 그러한 글도 사람과 사람 사이에 감성의 파문을 전달하는 데에는 유익한 점이 있다. 끊임없이 흘러가는 시간의 강물 속에 삶과 죽음의 엇갈림을 담아내는 것도 의미 있는 일이 아니겠는가.

이 책이 나오는 데 문학수첩 김종철 사장님의 도움이 컸다. 십여 년 전 문학으로 맺어진 인연이 세월의 흐름 속에 더욱 도타워진 것에 감사할 따름이다. 번잡한 글을 아름다운 모양으로 엮어준 문학수첩 동료들에게도 고마운 마음을 전한다.

2006년 4월 12일

4

높임말로 쓴 고백

김용직 선생님 영전에

서울대학교의 교양과정부에서 선생님을 처음 뵈었을 때 선생님께서는 검은 테 안경 위에 검은색 베레모를 쓰고 계셨습니다. 독특한 경상도 억양으로 학생들의 발표에 대해 짤막한 논평을 해 주셨는데, 그것은 매우 간결했습니다. 제 박사 논문 지도 때도 그러하셨습니다. 선생님께서는 '잡담 제하는 태도로'라는 말을 즐겨 쓰셨습니다. "1930년대 이상은 습작기 때부터 잡담 제하는 태도로 파격의 모더니즘 작품만을 썼다"라고 하셨습니다. 다른 잡다한 것을 배제하고 오직 한 가지 일에 몰두한다는 뜻을 그렇게 표현하셨습니다. 저는 이 말 속에 선생님의 태도와 정신이 담겨 있다고 생각합니다. 선생님은 평생을 잡담 제하는 태도로 사셨습니다. 잡담 제하는 태도로 한국 현대시를 연구하셨고 잡담 제하는 태도로 한국 현대 시사를 기술하셨습니다.

선생님은 대중교통을 즐겨 이용하셨고 등산을 즐기셨고 바둑을 좋아하셨습니다. 그러나 그것은 그 자체를 좋아하신 것이 아니라 그것을 통해 육체와 정신의 건강을 유지하여 현대시 연구에 전념하기 위해서였습니다. 이러한 선생님의 연구 자세는 평생 조금도 바뀌지 않았습니다. 그것은 지금으로부터 반년 전인 2016년 7월에 한 권의 연구저서를 출간하신 것이나 그 2년 전인 2014년에 두 권의 저서를 출간하신 것에서도 뚜렷이 알 수 있습니다. 선생님은 정말 잡담 제하는 태도로 현대시 연구만을 하셨습니다.

그 현대시 연구는 무엇을 위한 것이었습니까? 저는 그것이 선생님이 평생 추구하신 정명正名의 정신을 지키기 위해서라고 생각합니다. 논어에 나오는 정명이란 말은 세상 모든 일을 원칙에 맞게 행하는 것을 뜻합니다. 선생님께서는 잡담 제하는 태도로 현대시 연구에 매진하여 정명의 정신을 추구하고 실천하셨습니다. 올바름을 추구하는 사람의 길은 여러 가지가 있는데 선생님은 현대시 연구를 통해 정명의 정신을 실천하셨습니다.

선생님은 저희 곁을 떠나셨습니다. 선생님은 가실 때에도 잡담 제하는 태도로 한 마디 말씀도 남기지 않고 가셨습니다. 선생님을 다시 뵈려면 그 길로 가야 하지만 저희들은 가지 않겠습니다. 선생님께서 85세의 연륜까지 책을 쓰시었듯 저희도 그쯤은 해야 선생님을 뵐 자격을 얻지 않겠습니까? 선생님도 그것을 원하실 것입니다.

우리들의 영원한 스승이신 김용직 선생님. 인간이 이룬 일 중에 영원한 것은 없지만, 그래도 사람이 남긴 글이 그중 오래간다고 합니다. 선생님이 남기신 글을 읽으며 저희들의 아픈 마음을 달래려 합니다. 향천向川 김용직 선생님 영원한 그곳에서 정명의 안식을 누리소서.

동심의 날개에 피어나는 꿈

현재 문학평론가로 활동하는 송희복 선생님은 원래 초등학교 선생님을 양성하는 교육대학을 졸업한 분입니다. 교육대학을 졸업하고 5년간 초등학교에서 학생들을 가르치셨습니다. 풍금을 울리며 음악을 가르치셨고, 어린이들과 함께 노래를 부르셨습니다. 젊은 선생님으로 학생들을 가르치신 지난날의 체험이 동시집에 수록되어 있는 「오빠 생각이 나서 나는 울었다」에 담겨 있습니다.

음악 시간에 '오빠 생각'이라는 노래를 가르치는데 갑자기 앞에 앉아 있던 학생이 눈물을 흘리더라는 것입니다. 이 노래에는 "서울 가신 오빠는 소식도 없고/나뭇잎만 우수수 떨어집니다"라는 가사가 나옵니다. 이 가사를 부르다 그 학생은 부산의 공장으로 일하러 간 자기 오빠 생각이 떠올라 젊은 선생님 앞이라는 것도 잊고 그만 눈물을 흘렸던 것입니다. 가난한 시절의 가슴 아픈 추억입니다. 그때의 그 기억을 30년이 넘도록 잊지 못하고 가끔 이야기하더니 선생님은 이것을 동시로 창작했습니다. 아련한 젊은 날의 추억을 잊지 못하고 지금도 눈물 흘리는 천성의 시인이 바로 송희복 선생님입니다.

선생님이 모교인 교육대학에 교수로 부임하신 지도 오래되었습니다. 그동안 초등학교 선생님이 될 학생들에게 아동문학의 이론과 실제를 강의하면서, 동심을 키우고 그것을 유지하는 것이 사람에게 얼마나 소중한 것인지 뼛속 깊이 깨닫고 가슴 깊이 사무쳤습니다. 그래서 몇 줄 동시로 동심을 표현하는 일을 스스로 행하시게 된 것입니다. 옛말에 "어떤 것을 아는 것보다 그것을 좋아하는 것이 낫고, 그것을 좋아하는 것보다 그것을 즐기는 것이 낫다"는 말이 있습니다. 선생님은 아동문학을 아는 자리를 넘어서서 그것을 즐기는 자리로 나아가신 것입니다. 참으로 아름답고 뜻깊은 일입니다.

바다는
아침 햇살을
맞이하는 문

바다는
언제나 열려 있는
기나긴 물금

먹구름이
몰려 와도

구름비를
뿌려도

바다가
닫히는 일은
결코 없다

송희복, 「수평선」

이 시는 동시집의 제일 처음에 나오는 작품입니다. 선생님은 동시를 지으면서도 어린이들에게 낱말의 뜻도 알려 주시려는 생각으로 '물금'이라는 단어를 넣고 그 뜻을 밝히셨습니다. '물금'이란 수평선을 가리키는 말입니다. 수평선水平線은 한자로 구성된 말로 '물 위의 평평한 금'이란 뜻입니다. 이것을 줄이면 '물금'이 되니까 '물금'은 그렇게 낯선 말이 아니지요.

바다에서 볼 수 있는 가장 멋진 광경은 해가 뜨고 지는 모습입니다. 특히 해가 떠오르는 장면이 아름답지요. 바다에 해가 떠오르며 햇살이 퍼지는 모습은 마치 하나의 새로운 세계가 새로 생겨나는 것 같은 느낌을 줍니다. 그래서 이 시에서 바다는 아침 햇살을 맞이하는 문이라고 했습니다. 물금 위로 문이 열리면 거기 해가 떠오르고 햇살이 눈부시게 피어납니다. 해가 하늘로 떠오르면 물금의 긴 줄기가 아득히 먼 곳까지 퍼져 나가지요. 그 끝이 어딘지 아무도 모릅니다. 바다는 그렇게 넓게 열려 있는 문으로 모든 것을 받아들입니다. 바다의 물금은 늘 열려 있는 것이지요.

때로 먹구름이 몰려오면 바다의 물금이 흐려지고 파도가 거세게 일기도 하지요. 구름비가 내리면 바다와 하늘의 경계선이 거의 보이지 않게 됩니다. 먹구름과 구름비 속에 배도 바다로 나가는 것을 멈춥니다. 수평선도 사라져 버린 것 같지요. 그러나 그런 날이 사흘을 넘기는 일이 없습니다. 시간이 가면 언제 그랬냐는 듯이 하늘이 맑게 개고 흐려졌던 수평선이 선명한 물금을 드러냅니다. 천지가 창조된 날로부터 지금까지 바다가 닫히는 일은 결코 없었으며 앞으로도 그럴 것입니다.

바다가 그런 것처럼 우리들의 세상살이도 그러합니다. 대체로 좋은 일이 펼쳐지다가도 먹구름이 몰려오고 거센 비가 퍼붓는 것처럼 험악한 상황이 닥쳐올 때가 있지요. 그때 사람들은 절망하여 우리에게 내일이 없는 것처럼 아우성치기도 합니다. 그러나 아무리 험한 일도 오래 가지는 않습니다. 어떠한 시련에도 바다가 닫히는 일이 없는 것처럼 우리의 인생살이도 앞날이 꽉 막히는 일은 없습니다. 일제의 지배를 받고도 살아남았고 6·25 전쟁을 거쳐도 솟아올라 자랑스러운 대한민국을 일으키지 않았습니까? "언제나 열려 있는 기나긴 물금"은 닫히는 일이 결코 없습니다. 바다를 소재로 한 이 시는 이러한 인생의 교훈을 전해 주기도 합니다.

낮게 뜬
보름달의
윤슬은

달님이
바다 위를
밟고 간

흔들리는

금빛
발자국

송희복, 「한가위 슈퍼문」

바다를 노래한 시인은 이 시에서 보름달을 노래합니다. 앞의 시에서 '물금'을 가르쳐 주신 선생님은 이 시에서 '윤슬'을 가르쳐 주십니다. '윤슬'은 "달빛에 비치어 반짝이는 잔물결"을 가리키는 우리말입니다. '윤슬'을 발음해 보십시오. 아름답지 않습니까? 한가위의 환한 보름달이 바다 위를 밟고 갔으니 반짝이는 물결이 얼마나 찬란하겠습니까? 그 아름다운 반짝임을 윤슬이라고 합니다. 그러니 윤슬은 달님이 바다 위를 밟고 간 금빛 발자국의 신비로운 뒷모습이지요. 그것이 어찌 금빛뿐이겠습니까? 금빛일 수도 있고 은빛일 수도 있고 금빛과 은빛과 수정 빛이 다 겹친, 말로 표현할 수 없는 빛이겠지요? 송희복 선생님은 천진한 동심의 눈길로 그 윤슬의 신비로움을 붙들어 보여 주셨습니다. 신문에서 흔히 "슈퍼문"이라고 떠드는 외래어 표기를 일부러 제목으로 내세워, 한가위 보름달의 그윽한 아름다움을 윤슬의 정경으로 표현하신 것입니다.

무지개는
문이다.

공기 속의 물방울이
만들어낸 문이다.

무지개는
수수께끼다.

문은 문이지만
지나갈 수 없는 문,

휘영청 솟은
문이다.

송희복, 「무지개」

'물금'과 '윤슬'을 가르쳐 주신 선생님은 이 시에서 '무지개'의 어원인 '물지게'에 대해 알려 주십니다. '물지게'는 '물'과 '지게'가 합쳐진 말로, '물로 만들어진 문'이라는 뜻에서 나왔다고 추정하고 있습니다. 이 시에서는 "공기 속의 물방울들이 만들어낸 문"이라고 해석했지요.

요즘에는 공기가 오염되어서 무지개를 보기 어렵지만, 비가 온 다음 맑은 하늘에 일곱 빛깔 무지개가 서 있는 장면은 정말 신비롭습니다. 하늘나라로 들어가는 신비의 문이라는 생각이 듭니다. 어떻게 하늘에 그런 둥근 문이 열리는지 정말 "무지개는 수수께끼"입니다.

어릴 때 무지개를 향해 달려본 적이 있습니다. 아무리 달려도 무지개는 그만큼 멀리 물러납니다. 아무리 쫓아도 닿을 수 없는 신비의 문. 그것이 무지개입니다. 그러기에 그것은 더욱 신비롭습니다. 그래서 시인도 "문은 문이지만 지나갈 수 없는 문"이라고 했습니다. 지나갈 수 없는 신비의 문이기에 그것은 자주 볼 수 없고, 비가 지루하게 내리다가 맑게 개면 잠깐 하늘에 그 맑은 모습을 비추는 것일까요? 세상의 아름다움은 어두운 구름비가 지난 다음에 모습을 드러내고, 그것은 비교할 수 없는 아름다움이기에 잠깐만 머무는 것일까요? 물금이 끝없이 이어진 바다는 닫히는 일이 없는데, 물의 문인 무지개는 짧은 시간에만 존재하니 그만큼 무지개가 더 귀하고 어여쁜 것이겠지요.

「달동네」라는 작품은 '산복도로'라는 낱말의 뜻도 알려 주면서 '달동네'에 대한 새로운 해석도 전해 줍니다. '산복도로'의 '산복山腹'은 '산의 배'라는 한자에서 온 말입니다. 사람의 배가 몸의 중간 위치에 있듯이 '산복'은 산의 중턱을 가리킵니다. 산의 중턱을 지나는 도로가 산복도로지요. 부산은 도시 이름에 '산山'이 들어 있는 데서 알 수 있듯이 산으로 이어진 도시입니다. 그래서 산마을과 산마을을 이어주는 산복도로가 많지요. 대한민국에서 두 번째로 큰 도시라 '산마을'이라는 말이 어울리지 않는 것 같지만 사실은 산마을로 이어진 항구 도시이지요.

산이 많은 도시이니 산비탈마다 사람 사는 동네가 들어섰습니다. 산비탈은 살기 어려운 곳이니 주로 넉넉지 못한 사람들이 모여 살지요. 그런 동네를 달동네라고 불렀습니다. 높은 지역이니 달이 잘 보인다, 또는 달에 가깝다는 뜻으로 붙여진 말일 것입니다. 가난한 동네, 산비탈 동네라고 하는 것보다 달동네라고 하면 가난이 주는 어두운 색감이 가려져서 좋습니다. 송희복 선생님도 부산의 달동네에 익숙한 분입니다. 그분은 달동네에서 성장하면서도 꿈을 잃지 않고 노력해서 대학교의 교수님이 되셨고 유명한 문학평론가가 되셨습니다. 달동네를 달이 잘 보이는 동네라고 낙관적으로 생각하고 사셨기에 오늘의 송희복 교수님이 되신 것입니다. 동심의 순수함을 지닌다는 것이 인생에 얼마나 큰 힘이 되는지 여러분들도 짐작하실 수 있을 것입니다.

송희복 선생님은 음악을 사랑하고 새를 사랑합니다. 음악은 사람의 마음을 잘 표현할뿐더러 우리 마음을 더 맑고 깨끗한 곳으로 끌어올립니다. 또 새는 어떤 상황에도 하늘을 자유롭게 날면서 그 맵시 있는 몸짓으로 우리들의 꿈을 실어 나릅니다. 그래서 선생님은 「새는 도레미 음계처럼」에서 새의 움직임을 음악과 관련지어 표현했습니다. 새가 날아오르는 것은 '도-레-미'로 음계가 올라가듯이 올라가는 것이요, 새가 내려앉는 것은 '미-레-도'로 음계가 내려오듯이 내려온다고 보았습니다. 「새들은 음표처럼」에서는 새들이 앉거나 움직이는 모습을 팔분음표와 십육분음표의 모양으로 비유하여 표현했습니다. 그렇게 표현하니 작은 새들의 몸짓이 더 귀여워 보입니다. 「참새 가족」에서는 참새 가족 여덟 마리가 나뭇가지에 가지런히 앉아 있는 모습은 화음을 맞춘 상태이고, 뒤죽박죽 앉아 있는 모습은 화음을 이루지 못한 상태라고 비유하여 표현했습니다. 지금까지 아무도 시도하지 않았던 새로운 발상이요 표현입니다. 음악과 새를 사랑하는 송희복 시인이기에 이러한 표현이 가능했을 것입니다.

이 시집에는 이 작품들 말고도 재미와 웃음과 감동을 안겨 주는 많은 작품이 있습니다. 「재수 없는 날」이라든가, 「오실댁, 가실댁」, 「우리말, 낭」 같은 작품은 우리말의 묘미와 울림을 아름답게 구성하여 감동을 줍니다. "짜증 짜증 왕짜증", "망신 망신 개망신" 같은 구절은 잘 외워두었다가 언제 한번 써먹고 싶습니다. 우리는 이 작품들을 읽으며 60세의 송희복 시인이 아직도 천진하고 드맑은 동심을 그대로 유지하고, 어릴 때의 꿈을 고이 간직하고 있음을 보게 됩니다. 참으로 아름답고 기쁜 일입니다.

새를 사랑하는 송희복 시인은 동심의 날개를 지니고 있습니다. 음악을 사랑하는 송희복 시인은 하늘로 날아오르는 꿈을 지니고 있습니다. 송희복 시인을 사랑하는 우리는 그의 시를 통해 "동심의 날개에 피어나는 꿈"을 보게 됩니다. '왕짜증' 나는 세상에서 '개망신' 당하는 일이 많아도, 이런 아름다운 동시가 있으니 물금으로 열려 있는 바다를 향해, 휘영청 솟아 있는 무지개를 향해 나아갈 수 있겠지요. 참으로 복된 일입니다.

무에서 유를 창조하는 예술

시인은 한 마디 말을 아끼면서도 언어의 연속된 흐름을 이용해 음악을 만듭니다. 이것은 역설처럼 들립니다. 말을 아껴 한 마디 말도 조심스럽게 사용하는데 그 말의 연속으로 음악의 선율을 만들어내다니요? 음악은 무언가 풍성하고 길게 늘어지는 느낌을 주지 않습니까? 하긴 소월의 시를 보면 어휘를 몇 개밖에 사용하지 않았는데도 상당히 풍성한 운율미를 자아냅니다. "산에는 꽃 피네 꽃이 피네 갈 봄 여름 없이 꽃이 피네"를 보면 그것을 이해할 수 있습니다.

봄바람이 불어서
잔물결이 웃고

봄바람이 불어서
굴에서 뱀 나오고

봄바람이 불어서
밑돌이 헐겁고

봄바람이 불어서
진 빚을 갚고
새 빚을 내고

봄바람이 불어서
귀신이 흔들거리고

봄바람이 불어서
저쪽으로 가는 물빛
세계의 푸른 두 눈

문태준, 「봄바람이 불어서」 전문

한 마디 말도 아껴 단 세 행으로 시를 완성하기도 하는 문태준 시인이 「봄바람이 불어서」라는 짧은 시에서는 "봄바람이 불어서"라는 말을 여섯 번이나 반복했습니다. "봄바람이 불어서"를 발음해 보십시오. 앞은 양성모음이요 뒤는 음성모음이라, "봄바람"을 발음할 때는 작게 오므라들고 "불어서"를 발음할 때는 넓게 퍼지는 것을 느낄 수 있습니다. 응축과 확산이 교차하는 음감을 통해 그렇게 변해가는 자연의 정경을 드러내고자 한 것입니다. 정경을 보여주되 음악의 울림을 통해 감성의 판막을 건드리고자 했습니다.

봄바람이 불면 어떻게 됩니까? 잔물결이 웃는다고 했습니다. 잔물결이 웃으니 그 미미한 웃음이 파문을 일으켜 모든 자연의 틈으로 퍼져 가겠지요? 단단하게 달라붙었던 땅의 족쇄도 풀려 굴에 웅크려 있던 뱀도 생기를 얻어 구멍 밖으로 나섭니다. 처음에는 이상하게 읽혔던 "굴에서 뱀 나오고"라는 시행이 여러 번 읽으니 매우 적실한 표현이라는 느낌이 드는 것도 잔물결의 웃음이 안겨준 선물입니다. 뱀 나온 굴은 물론이요 얼어붙었던 모든 부위가 여리게 녹아내리니 밑돌이 헐거워질 것입니다. 천지만물이 느슨하게 허물어질 준비가 된 것이지요.

여기서 무에서 유를 창조하는 문태준의 예술이 빛을 발합니다. "봄바람이 불어서/진 빚을 갚고/새 빚을 내고"가 그것. 지금껏 그 누구도 발설한 적이 없는 봄의 비밀스러운 속성을 문태준 시인이 자신의 언어로 표현했습니다. 이것은 분명 새로운 발견이요 발명입니다. 우리는 모두 시간의 흐름에 따라 진 빚을 갚고 새 빚을 얻는 존재들입니다. 새봄이 왔으니 새 생활을 하자고 떠들지만 사실은 새 빚을 얻어 사는 것입니다. 누구에게 빚을 얻나요? 인간을 포함한 자연만물에게 빚을 얻지요. 우리는 모두 채무자입니다.

여기서 절정에 달한 문태준의 사유는 이제 하강과 침잠을 시작합니다. 우리가 보지 못하는 중음신의 세계, 귀신이 흐늘거리는 것도 보고, 잔물결 저쪽으로 움직여 가는 신비로운 물빛에서 "세계의 푸른 두 눈"을 보기도 합니다. 어째서 그냥 "푸른 눈"이라 하지 않고 "푸른 두 눈"

이라고 했을까요? 그 "두 눈"은 무엇일까요? 그것은 아무도 모릅니다. 문태준 시인도 모를 것입니다. 그것은 온전한 상상의 몫이기 때문입니다. 상상의 몫이므로 강물의 두 눈일 수도 있고 햇살의 두 눈일 수도 있고 봄바람의 두 눈일 수도 있습니다. 우리의 상상은 이렇게 무한히 확장해 갑니다.

헤겔은 인간의 가장 완전한 절대정신이 예술, 종교, 철학을 통해 실현된다고 했습니다. 문태준의 시 예술은 절대정신의 한 축을 체험하게 해 줍니다. 이러한 예술 창조에 무슨 상이 필요하겠습니까마는, 작품상이란 제도가 있다기에 그의 작품을 수상작으로 천거하는 데 조금도 주저하지 않았습니다. 좋은 시를 써 준 문태준 시인에게 감사를, 이런 기회를 만들어주신 분들께도 감사의 말씀을 올립니다.

하와이의 선배에게

낯설고 물선 만리타향 하와이에 가서 얼마나 노고가 많으십니까? 선생님께서 보내 주신 편지를 받고도 게으른 탓에 이제야 답장을 드리게 되었습니다.

편지의 내용을 보니 한가롭고 편안하게 지내시는 것 같습니다. 더우면 그늘에서 쉬다가 해가 뉘엿하면 해변과 아파트의 수영장에서 노닐고, 잘 갖추어진 도서관에서 공부도 하시고 어질고 친절한 사람들과 이야기도 나누시고, 그렇게 지내시는 것 같습니다. 여기에 살아가는 재미까지 곁들여진다면 그야말로 더 바랄 것이 없겠지요. 한 가지 염려되는 것은 이렇게 편하게 지내시다가 아열대 바다의 장기瘴氣가 엄습하여 건강이 상하지 않을까 하는 점입니다. 늘 건강에 유의하시고 무리하지 않도록 마음을 편안히 가지시기 바랍니다.

형수님도 잘 지내시는지요. 아마도 새 보금자리를 마련하시느라 힘이 드셨을 줄 압니다. 귀여운 아이들은 새로운 환경에 잘 적응하면서 지내겠지요. 모두 어진 분들이라 그곳 사람들과도 좋은 인연만 맺고 돌아오실 줄 믿습니다. 그리고 생각해 보면 두고 온 그곳의 보기 싫은 사람들도 모두 보살들입니다. 선배님으로 하여금 인욕바라밀을 실천하게끔 해주는 선지식들 아닙니까.

고타마 싯다르타를 괴롭히고 죽이려고 하던 악인 제바달다가 있었습니다. 나중에 싯다르타가 성불을 한 후 말하기를 제바달다가 나를 괴롭혔으므로 나는 인욕바라밀을 행할 수 있었다. 그것으로 인하여 나는 성불할 수 있었으니 제바달다는 나를 성불시킨 은인이다. 그 공덕으로 후세에 제바달다도 성불하리라는 예언을 내립니다. 자기를 괴롭히던 악인을 자기의 은인으로 전환시키는 놀라운 불교적 상상력을 우리는 여기서 봅니다.

한 가지 얘기만 더 할까요. 석가모니가 80세가 되어 제자들과 여행을 하다가 춘다라는 사람의 집에 들려 음식 대접을 받습니다. 대장장이 춘다는 버섯을 뜯어 죽을 쑤어 석가모니에게 대접하지요. 그런데 그 버섯이 독성이 있는 것이어서 석가는 심한 설사를 합니다. 석가는 제자를 불러 이 버섯은 부처 외에는 천신도 악마도 소화시킬 수 없는 것이니 땅에 묻어버리라고 명령합니다. 그리고는 또 말하지요. 나의 육신은 80년을 살아 낡은 수레처럼 덜그럭거리고 힘이 없다. 그래서 나는 열반에 들 것이다. 그런데 사람들이 내가 춘다가 준 버섯 죽을 먹고 죽었다고 춘다를 욕하고 구박할지 모르는데 그것은 잘못된 것이다. 춘다는 내가 열반에 들게끔 마지막 공양을 주어 나를 도와준 사람이다. 부처는 결코 죽는 일이 없다. 다만 육신이 소멸하고 부처는 열반에 들 뿐이다. 춘다는 나에게 마지막 공양을 올린 선행을 한 것이며 그 공덕으로 그도 후세의 어느 날 성불할 것이다. 이렇게 사람들에게 이야기하고 춘다에게도 이 말을 전하라고 제자에게 이릅니다. 제자는 물론 석가의 말을 이행합니다. 잔뜩 겁에 질려 떨고 있던 춘다는 그 말을 듣고 기쁨의 눈물을 흘리며 석가의 마지막 제자가 됩니다. 석가는 병든 몸으로 다시 길을 떠나 목적지에 도착하여 마지막 가르침을 남기고 입적합니다. 이 이야기가 사실 그대로인지는 알 수 없지만 거기 담긴 생각은 멋지지 않습니까?

얼마 전 성성 대형大兄을 만나 술 한잔하며 형의 편지를 보여주었지요. 성성 대형은 3일만 학교에 나가고 나머지 날은 산보 삼아 시내를 돌아다니며 유유자적하게 보내고 있습니다. 거리의 산책가로 나선 것입니다. 이제 성성 신선이라 불러야 하겠습니다. 가끔 술 먹는 것이 사는 즐거움의 하나인 듯합니다.

저는 요즘 다이어트 중입니다. 몇 번 다이어트를 시도했는데 번번이 실패했지요. 이번에는 마지막이다 마음먹고 가장 주효하다는 방법을 시도 중입니다. 한약을 먹으면서 식사를 절제하는 방법이지요. 한약값이 비싼 게 큰 흠입니다. 밥을 거의 안 먹어서 속에 있던 노폐물이 연소되는지 입에서 구취도 많이 나고 체취도 납니다. 그래서 매일 샤워를 하고 사람을 만나면 열심히 껌을 씹지요. 이번에도 실패하면 살찌는 것이 운명이라고 생각하고 그냥 지낼 작정입니다.

이렇게 컴퓨터로 편지를 쓰면 말이 장황해집니다. 화면과 자판의 마력 탓이지요. 이제는 여기 의존되어 버려서 펜으로 쓰려면 말이 잘 안 됩니다. 기계의 노예가 돼 버린 것이지요. 제가 쓴 책이 한 권 있는데 보내드리겠습니다. 책은 어떻게 보내는 것이 좋은지 우체국에 가서 물어 보고 보내겠습니다. 이 편지와는 별도로 도착이 될 터인데 만리타향 절해 거도巨島에서 고국 생각하면서 가끔 읽어주십시오. 또 편지 올리겠습니다. 안녕히 계십시오.

1996년 5월 20일

이승하 형에게

전에도 여러 번 책을 받은 적이 있지만 이 형에게 편지를 띄우는 일은 처음인 것 같습니다.

송우혜의 『윤동주평전』을 읽으면 여러 곳에서 눈물이 납니다. 그래서 학생들에게 윤동주에 대한 얘기를 할 때마다 송우혜의 『윤동주평전』을 읽어 보라고 권하며 이 책을 읽고 눈물 흘리지 않는 사람은 문학을 할 자격이 없다고 말하곤 합니다. 그런데 문학할 수 있는 사람을 가리는 감별기의 하나로 이 형의 책을 추가해야 할 것 같습니다.

전에 나온 산문집에서도 이 형의 가족사를 만났었고, 시집이나 소설집에서도 간접화된 형태로 접해 왔던 것이지만, 이번 산문집 2부에 들어 있는 글들은 이 형의 어린 날을 더욱 선명하게 떠오르게 합니다. 한 병약하고 섬세한 소년이, 보호받아야 할 가족에게서 가해지는 육체적 정신적 폭력에 의해 자아가 유린되고 파열되어, 문학의 꿈을 키워야 할 야윈 몸으로 가정을 등지고 떠돌이가 되는가 하면, 참으로 잔혹하게도 그 여린 손으로 스스로 목숨을 끊으려는 시도를 여러 차례 벌이게 하였으니, 가혹한 운명의 기구한 곡절에 가슴이 메어질 것 같습니다. 그러한 가족사의 배경 속에서 이 형이 소개한 누이나 어머니에 대한 시를 읽자니 그만 눈시울이 뜨거워져 몇 번이나 책을 접고 얼굴을 훔쳐야 했습니다. 이 형의 시는 기교의 시도 아니고 정신의 시도 아니고 진정의 시입니다.

책 표지에 나와 있는 모습 그대로 심성이 천진하고 해맑아, 책만 한 보따리 안겨주면 아무런 투정 없이 몇 달이고 책에 빠져 지내고, 책을 다 읽고 나면 밤새도록 글을 쓰며 즐거워할, 법 없이는 살 수 있으나 책 없이는 살 수 없는, 심약한 고등학교 1학년 학생이, 책 보따리와 옷 보따리를 양손에 들고 낯설고 물선 서울역 한복판에 오도카니 섰을 생각을 하니 가슴이 아리게 조여드는 것 같습니다. 이 형의 그 나이 때 나는 유도를 하고, 학원을 다니고, 학원에서 예쁜 여학생을 엿보며, 때로는 극장 어두운 객석에서 성인 영화를 보기도 하고, 시간 나면 취미로 이런저런 책을 읽었던 것이니, 이 형의 참담한 시절과 비교해 보면 너무나 부끄러워 고개를 들 수가 없습니다.

2부의 글 중에서도 가장 나를 울리는 것이 어머니에 대한 글과 권태을 선생님에 대한 글입니다. 서문에 의하면 권태을 선생님에 대한 글은 몇 년 전 출간한 산문집에도 들어 있던 것이라 하나, 어쩐 일인지 그때 읽은 인상은 별로 남아 있지 않고, 이번에는 아주 강렬한 감동을 불러일으켰습니다.

내가 교단에서 학생을 가르친 지가 정확히 25년이 되었습니다. 그런데 25년의 세월 동안 학생의 재능을 알아보고 그 학생을 위해 성의를 다해 격려하고 조언하며 부모에게까지 충고를 아끼지 않았던 경험은 단 한 건도 없거니와, 더욱 슬픈 것은 그런 생각조차 마음에 담은 적이 한 번도 없다는 사실입니다. 그 선생님께서 고난과 역경을 뚫고 모교의 교수가 된, 저 옛날의 병약하고 외로운 학생을 초청 문인으로 그분이 재직하는 대학 강단에 세웠을 때 감회가 어떠했겠습니까? 이 세상 무엇과도 바꿀 수 없는 보람과 긍지를 느끼셨을 것입니다. 그분의 전공이 무엇이고 어떠한 업적을 내신 분인지 모르지만, 이 형의 재능을 알아보고 "한국문학을 세계문학으로 올려놓을 유일한 사람이 될 긍지로 노력해주기 바란다"라는 엄청난 말로 좌절에 빠진 소년을 격려·고무하였으니 그 성심과 진정에 감동할 따름이며, 그 성심과 진정으로 그분은 어느 누구 못지않은 일급 문사의 자리에 오른 것이라고 저는 생각할 따름입니다.

그분 못지않게 훌륭한 사람은 이 형의 부인입니다. 그분은, 검정고시로 대학에 들어온, 만성 불면증에 말 더듬는 버릇이 있는, 착잡한 가족사와 그로 인한 몇 차례의 자살 기도 경력까지 있는, 힘의 논리가 지배하는 시대에 힘없는 시에만 몰입해 가는, 첫사랑의 실패 경험도 있는, 이 상처 많고 심약한 젊은이를 진심으로 사랑하여 남편으로 섬기고자(그야말로 섬기고자!) 마음먹었으니, 이 황잡한 시대에 그런 여성이 어디 있겠습니까? 친정의 반대와 싸워 가며 결혼하고, 결혼 후에도 친정의 불평을 감수하고, 가정 경제의 궁핍과 싸우고, 어린애의 병, 남편의 병, 자신의 병과 싸우며, 몇 차례의 낙방으로 실의에 잠겼을 섬약한 남편을 위무하고 북돋우어 주었을 그 부인에게 무한한 축복이 있기를! 이 형이 모교의 교수가 된 것은 8할이 부인의 공입니다. 중국 여행을 마치고 김포공항에서 잠깐 인사했던, 목 뒤 어딘가에 반점이 보이던, 그 평범해 보이던 부인이 바로 이 형을 오늘에 있게 한 히딩크 감독임을 확연히 깨달았습니다.

제가 생각하기에, 이 형과 이동하 형은 모계의 인문학적 감수성과 우수한 지능을 물려받았습니다. 두 사람 다 태어날 때부터 천성적인 책벌레라는 공통점이 있지 않습니까? 아들의 지능은 99% 모계에서 오고, 딸의 지능은 모계와 부계가 섞여 온다고 유전학자들은 말합니다. 그러니까 책 읽는 것을 좋아하고 책의 내용이 머리와 가슴에 쏙쏙 스며들어오는 그 재능은 모계의 유전입니다. 어머님의 미발표 회고록 제목이 '설원을 걸어온 나의 발자국'이라니 이 얼마나 문학적입니까? 어머니의 문학성이 아들에게 영향을 미친 것입니다. 이것을 불교에서는 인연이라고 하지요.

결론을 이야기하면 이 형을 문학인으로 키운 것은 모계의 문학성과 부계의 신경증입니다. 이 둘 중 하나라도 없었다면, 오늘의 이 형은 성립되지 않았을 것입니다. 만약 경찰서장 부친과 초등학교 교감 모친 슬하에서 평탄하고 화목하게 성장했다면 동하 형은 정직한 법관이, 이 형은 성실한 인문학 교수가 되었을 것입니다. 그러나 이 형이 감지하지 못하는 어떤 인연에 의해 이 형은 시인이 되고 문예창작과 교수가 된 것입니다. 오늘의 자리에 만족한다면 그 공의 반은 부친에게도 있는 것이지요.

권태을 선생님의 말씀대로 "한국문학을 세계문학으로 올려놓을 유일한 사람이" 되기 위해서는 이 형의 또 한 차례의 도약이 필요할 것입니다. 이제 이 형을 천형처럼 얽매고 있는 가족사의 굴레에서 벗어나는 것도 도약의 한 방법이 될 것입니다. 모든 것을 훌훌 떨치고 새처럼 훨훨 날아가십시오.

2002년 6월 29일

냉면과 만두를 좋아하는 이유

나는 동대문구 숭인동에서 1955년 4월 6일 저녁 6시경에 태어났습니다. 아버지가 대학교의 교수로 계셔서 가난과 굶주림의 고통 같은 것은 겪어보지 않고 자랐습니다. 남 보기에 풍요로운 환경에서 성장하였지요. 그러나 내 어린 날을 회고하면 그렇게 순탄한 일만 있었던 것은 아닙니다.

그 당시 교수의 경제 형편이 그렇게 윤택하지는 않았던 것 같습니다. 부모에게 물려받은 것이 아무것도 없었던 아버지는 춘천에서 서울로 올라와 거의 자수성가하다시피 했지요. 내가 태어난 집은 양철 지붕 집인데, 비가 오면 양철에 빗방울 떨어지는 소리가 났어요. 양철이 많이 삭았는지 비만 오면 양동이, 세숫대야를 놓고 천장에서 떨어지는 물을 받아야 했습니다. 강원도 화천 출신인 아버지는 교수 월급만 받아서는 살기 어렵다고 그곳에서 부업으로 돼지도 기르고 닭도 길렀습니다. 그러나 돼지는 이웃에서 냄새난다고 경찰에 신고해서 못 기르게 되고 닭은 겨울에 보온용 난로를 피웠다가 불이 나서 다 타 죽었지요.

첫돌때 어머니와

우리 집에 같이 살던 육촌 형이 닭 기르는 일을 맡아 했는데 그만 닭장에 불을 냈던 것입니다. 갑자기 불이 타오르니까 급한 마음에 부엌의 솥에 있던 뜨거운 물을 갖다 뿌려서 데어죽은 닭도 꽤 많았지요.

숭인동에서 여섯 살 때까지 살다가 초등학교에 입학하기 전 창신동으로 이사를 했어요. 이사하던 날, 같이 놀던 친구들과 헤어지는 것이 슬퍼서 방에 엎드려 많이 울었던 기억이 납니다. 한 친구의 아버지는 술을 너무 좋아해서 취하면 남에게 업혀서 집에 오곤 했지요. 종진이라는 친구하고는 개천가에 어깨동무하고 가다가 그 애를 개천에 빠지게 하려다 그만 둘 다 개천에 떨어져 온몸이 흙투성이가 되어서 집에 돌아온 적이 있어요. 서로를 원망하고 울면서도 손은 꼭 잡고 놓지 않았지요. 종진이 집에 놀러 갔을 때 식구들이 밥을 먹고 있어서 "나 밥 안 주면 간다"고 하자 밥상에 나를 앉혀놓고 함께 먹게 했는데, 우리 집과는 달리 보리밥에 김치 한 가지만 해서 저녁을 먹고 있었습니다. 우리 집이었다면 반찬 투정을 했을 만한데 나는 보리밥에 김치를 말아서 매운 데도 씩씩거리며 한 그릇을 다 먹었습니다. 얼마 후에는 종진이가 우리 집에 와서 "나 밥 안 주면 간다"를 해서 함께 밥을 먹었어요. 쌀밥에 고기반찬을 해서 두 그릇을 먹었지요. 그 벗들은 지금 어떻게 되었는지 갑자기 그리워집니다.

창신동 집은 일본 사람이 살던 으리으리한 이 층 벽돌집인데 아주 훌륭한 저택이었어요. 아버지에게 돈이 없었기 때문에 전세로 들어가서 그 집의 일부만 썼지요. 내가 살았던 가장 아름다운 집이었습니다. 몇 년 전 갑자기 그 집 생각이 나서 창신동을 헤맸는데 넓은 터의 그 커다란 집이 지금까지 남아있을 리가 없지요. 다세대주택에 둘러싸여 그 집으로 가는 길도 찾을 수 없었습니다.

그 집에서 종로5가에 있는 효제초등학교를 다녔습니다. 내 위로 누이가 셋 있고 나는 막내이자 외아들이었습니다. 집안의 귀여움을 독차지했는데 누이들의 시샘도 많이 받았어요. 아버지는 늦게 낳은 아들을 빨리 교육시켜야겠다는 생각에 출생일까지 고쳐서 일곱 살에 학교에 들여보냈습니다. 덩치는 컸지만, 다른 아이들보다 거의 한 살이 어렸기 때문에 모든 것이 서툴렀습니다. 특히 미술과 체육은 아주 못했어요. 미술 시간에 그림 그리는 일을 다 못해서 울면서 도화지를 냈던 생각이 납니다. 반장 같은 것은 꿈도 꾸지 못했지요.

거기서 3학년에 막 올라갔을 때 다시 서대문구 충정로 언덕 위의 집으로 이사를 했습니다. 지금처럼 전학이 바로 되던 때가 아니라서 혼자서 전차를 타고 서대문에서 종로5가까지 통학을 했습니다. 출근하는 어른들한테 꽉 막혀서 종로5가에 내리지 못하고 울다가 동대문역에서 걸어간 적도 있어요. 지각을 했더니 전학 갈 아이라서 기분이 나빴는지 담임 선생님께서 내 뺨을 아프게 때리셨습니다. 눈물이 핑 돌았지요. 그렇게 한 달가량 통학하다가 서대문에 있는 미동초등학교로 전학을 갔습니다. 어리숙하기는 마찬가지여서 바뀐 환경에 적응하느라고 꽤 애를 먹었습니다.

어머니 얘기를 해 볼까요? 아버지의 고향은 강원도 화천, 어머니는 강원도 양구입니다. 아버지의 고향은 파로호가 생기면서 수몰되었고 어머니의 고향은 가 본 적도 없습니다. 결혼과 함께 어머니는 양구를 떠나 아버지를 따라 화천으로 춘천으로 이주하여 살았습니다. 화천에서 부농 소리를 듣던 할아버지가 산판을 하다가 사기를 당해 망해 버리자 아버지는 대학에 진학을 못하고 고등학교만 마친 후 교원자격시험을 거쳐 초등학교 교원 노릇을 했습니다. 옛날이라 고등학교 다니던 17세에 18세인 어머니와 결혼을 했지요.

아버지는 해방 후 서울대에 편입하여 38세에 학부를 졸업한 후 대학교수가 되었습니다. 그러나 어머니는 처음 결혼하던 그 모습 그대로 무학無學의 소박한 여인으로 늙어가셨습니다. 어머니는 청력이 상당히 약해서 내가 철들어 지각할 수 있는 어린 시절부터 남의 말을 잘 못 들으셨습니다. 내가 초등학교 3학년 때 어머니의 나이가 52세였어요. 미동초등학교로 전학 간 얼마 후 어머니가 학교에 찾아오셨는데 아이들이 너희 할머니가 오셨다고 했습니다. 너무 부끄러웠지요. 나는 남의 말을 잘 못 알아듣는 나이든 어머니가 담임 선생님을 만나는 것이 창피해서 어머니가 학교에 오지 않았으면 했어요.

4학년 어느 날 오후에 학부모 회의가 있었는데 수업을 마치고 집에 와 보니 어머니 얼굴에 찢긴 상처가 길게 나 있었습니다. 충정로로 이

네 살 무렵 어머니와

사 와서도 마당 한구석에서 닭을 길렀는데 그날 아침 닭 모이를 주러 닭장에 들어서신 어머니에게 수탉이 날아들어 발톱으로 얼굴을 가격한 것입니다. 어머니 얼굴에 깊은 발톱 자국이 난 것이지요. 나는 어머니께 제발 학교에 가지 말라고 애원했지만 어머니는 이러면 어떠냐고 그 얼굴로 학교를 가셨습니다. 나는 너무나 창피해서 다음날 담임 선생님을 제대로 바라보지 못하였습니다.

어머니와의 심리적 갈등은 그때부터 돌아가실 때까지 계속되었습니다. 말년에는 약간의 치매 증세도 생겨서 손자아이들과 막대기를 들고 싸우기도 하고 밖에 나가면 집을 찾아오지 못하셨습니다. 비를 맞고 길에 쭈그리고 있는 것을 착한 행인이 어느 세탁소로 인도하여 간신히 전화 연락을 해서 모셔오기도 하고 파출소에 가출인 신고까지 한 적도 있었지요.

어머니에게는 내가 외아들 이상의 어떤 의미를 지닌 존재였습니다. 딸만 셋을 나아 아들이 없어서 걱정을 많이 할 때 어떤 친척 할머니가 아버지에게 과수댁을 소개해 줄 테니 아들을 하나 낳아 오라고 권했다는 얘기도 들었습니다. 그런 상황에 44세에 외아들을 낳았으니 어머니에게는 내가 운명의 구원자 역할을 한 것이지요. 어머니의 나에 대한 애착은 대단했습니다. 나이가 들수록 손자보다 나를 더 아끼시고 온 마음을 내게 집중하셨습니다. 치매 증세가 깊어져 노인정신과에 모시고 갔더니 의사가 어머니의 히스토리를 상세히 물어본 후 이제 주위의 모든 사람, 사물을 하나하나 잊어갈 것이고, 최후로 아들 하나만을 기억하게 될 거라고 말했습니다. 나는 슬픔과 두려움의 눈물을 흘렸습니다.

그 상태가 되기 전 어느 화창한 봄날 어머니는 세상을 떠나셨습니다. 세상을 떠나실 때 무척 힘들어하셨습니다. 중환자실에서 가망이 없다고 하여 집으로 모시고 갈 때 산소 호흡기를 떼면 곧 돌아가실 거라고 했지만, 어머니는 산소 호흡기를 제거한 상태에서 이틀을 더 버티셨습니다. 숨을 가쁘게 몰아쉬며 세상을 떠나지 못하는 것이 아들에게 미련이 남아 그러신 것이 아닌가 생각되고, 몇십 년 동안 어머니께 불손하게 군 죄의식과 안타까움이 한꺼번에 밀려들어, 어머니 제가 다 잘못했으니 제발 편히 떠나시라고 어머니 곁에서 몸부림치며 오열했습니다.

그렇게 가쁘게 숨을 몰아쉬며 이틀을 버티시다가 한 마디 말씀도 없이 세상을 떠나셨습니다. 남편과 자식들에게 구박만 받으며 기쁜 일이라고는 별로 없이 살아온, 학교 근처에는 한 번도 가 보지 못하고 겨우 한글만 자득한 강원도 양구 출신의 순박한 노인이 팔십의 생애를 마치는 순간 그 주검의 얼굴은 뜻밖에도 평온하였습니다. 죽음은 세상의 고통을 다 거두어가는 것인가 하는 생각이 그때 들었습니다. 그 직전까지 노들강변을 흥얼거리며 바둑에 열중하던 아버지도 어머니의 임종 앞에 눈을 손으로 덮으며 몇 방울의 눈물을 떨구셨습니다.

어머니는 양구에서 성장하셨지만 원래 평안남도 분이었습니다. 내가 초등학교 저학년 오후반일 때 어머니께서는 점심으로 평양식 냉면과 만두를 만들어 주셨습니다. 그래서인지 지금도 냉면이나 만두는 아무리 먹어도 배가 부르지 않습니다. 냉면을 먹을 때 만두를 꼭 시키는 것은 바로 그 때문입니다.

2003년 12월 23일

부록

감성으로 쓴 가을 입문入門

아무리 먹어도 허전한 출산 뒤의 공복처럼 가을은 온다. 허전한 하늘, 허전한 강물에, 또 허전한 너와 나의 얼굴에 가을은 빈 사발을 내던진다. 어린 날, 할머니의 빼빼 마른 손끝에 매달려 감나무 한끝을 바라보던 기억, 그 보들보들한 연시의 살결과 빛깔을 바라보던 눈길처럼, 혹은 개의 교미를 바라보는 늙은 시어머니의 눈길처럼, 때로는 청아하게 때로는 탐욕스럽게 가을은 기다리는 자보다 먼저 와서 모든 것들을 낯설게 한다. 이름 모르는 것들도 때로는 불러보게 하며, 이름 아는 것들을 기억의 칠판에서 지우기도 한다. 그리하여 이 세상 모든 것에서 혼을 잠재운다. 떠돌던 무주고혼이 오히려 잠들고 지금껏 조용하던 사물들이 혼을 잃고 여기저기 떠돌 것이다.

떨어진 잎새들이 처절하게 뜨락을 덮는 오후쯤이면 창녀도 문득 순결해 지리라. 바로 그 순간 가장 정숙한 너마저 창녀가 되리라. 이 역설을 아무 저항감 없이 받아들일 줄 아는 너그러움과 어리석음을 동시에 갖게 되는 자리. 그 자리에서 가을은 화석처럼 조용하리라. 오래도록 조용하리라. 그리하여 이때는 매독균도 영양소가 될 것이고 만취한 자의 게걸스런 입맞춤도 소녀의 영롱한 첫 키스가 되리라.

저녁 해는 오래 머물지 않는다. 다만 햇살만이 머물 뿐이다. 엽전 몇 냥을 더 벌기 위해 분주히 발을 옮기는 지게꾼의 발뒤꿈치에도, 장바구니를 이고 찌그러진 밥상에 김치 쪼가리와 한 끼니 남루한 밥사발을 올려놓을 생각에 얼굴이 어두운 맞벌이 아줌마의 기침 소리 속에도 햇살은 머물고 있다. 막판에 거듭되는 수염이 까칠한 노인의 장기판에도 머물고 있다.

어딘가에선 어린 생명이 죽어 가리라. 가을의 황혼 속에 서서히 사라져가는 그 어린 생명의 숨결에도 햇살은 머물고 있으리니, 어미 개가 강아지의 온몸을 핥아주듯, 노을이 산 것과 죽은 것의 울음을 핥아줄 때, 아이들은 파김치 위에서 웃을 것이며 노인은 장기판 위에서 웃을 것이다. 그리고 젊은 어머니는 어린 딸의 죽음 앞에서 오히려 웃을 것이다. 검은빛으로 하늘 한끝과 땅 한끝이 이어질 때부터 젖빛 새벽 안개에 별들이 제 길을 찾을 때까지 가을은 그 웃음을 지상에 떠돌게 한다.

가을 달은 눈뜬 자의 눈에는 보이지 않는다. 차라리 눈을 감아야 가을 달은 오롯이 머리 위에 떠오를 것이다. 땅 위의 모든 소경과 앞 못 보는 귀뚜라미가 밤새도록 머리에 달을 이고 있다. 새벽은 잔인하다. 살아 있는 염소의 뱃가죽을 도려내어 북을 만들던 게르만 병정보다 더 잔인하다. 모든 것을 움직이지 못하게 한다. 배를 잘려 죽은 염소의 침묵처럼 영원한 부동不動이다.

새벽의 어느 곳에서는 한밤중까지 고개를 끄덕이며 책을 읽다가 잠깐 눈을 붙인 후 불현듯 깨어나 다시 책을 잡는 청년의 휑한 두 눈이 있을 것이다. 혹은 계속 꿈에 잠겨 있는 사람도 있을 것이다. 그렇다. 새벽에 깨어 있는 자는 영원히 깨어 있고 꿈에 빠져 있는 자는 영원히 꿈속에 있게 되리라. 시골의 어느 촌락에서는 장닭이 길게 목을 늘이고 울 것이다. 그리고 다시는 울지 않을 것이다. 새벽 기차가 떠날 것이다. 떠나서는 다시 돌아오지 않을 것이다. 이 세상 어디에서고 새벽에 떠나는 자는 다시 돌아오지 않을 것이며 새벽에 돌아온 자는 다시 떠나지 않으리니, 모든 순환의 역사가 이 가을 새벽에는 정지하는구나! 그러므로 가을 새벽은 하루의 시작이라기보다 모든 것의 종말에 해당할 것이다.

가을은 뱃사공을 유혹하던 사이렌의 노래처럼 우리를 호기심의 동굴로 유인한다. 대개 다리가 미운 여자는 통이 넓은 바지를 입고 가슴에 자신이 있는 여자는 몸에 붙는 원색 티셔츠를 즐겨 입는다. 남자들의 호기심은 원색 티셔츠보다는 통 넓은 바지에서 비롯된다. 통 넓은 바지, 그것은 환상이고 신비다. 대체 그 넓은 바지 속의 다리는 어떤 모양을 하고 있을까? 가을은 이런 어처구니없는 호기심을 불러일으킨다.

가을바람은 알고 있다. 실연으로 밤새 술을 퍼먹은 사나이가 아침이면 장을 훑어 내리는 설사를 하며 흐드러지게 웃는 이유를 알고 있다. 저 중년의 여인이 딴생각 없이 배추장사와 흥정을 하다가 문득문득 슬퍼지는 이유를 알고 있다. 하나의 슬픔 속에는 몇 겹의 웃음이 담겨 있으며 하나의 웃음을 위해서는 몇 겹의 슬픔이 필요했던가를.

1976년 5월 출연한 대학 연극에서

바람이 하나의 나뭇잎을 떨구기 위해서는 나뭇잎의 전 생애에 대한 상세한 지식이 필요할지 모른다. 언제 어떻게 성장했으며 그 성장 과정에서 몇 번이나 벌레들의 침입을 받았고 또 어떻게 그것을 이겨냈으며 엽록체가 탈색되어 서서히 무기물로 변화하는 기간은 얼마였는지, 옆의 나무가 병들어 넘어졌을 때 느낀 슬픔이라든가 사랑하던 애인 나뭇잎이 먼저 떨어져 버린 후의 허탈감 같은 것도 알아야만 비로소 바람은 하나의 나뭇잎을 땅에 구르게 할 수 있을 것이다. 그리하여 감나무 가지도 흔들고 코스모스도 무참히 짓밟으리라.

바람이 모든 것을 알고 있기에 바다도 한 번쯤은 설렐 것이다. 오래 침묵했던 저 우람한 산도 한 번은 크게 울어볼 만하다. 바람이 모든 것을 알고 있기에 우리는 훗훗한 가슴팍으로 빈들에 한번 서 볼 만하다. 그러면 우리의 마음도 어느덧 나뭇잎처럼 나부끼리라. 마른 땅에서 몸을 일으켜 이곳저곳을 배회하다가 끝내는 바람 한 가닥이 되는 날 빈 방에는 우리가 듣지 못한 음악이 흐를 것이고 어떤 고도의 이향에 한 송이 히아신스가 피어나리라.

(대학신문, 1976. 9. 20)